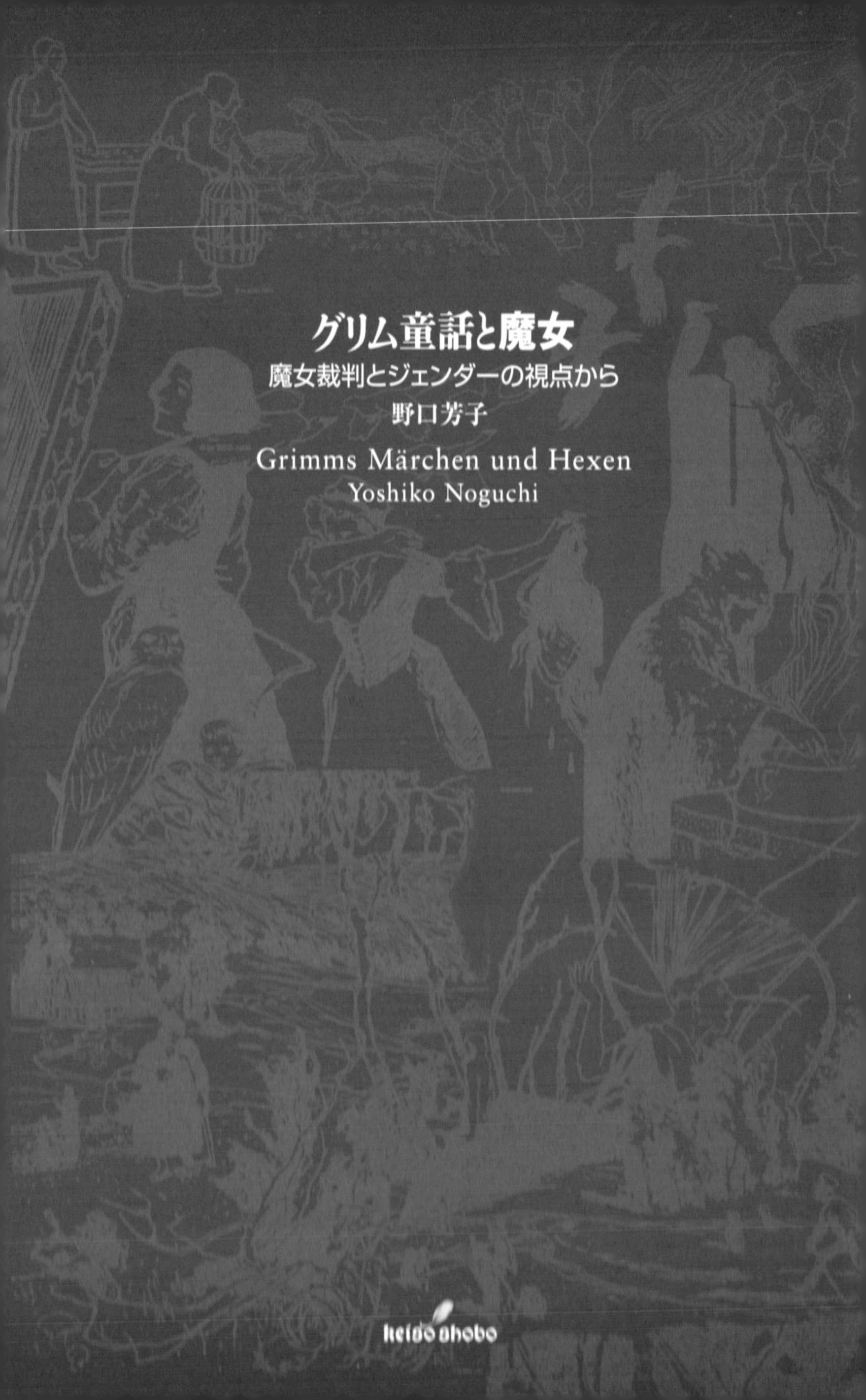

グリム童話と魔女

魔女裁判とジェンダーの視点から

野口芳子

Grimms Märchen und Hexen

Yoshiko Noguchi

keiso shobo

はじめに

多様な魔女像

「魔女」という言葉を聞いて、どのような人を想像するか、という質問を学生に投げかけると、「邪悪で醜い老婆」という答えが最も多い。カルチャーセンターや講演会で大人の参加者に質問をしても、答えは似たものである。「魔女」のイメージは、『グリム童話集』の影響というより、ウォルト・ディズニーによってアニメ化されたグリム童話の影響がかなり強いようだ。鋭い眼光と長い鉤鼻を持つ黒マントの醜い老婆というディズニーアニメ定番の魔女が、多くの人々が共有している魔女のイメージといえよう。

　だが一方、絵画の世界はこのようなステレオタイプ化された魔女ではなく、もっとバラエティーに富んだ魔女像を提供している。「図像として魔女の姿が現れるのは一五世紀末から一六世紀初めにかけてで、デューラーをはじめとするドイツの画家たちが」[1]魔女を描いている。そこでは魔女は、裸体の若い美女として描かれている場合が多い（デ

図1

ューラー「四人の魔女」一四九七年、バルドゥング「荒天を呼ぶ魔女」一五二三年(2)〔図1〕）。裸体の美しい魔女は、男性を誘惑する存在、悪魔と結託して男性を堕落へ導く存在として、性的魅力に溢れる女性として描かれている。また、男の魔女(3)の姿もみられる（一四八九年『女の妖術師と予言者について』の木版画挿絵「男の魔女」(4)〔図2〕）。若い美女や男性が魔女として描かれているということは、「魔女とはいったいどういう存在をさすのか」という問いかけをせずにはいられない。絵画が描く魔女には、美女だけでなく、老婆も含まれる。山羊に乗り、長い棒を持ち、空中飛行している老婆を描いたデューラーの魔女（「山羊に乗る魔女」一五〇〇年頃〔図3〕）は、しかしながら醜くはない。毅然として端正で、どこか異教の女神を思わせるような威厳がある(5)。ディズニー版グリム童話が描く醜い老婆の魔女とは異なった存在である。絵画のなかの魔女像には、一六世紀から一七世紀にかけて頂点を迎えた魔女狩りの犠牲者の姿が反映しているのであろうか。

図2

図3

魔女狩りは異端狩りから派生し、その一端として現れるが、両者は本質的に異なっている。異端は目に見える形で存在するが、魔女は実在しない。実在しない魔女を巡って、中世後期から近世前期にかけてヨーロッパでは魔女旋風が吹き荒れ、魔女狩りが盛んに行われた。

一四世紀末、スイスから吹き始めたこの旋風は[6]、魔女文献の総まとめとも言える本『魔女の鉄槌』が、二人のドイツ人修道士によって一四八七年に出版されると[7]、さらに勢いを増し、瞬く間にヨーロッパ全土を襲い、一六世紀後半から一七世紀前半にかけてその最盛期を迎える。

ヨーロッパ諸国のなかでも最も激しく魔女狩りが行われたドイツでは、新旧両教ともこぞって魔女撲滅に血道をあげ、一五〇〇年から一七四九年の間に三万人以上が焚殺されたという[8]。その中には女の魔女（Hexe）だけではなく、男の魔女（Hexer）も一割から二割含まれていたという[9]。男の魔女の数については地域や時期によってかなりの差異がみられる。ドイツのオーバーマルクタール（人口七〇〇人）は女四三人、男一一人（一五八六～一五八八年の三年間）の処刑が報告されている[10]。極端な場合を除き、魔女裁判での女性被疑者の割合は、一六世紀以前には五割強だったのに対して、最盛期の一六、一七世紀には八割（スイス、イギリス、現ベルギー地域は九割）に達したという統計的報告もある[11]。いずれにせよ魔女狩りによる処刑者は圧倒的多数が女性であったということだけは確かである。

ドイツで最後に魔女が処刑されたのは一七七五年、即ちヤーコプ・グリムが生まれる一〇年前に当る。グリム兄弟にとって魔女狩りは、身近な歴史的事実であり、まだ人々の記憶の中に生々しく残っている事件であったと思われる。当時の人々は魔女の存在を自明のこととして受け入れ、その魔力に対して素朴な恐れを抱いていたと考えられる。グリム兄弟はそのような人々の中で伝承されてきたメルヒェン集[12]には多くの魔女が現れるが、そのイメージは果たしてこの魔女狩りの魔女と重なり合うものなのだろうか。

ここでは、グリムのメルヒェン集の中の魔女像を詳細に調査分析したうえで、歴史上迫害された現実の魔女被告の姿と重ね合わせながら考察していきたい。

魔女狩りの概況

魔女狩りが頂点を迎える一六世紀から一七世紀という時代は、ルネサンス芸術が花開き、近代科学が誕生した時代であった。理性重視の近代の夜明けは、魔女狩りという狂気の曙光に染まっていたのである。学問の発展やキリスト教の浸透にともなって、迷信を排除しようとする圧力が強まり、魔女狩りの嵐はますます激しくなる。魔女迫害がキリスト教地域に特定される現象であるのは、キリスト教が近代科学との両立を最も積極的に推し進めた宗教であったからだ。文明化、倫理化の名の下に、野生の知恵や自然の神秘に生きる人間を排除し、摘発していったのだ。なかでも「脱魔術化」をヨーロッパ近代に推進しようとしたプロテスタントが率先して、「脱魔術」、「脱呪術」を合い言葉に、魔女を呪術の世界に閉じ込め、迫害したという。[13] 自然の克服、迷信の排除を目指す近代が、「魔女」という新たな迷信を生むという矛盾を内包しつつ、立ち上がってきたのである。「迷信はあらゆる悪行の原動力であり、いまだに完全に根絶されてはいない[14]」という言葉は、ディレンブルク侯国内の魔女火刑に関する論文の一文である。そこには迷信により悪行をなす存在の根絶を願って、魔女焚殺に血道をあげる当局側の焦りが読み取れる。

ヨーロッパ中部に数次にわたって深刻な農業危機が訪れるのは、一五七〇年から一六九〇年の間である。(15) これは魔女告訴の頻発時期と見事に重なり合う。経済事情、宗教規制、衛生問題、疫病流行、医療事情など、生活のあらゆる方面に問題や変革が生じていた激動の時期に、人々は不安と猜疑心に苛《さいな》まれ、その心は荒《すさ》み果てていたという。

魔女裁判が頻発した地域は、フランス、北イタリア、アルプス地方、ドイツ、ベネルクス諸国、スコットランド、ピレネー地方および南イタリアのカトリック地域などである。イベリア半島やギリシャ正教全地域などでは魔女狩りは行われていない。フィンランド周辺部とアイスランドでは、魔術はむしろ男性の活動分野であった。一六七〇年になって初めて、スウェーデン、フィンランド、アメリカ植民地が魔女狩りの嵐に巻き込まれた。それ以前に魔女旋風に襲われたのは、北欧ではデンマークだけだ。ハンガリーでは一七世紀半ばに吹き荒れ、一七三〇年まで続いた。魔女狩りの嵐が止んだのは、オランダで一六〇〇年頃、フランスで一七世紀半ば、ドイツで一六八〇年頃、ポーランドとボヘミヤ、ハンガリーでは一七〇〇年以降、イギリスでも一七〇〇年以降である。(16)

ヨーロッパ諸国のなかで、とくにドイツで最も熾烈な魔女狩りが行われたのは、宗教改革後、聖俗裁判権が一体となって魔女摘発に向かったからである。新旧両教とも魔女撲滅に熱狂し、とくに、ヴュルツブルクとバンベルクでの迫害は壮絶を極めたようだ。ヴュルツブルク司教領では、一六一六年六月から一六一七年六月の一年間で三〇〇人が死刑にされ、バンベルクでは一六一七年の一年間で一〇二人が処刑され、さらに、一六五九年には六〇〇人の魔女を火焙りにしたと伝えるチラシ（司教許可印付き）がある。(17)「そのなかには、庶民だけではなく医者、市長、聖職者、さらには〈司教と一緒に食事の席についた〉多くの身分の高い市参事会員たちも入っていた」(18)という。

農村ではじまった魔女狩りが、町で猛威を奮い出すと、名士を巻き込んだヒステリー症状を呈し始め、町中の人々が告発の恐怖に慄《おのの》きパニック状態に陥った。「明日は我が身」という状況になって、魔女狩りは初めて収束に向かう。

ドイツ最後の魔女裁判は一七七五年、最後の火刑は一七四九年（ヴュルツブルク）である。ヨーロッパ最後の火刑は一七八三年（スイス）、あるいは最近の資料によると一八〇一年（ポーランド）と言われている。(19) 不条理な魔女処刑は近世初期の事柄ではなく、なんと一九世紀初頭まで続いていたことになる。

目次

目次

目次

第Ⅰ部　グリム童話のなかの魔女

『グリム童話集』には全部で二一一話[20]のメルヒェンが収められている。そのなかで魔女（Hexe）が登場するのは二〇話である。男の魔女（Hexenmeister）の話が五話あり、それも入れると二五話になる。男の魔女という表現は少し奇妙に聞こえるが、魔女という言葉は包括的な概念で、現実の魔女裁判では男にも子供にも魔女罪（Hexendelikt）が適用され、男の魔女、子供の魔女の存在も多数確認されている。したがってここでは男の魔女という訳語を使用することにする。

『グリム童話集』の魔女は二〇話が女性、五話が男性ということになり、約八割を女性、二割を男性が占めていることになる。これは現実の魔女裁判での犠牲者の男女比とほぼ一致している。なお、子供の魔女の出現はグリム童話では皆無である。これらの魔女たちはグリム童話のなかでどのように描かれているのだろう。その姿を把握するため、まず、女の魔女が現れる二〇話から順を追って見ていくことにする。その後で男の魔女が出現する五話についても検討しながら、両者の違いについて考察していきたい。それからさらに魔女（Hexe）以外で魔術を使う人々が現れる話も見ていく。魔女術（Hexenkunst 二話）を使う人、女の魔術師（Zauberin 四話）、男の魔術師（Zauberer 四話）、魔法（Zauber 三話）を使う人、賢女（weise Frau 八話）などが出現する話を取り上げながら、魔女との相違について検討していきたい。

本論に入る前に、グリム童話の成立について少し概略を述べておこう。グリム童話とはグリム兄弟が創作した童話ではなく、民間に伝わるメルヒェン（昔話）を様々な方法（口承、手紙、文献など）で収集し、編集したものである。グリム童話には八種類のテクストが存在する。伝承をそのまま書き取った原稿である初稿（一八一〇年）から、初めて本になった初版（一巻一八一二年／二巻一八一五年）を経て、二版、三版、四版、五版、六版、七版と順に改訂版が出され、その度に内容に手が加えられた。改訂作業は七版（一八五七年）で終わるので、この版が決定版になる。現在一般に普及しているグリム童話は、この決定版（七版）の内容である。従って、この本で扱うグリム童話も、指示がない場合は通常、決定版のものである。

なお、グリム童話の訳に関しては、決定版は Kinder- und Hausmärchen（子どもと家庭のメルヒェン集）レレケ編、レクラム版（一九八〇年）からの拙訳であり、他の七種類の版の訳も、全て自ら所蔵している原文からの拙訳である。

第1章　女の魔女（Hexe）が現れる話

（1）各話の紹介と解釈

(1)　一番（KHM1）[21]「かえるの王様」

（あらすじ）泉に落ちた金のマリを拾ってもらうため、美しい姫は蛙に友達になると約束する。マリ欲しさに、守るつもりのない約束をした姫は、蛙が城まで追いかけてきて、約束の履行を迫るのに閉口する。厳格な父である王は、姫に約束は守るようにという。しかたなく姫は蛙を隣に座らせ、一緒の皿で食べさせ、自分の部屋まで案内する。しかし、蛙はそんなことでは満足せず、姫と一緒に寝ることを要求する。そのとたん、姫は堪忍袋の緒が切れて、蛙を壁に叩きつける。すると、蛙は美しい王子に変身する。二人は結婚し、ハッピーエンドとなる。[22]

最後のところで王子は姫に、「自分は悪い魔女の魔法にかかっていたこと、姫以外だれも自分をあの泉から救い出せる者がいなかったこと、明日は二人一緒に国へ帰るつもりだと言うことを話した。」[23]それ以前は全く登場しなかった魔女が、話の最後になって唐突に出現する。しかも、「悪い」という形容詞をともなって現れる。不自然な感じだ。その点に関して、初稿（手書き原稿）から決定版に至るまでの各版をドイツ語の原文に当りながら調査してみよう。

一八一〇年の初稿（手書き原稿）[24]、初版（一八一二年）、第二版（一八一九年）、第三版（一八三七年）、第四版（一八四〇年）まで登場しなかった魔女が、第五版（一八四三年）になって突然現れる。それ以降「悪い魔女」は、第六版（一八五〇年）、第七版（決定版　一八五七年）にも現れ[25]、出現が定着していく。第二版以降の改訂版の仕事を主として担っていたヴィルヘルム・グリムによる加筆である。

そのうえ、この話の類話には、結婚後、王子が浮気をして王女のことを忘れてしまうという後日談がついたものもある[26]。そうなるとこのメルヒェンは、「結婚＝ハッピー・エンド」の話ではなく、結婚後のトラブルを語る話になる。幸せな結婚というロマンティックな結末より、夫の逃亡や浮気により、波乱万丈の人生を乗り切る妻の苦労談が付いた結末の方が、より現実味があり、メルヒェンという伝承文学に即応したもののように思える。「いばら姫」でも結婚後の話は省かれるように、「結婚＝ハッピー・エンド」はメルヒェンの近代化の一環として、グリム兄弟により多用された手法だ[27]。

その他、スラブ地方の類話には、蛙が蛇やザリガニになっているものがある[28]。蛙も蛇もザリガニもすべて多産で、豊饒のシンボルであり、性欲のシンボルでもある。キリスト教以前の民間信仰、豊饒を称え、自然を崇めるゲルマンの神々の香りが濃厚である。これに関して、グリム兄弟は注釈書で「このメルヒェンはドイツで最も古いものの一つである[29]」と書いている。さらに、「かえるの王様」という副題がついた本が一五九五年に出ており、その序文のなかでゲオルク・ロレンハーゲンが、「文字によってではなく、常に口承で伝えられてきた素晴らしい家庭のメルヒェンである」[30]と書いていると紹介している。

このメルヒェンの類話では魔法を解く鍵は、キスか添い寝か首をはねるか（殺すか）である。[31]魔女によって蛙（エロスの象徴）に変身させられた王子を救うのは、親の命令に反旗を翻し、初めて自己主張した娘の行動、主体性であるというハインツ・レレケ（ドイツ・ヴッパータール大学教授）の解釈があるが、[32]はたしてそうだろうか。女性の自立、主体性を賛美するフェミニズム思想が流布している現代では、彼の解釈は確かに斬新で魅力的なものに思える。しかし、出典が明記されている一六世紀以前の西洋キリスト教社会の文脈で把握すると、王女の行動に革新的要素を見るのは無理があるように思える。また、ストイックなグリム兄弟自身の生き方を考え合わせると、常に『グリム童話集』の第一番を飾ってきたこのメルヒェンに、彼らが革新的女性像を見たというより、むしろ自分たちの理想とする女性像を見た、と考えるほうが自然ではないだろうか。すなわち、この王女はたとえ親の命令であろうと、意に添わない相手、結婚していない相手と性交渉を持つことを明確に拒否し、自分の純潔を死守したので幸福を勝ち取ったと解釈するほうが、時代を考慮に入れると的を射たものと思われる。女性の貞操を非常に重視した当時のキリスト教社会では、この王女のように誘惑に負けず、操を守り通せる女性のみが幸福になる資格があった。

魔女によりエロスの象徴（蛙）に変身させられた王子を救出したのは、処女である王女の毅然とした態度、親をも越える強い貞操心である。エロスによる誘惑（蛙）を手引きするのに魔女を引き合いに出すところに、グリム兄弟による近代化の手法がうかがわれる。つまり、彼らが生きた「近代」といわれる一九世紀は、ミソジニー（女性嫌悪）の時代でもあり、その中でも彼らはストイックで敬虔な改革派（カルヴァン派）信者であった。その「近代」の思想的指導者であり、優秀な学者であるグリム兄弟は、同時代の他の学者たちと同じように、近代の家父長制パラダイムのなかにガッチリと絡めとられていたのである。エロスの誘惑と魔女との結びつき、これこそが大学でローマ法の知識を身につけた法律家である「学識法曹」によって[33]、魔女裁判で繰り返し強調された事項なのである。

ちなみに、蛙がなぜエロスの象徴なのか、その理由を挙げておこう。両生類である蛙は、陸の世界だけでなく、水の世界という未知の世界にも通じているので、予知能力や魔力を持つと見なされる。男女両性具有神と見られたり、多産であることから豊饒神として崇められる。「体外に射精するが、長い時間公然としかもいりみだれて抱き合う」ので、好色と見なされるそうだ[34]。動物行動学からの説明はさらに説得力がある。ひきがえるはオスとメスの数がアンバランスで、メスに対してオスは三倍から五倍、時には十倍にもなる。産卵期の夜、オスはメスに抱きつきたくて超興奮状態になる。しかしメスの数は足りない。そこでオスはメスを求めて壮絶な争奪合戦を展開する。相手のいないオスは、魚をターゲットにして後ろから抱き締める[35]。蛙が激しく鳴いた翌朝、魚の死体が多いのはそのせいらしい。激烈なセックス行動を展開するオスの蛙は、まさにこれ、エロスの象徴といえる。

(2)　一一番（KHM11）「兄と妹」

（あらすじ）　継母に毎日殴る蹴るの暴力を奮われ、食事はパンの耳のみという日々が続き、兄と妹は家から逃げ出す。森のなかで喉が渇いた兄は水を飲もうとするが、水には飲むと動物に変身する魔法がかかっている。悪い継母というのは実は魔女で、「音のしないようにそっと歩いて、子供たちの後をつけ、森のなかのすべての泉に魔法をかけていた。」

泉の忠告が聞こえる妹は、鹿になるから飲まないようにと兄に忠告する。だが、兄は我慢できず、水を飲み、鹿に変身する。鹿になった兄と森で暮らしていると、妹は狩猟に来た王に見染められ、王妃になる。継子たちを追い出した魔女である継母は、継娘の幸運を妬み、実の娘と謀り、継娘を風呂場で殺害する。そして、美しい継娘の代わりに、「夜のように醜く目が一つしかない実の娘」を王妃にする。しかし、最後にはことが露見して、二人とも裁かれ、娘は猛獣による八つ裂きの刑に、魔女は火刑に処される。(36)魔女が灰になった途端、鹿は人間の姿に戻り、継娘も息を吹き返し、ハッピー・エンドとなる。

この話は初稿（一八一〇年）では継母も魔女も登場しない。兄と妹が森に行く場面から始まり、継母による継子迫害のモチーフは存在しない。王妃になった妹を殺そうとするのは姑、すなわち「王の悪い母親」である。姑が王妃と鹿を処刑しようとするところで話が終わり、未完結のまま収録されている。この話の悪人は、魔女や継母ではなく、本来は姑であった。魔女である継母が登場し、決定版とほぼ同じ内容の話になるのは初版からだ。継母のいじめ方、泉にかける魔女の魔法、継娘を殺害する方法、実の娘と魔女に対する処刑法などすべてが決定版の表現と一致している。ただ一つ異なっているところは、継母の実の娘の容貌である。初版では実の娘が醜いという表現はどこにもない。継娘は美しいと表現されているが、継母（魔女）の実の娘は「醜く」も「悪く」もない。形容詞なしの「実の娘」とのみ表現されている。それが決定版のように「夜のように醜く、目が一つしかない」娘に変わるのは、第二版（一八一九年）からだ。初版では殺人に加担せず、手を汚さずに王妃になりますます実の娘が、魔女である母親の継子殺しに加担するのも、同様に第二版からだ。弟ヴィルヘルムが手を加えた第二版で、「美＝善」、「悪＝醜」というステレオタイプの表現が、女性に関して見られる。男性に関してはこの図式が成り立たないのに[37]、女性に対してのみ成り立つのは、物語としての面白さ、明解さを追求したからという理由だけでは説得力に欠ける。やはり、近代化という歴史的流れのなかで、その理由を探っていく必要がある。

女性に美の価値が規範として押しつけられたのは、産業革命にともなって、女が労働から疎外されたからである[38]。機械化され、工場化された生産の場では、産む性である女性は、定時労働には不向きな存在、男性に比べて労働力として役に立たない存在となると同時に、美的存在となっていった。「女は美しくなければならない。だが、男は美しくあってはいけない。それは労働の価値を損なうからだ[39]」。近代化にともなって、「男は美から疎外され、女は美へと疎外される。別な言い方をすれば、男は生産へと疎外され、女は生産から疎外」される[40]。

「美しい女性は善人、醜い女性は悪人」というステレオタイプがグリム童話のなかに見られるのは、産業革命がもたらした役割分担社会である「近代」のイデオロギーによる洗礼を受けているからだ。近代人男性は自分の肉体から美を剝奪し、「女性を《所有》することによってそれを再び手にいれる、という戦術を選んだのである[41]。」要するに、近代資本主義は「美の女性への専門化[42]」をもたらしたのである。所有される性としての女性は、美しくなければ男性にとって「いい女性」ではなく、価値のない存在、すなわち「悪い女性」であるということになる。

産業革命以前の時代、例えばロココ時代（一七世紀末から一八世紀）のフランスでは、男性も美しくなければならず、特に権力の座にある男性は鬘、化粧、華美な服装と装飾品に心を砕き、「美しさ」で人々の尊敬を得ようとした。整髪は紳士にとって大切な化粧であり、ルイ一四世は高価な鬘を愛用したし、ルイ一五世は長い髪を幅広のリボンで束ね、袋に入れて後ろに垂らし、前髪は捲毛にしていた。鬘も自毛も髪粉で染められ、ひげなしの顔には丁寧な化粧が施された。服装にも凝り、袖口のレース、絹のストッキング、金銀の刺繍を施した絹やビロードの上着、贅を尽くした飾りボタンなどに惜しげもなく金が費やされた(43)。要するに、この時代は男も女と同じように美の獲得に励んだのである。

(3)　一五番（KHM15）「ヘンゼルとグレーテル」［図４］

（あらすじ）　飢饉がきて、暮らしに困った樵夫の一家は、子どもたちを森に捨てる。継母に言い負かされて、父親はしぶしぶ子捨てに同意する。森の奥に迷いこんだヘンゼルとグレーテルがたどり着いた家は、なんとパンとケーキで作られていた。二人は夢中になってその家に噛じりつく。すると

図４

突然ドアが開き、「石のように年を取った老婆が、杖によりかかりながら這うようにして出てきた。……老婆は頭をグラグラさせながら」、二人をやさしく家に招き入れ、格別の御馳走と快適な寝台を与え親切にもてなす。「ところが、その老婆はただ優しそうなふりをしていただけで、実は悪い魔女であった。魔女は子供たちが来るのを待ち伏せし、子供たちをおびき寄せようとしてパンの家を作ったのだ。魔女は子供を捕まえると殺し、煮て料理し、食べてしまう。そしてそんな日が魔女にとっては愉快なお祭りだ。魔女というものは赤い目をしていて遠くが見えない。でも動物のように鼻が利き、人間が近づいてくると匂いでわかる。」魔女はヘンゼルを家畜小屋に閉じ込め、御馳走を与えて太らせようとする。グレーテルは下女として酷使され、食事も満足に与えられない。ある日、魔女はヘンゼルを食べようと、竈に火を入れる。ところがグレーテルにだまされ、竈のなかで焼き殺されしまう。二人は魔女の家にあった宝石を奪い、無事家に帰り着く。意地悪な継母はすでに亡くなり、父親は二人の帰りを喜ぶ。宝石のおかげで豊かになり、三人で幸せに暮らす。(44)

ここでは魔女の姿は目が赤く極度の近視で、嗅覚が獣並みに発達し、人肉特に子供の肉を好んで食べる足腰の弱った老婆として描かれている。これはグリムのメルヒェン集二一一話のなかでは実は異例の長く詳細な描写である。なお、老婆を「石のように年をとった」と形容しているが、これはグリムのドイツ語辞典によると、「片足をすでに墓石に突っ込んでいる」という意味で、(45)非常に侮蔑的な表現である。

『グリム童話集』ではこの言葉が六回出てくるが、男性に使われているのは一回だけで、女性には五回使用されている。男性に使われているのは、「年寄りの爺さんと孫（KHM78）」で、手が震えて食事を口に運べない高齢の要介護老人に対して使われている。女性の場合は、「ヘンゼルとグレーテル（KHM15）」では、杖をついて這うように歩く魔女に、「盗賊の花婿（KHM40）」では、頭をグラグラ揺する盗賊の老婆に（二回）、「悪魔と悪魔のおばあさん（KHM125）」では悪魔のおばあさんに、「泉のそばのガチョウ番の女（KHM179）」で山の奥深くに住む魔女［あとで賢女と判明］に使用されている。要介護老人以外の健康な男の老人に使用されることはなく、女の老人、それも魔女的存在の悪い老婆に対して好んで使用される言葉である。

「ヘンゼルとグレーテル」では初稿で単に「老婆（eine alte Frau）」であった表現が、初版で「石のように年とった老婆（eine steinalte Frau）」に変えられ、魔女蔑視の感情が込められていく。魔女の目が赤いのは、サタンの姿として描かれる山羊の目が赤いことと関連がある。ゲルマンの天候神である雷神トールに仕える動物として、牡山羊には悪魔のイメージが与えられ、しばしば悪魔の顔として描かれる。北欧信仰のなかで愛の女神フレイアに仕える猫が、魔女の随伴者とされたのと同様の理由である。異教の神の忠実な僕《しもべ》が、キリスト教徒のなかで悪魔視されていったということを物語っている。[46]

嗅覚の発達は、魔女が理性的存在である人間よりも、むしろ本能的存在である動物に近いということを仄めかせている。魔女の人食い、特に子供を食べるという習性については、度々述べられている。だが、グリム童話のなかの魔女の人食いは、常に未遂に終わっている。とくにこの話では、魔女はグレーテルに焼き殺されたのだから、逆に被害者だ。正当防衛だと子どもたちは主張するが、老婆の側から見れば、善悪が逆転したまったく異なった話になるのかもしれない。

子供に食物や寝床を与えてやったのに、魔女は一方的に悪く言われ、そのうえパン焼き釜のなかで焼き殺される。子供を食べようとしたというのがその理由であるが、魔女の家から宝物を奪って逃げ帰った子供たちの一方的な話である。森のなかで一人で暮らしている老婆にとって、久々の子供の訪問は戸惑いつつも喜ばしいものであった。その老婆の気持ちや心遣いを子供は理解できず、保護を監禁、家事修行を酷使と誤解し、ひたすら老婆からの脱出を願う。見たこともない薬草や木の実を煮る老婆を魔女と決めつけ、産婆として働く老婆が死産で取り上げた赤子を見て、子供を食べると思い込んだのかもしれない。

堕胎に限らず、産児制限をすることも罪であり、死刑を課される西洋中世のキリスト教社会では、妊婦の苦しみを和らげ、要求を受け入れる産婆を敵視し、魔女として迫害したという俗説がある。しかしながら最近の実証的研究では、実際に魔女として処刑された人に産婆は殆どいなかったという調査結果が多く、産婆＝魔女の通説は否定されている。代わりに産褥奉公人に疑惑の目が向けられている。近世ヨーロッパでは、女性は出産後六週間子供とともにベッドで過ごす習慣があり、その間は通常の仕事から解放され、家事や乳児の世話は専ら産褥奉公人に任せていた。彼女たちは産婆と違って訓練を受けていない未熟練労働者で、たいていの場合貧しい老婆である。「世話の仕方が変わるせいもあろう、産褥奉公人が去った後、病気になる子供の例が多く証言にあがっている」という[47]。

しかし、人々の伝承のなかには、産褥奉公人だけではなく、産婆までもが魔女として生きているように思われる。魔女が幼児を食べるという表現は、カニバリズムや古代の豊饒神（女神）への供養儀式との関連でのみ、これまで解釈されてきたが、堕胎や産児制限で赤子を闇に葬った女性の行動として解釈することも可能であろう。魔女の「人喰い」は、堕胎、死産、流産、不妊の女性に向けられた社会の冷酷な眼差し、差別意識が生み出した独特の象徴的表現とも読める。

(4)　二二番（KHM22）「なぞなぞ」

（あらすじ）　旅に出た王子は森のなかで美しい娘に出会う、彼女の家で一泊させてくれるよう頼む。自分の継母は魔女だからと彼女は宿泊を渋る。暗くなり、他に家も見当らず、王子はその家に入って行く。老婆は「知らない人を、赤い目でじろりとながめた。」

老婆は「深鍋でなんだかぐつぐつ煮物をしている。」

母が毒の飲み物を作っているので気をつけるように、と娘は言う。娘の忠告に従い、王子と家来は何も食べず、何も飲まない。出発のとき、魔女は家来に毒の飲み物を渡す。そのとたんコップが破裂して毒が馬にかかり、馬は死ぬ。馬肉を食べたカラスを家来が殺し、宿屋の亭主に渡す。亭主はそれをスープにし、人殺し仲間と一緒に食べ、その毒で死ぬ。魔女もその仲間だったから、一緒に死ぬ。王子は家来と二人で旅を続け、ある都に来る。その国の王女は美人だが傲慢で、解けない謎をだす者は婿にするが、解ける謎をだす者は打ち首にする、とおふれをだす。王子が謎かけに挑戦し、「ある人が、一人も殺さないのに、十二人を殺した」と謎をだす。王女はこの謎が解けず、王子の寝室に忍びこんで聞き出す。王女は謎を解くが、王子の寝室に侵入したことがわかり、結局、王子と結婚することになる。(48)

ここでは魔女は継母で、毒の飲み物をつくる赤い目の老婆として描かれている。王子を殺そうとするが失敗し、逆に自分がその毒で死ぬ羽目に逢う。何とも頓馬な女ではないか。かかると馬が即死する威力を持つ毒薬を造れるほどの人物にしては、行動に慎重さと鋭さが見られない。魔女にしては凡庸すぎる存在ではないか。この魔女はいったいどの版から登場するのだろう。この話の成立過程を探ってみる。

このメルヒェンは初稿本と初版には収録されておらず、第二版（一八一九年）で挿入された話である。だが、第二版では魔女はまだ登場しない。謎かけゲームに挑むため、王女のもとへ行こうとする息子を両親は必死で引き止める。説得に失敗すると、見知らぬ国で息子が殺されて埋葬されてしまうくらいなら、我々が殺す方がまだましだ、遺体だけでも手元に残るからと考えて、両親が息子に毒の飲み物を与える。毒薬を盛るのは、最初の話では両親なのだ。それが第三版（一八三七年）で悪い魔女の仕業にされる。以後、決定版まで悪い魔女の話で定着する。息子に残酷な仕打ちをするのは、魔女ではなく、元々は両親であった。

『子供と家庭のメルヒェン』と銘打ったグリムのメルヒェン集（通称『グリム童話集』）では、悪い両親の登場が極端に少ない。採集したものにグリムが手を加えずそのまま収めた『ドイツ伝説集』では、悪い両親が頻繁に登場するのに、メルヒェン集では稀である。版を重ねるに従ってグリム兄弟が書き変えていったからだ。悪い母親は継母に、悪い両親は魔女に書き変えることによって、実の母親や両親に対してマイナスイメージを抱かないよう配慮したといえる。平和と調和に満ちた家族を理想とするビーダーマイヤー期の時代精神のなかで、グリム兄弟はメルヒェン集によって模範的家族像をビュルガー（ブルジョア市民）に提供しようとしたのだ。

『グリム童話集』のなかでは、毒薬を使って人を殺そうとするのは、決まって女性である。この話では継母で老婆の魔女（Hexe）、「白雪姫（KHM53）」では魔術（Hexenkunst）を使う継母の王妃、「ヨリンデとヨリンゲル（KHM69）」では魔術師（Zauberin）の老婆だ。これは初期の魔女狩りで、害悪魔術で告訴された魔女被疑者が、女性に集中していたことを思い起こさせる。なぜ男性ではなく、女性なのか。その理由を、歴史上実際に裁かれた魔女被疑者の実例に当りながら、探ってみよう。

ノルトライン・ヴェストファーレン州ホルン市で、魔女罪で告訴された被告人プラスグレーテは、害悪魔術に使う毒薬の作製と使用法に関して次のように詳述している。魔術の秘薬は「薬草にイモリと蛇とひき蛙を焼いて粉末にしたものを入れて作り、この秘薬を穀倉や家に投げ入れたり、牛の飼や水に混入したり、人が飲むビールのなかに入れたり」するそうだ。そうして病気や死や貧困を招くのだという(49)。

プラスグレーテは、一五六三年七月一二日、市の財務部長ニーペッカーにより、妻が病気になったのは彼女の魔術のせいだと告訴された。反論しても無駄で、彼女は捕縛され監獄に拘置された。裁判のとき彼女は起訴事実を認めようとしなかったが、拷問器具を見せられると恐くなり、害悪魔術の使用を認めた。プラスグレーテは記録に名がなく、姓のみの記載で済まされている。彼女の出自に関する記録はなく、姓から推測すると、近郊の村から女中奉公のため町に来た貧しい下層農民出身と思われる。家族や親戚関係に関する記述もない。結婚経験の有無も不明で、告訴時点では一人暮らしであった。魔女であるという噂が町に広まっており、過去に魔女裁判で告訴された経験があるという、魔女の典型ともいえる条件を備えていた。[50] なぜなら「魔女罪を決定する最も重要な判断の基準は、魔女被疑者の素姓にあった[51]」からだ。

過去に親戚関係から魔女被告が出ている場合、告発されると裁判で火刑を免れることはまずない。というのは、魔術は女性から女性へ伝達されるという、共通認識があったからだ。主に家のなかで伝えられ、血縁関係がない姑から嫁への伝達もあるし、母から娘、孫、姪などへの伝達もある。秘薬（毒薬）の作り方を見てもわかるように、一種の職人技で、魔術が技術として認識されており、家計に寄与するという役割も担っていた。主婦と魔女は共通の能力を持つ。煮る、醸造する、保存するなど、料理は変化させるという点で、魔術と似通っている。牛乳からバターへ、パンからビールへ、生から煮物へ、腐敗食品から保存食品への変化は一種の魔術である。また、女性の体液は変化や腐敗を阻止する能力があるとされ、現実にも女性の体は変化を遂行する容器になったり（妊娠）、食料そのものになったり（授乳）する。変化を引き起こし、調節する女性の能力が、魔力を引き起こす[52]、と考えられたのだ。

この頃の女性は料理だけではなく、食料の生産、管理全般に携わっていた。女性の仕事は多岐にわたり、馬以外の家畜の世話、乳絞り、餌付け、放牧、家畜小屋の掃除、バターやチーズなど乳製品の生産、販売（市場で）、菜園作りと野菜の販売（市場で）、家畜取引などだ。市場での販売活動で収入がある女性は、家庭経済において重要な役割を演じ、その労働力は家計を支えるうえで不可欠なものとみなされていた。[53]

ビールやバターなど女性の製造品は、主として家族の需要を満たすためのものであったが、市場での販売は黙認されていた。女性の生産技術は次第に向上し、職人並みの腕前の者も出現し、技術の細やかさで男性を上回る者も現れた。市場で売られる商品に人気が集まると、商店の品物の売れ行きが落ち、売上が減少する。思わぬライバルの出現に、男性の職人は身構え、女性が職人の世界に参入することを拒否し、競争から締め出そうと躍起になった。そこから、女性が醸造したビールを飲むと病気になったり、死んだりすることがある、魔術で毒を混入しているからだ、というステレオタイプの非難が繰り返されることになる。これはビール醸造業ツンフトが、競争相手である女性を中傷したものと解釈できる(54)。

害悪魔術が女性によって伝達されるので、毒薬の作製や使用も女性に集中するということを、グリム兄弟は熟知していたと思われる。第二版には出てこない魔女を、毒薬がらみで第三版から登場させたのは、法学者である彼らが、魔女裁判のこれらの事例に詳しかったからとも考えられる。実際、ホルン市の魔女裁判は、マールブルク大学法学部に頻繁に鑑識依頼を仰いでいる。古代法や中世の法律に人一倍興味を持っていたグリム兄弟が、同じマールブルク大学法学部で学びながら、これらの事例に目を通さなかったはずがない。古代法、慣習法、風習、民謡、伝説、メルヒェン、方言など民衆（Volk）の文化に興味をもった彼らにとって、魔女ほど格好のテーマはない。そのことは魔女的存在に関する豊富な語彙、概念別使用法にもよく現れている。悪い魔女をヘクセ（Hexe）、魔術を使うが悪くはない女の魔術師をツァウベリン（Zauberin）、人に有益で神通力のある賢女をヴァイゼ・フラウ（weise Frau）と、『グリム童話集』ではそれぞれ異なった語で使い分けがなされている。その使用法は版を重ねるごとに徹底され、決定版で完成されたのである。それら魔女ではない魔術的存在の実態については、章を改めて詳しく紹介する。

(5) 二七番（KHM27）「ブレーメンの音楽隊」

（あらすじ）　老齢で役に立たなくなったろばと犬と猫とオンドリは、各々の飼い主に殺される前に家を飛び出し、ブレーメンを目指して共に旅に出る。そこで楽隊になるのが目的だ。途中で強盗の家を見つけ、鳴き声で強盗を驚かせて追い払う。夜中に偵察にきた強盗は、猫に引っ掻かれ、犬に嚙みつかれ、ろばに蹴飛ばされ、オンドリに鳴かれて、「あの家にはものすごい魔女がいる。そいつが俺に息を吹きかけ、長い指で顔を引っ掻いた。戸口の前にはナイフを持った男がおり……」と仲間に報告する。強盗どもは家に戻らず、四匹はこの家で幸せに暮らすことになる。(55)

ここでは実際に魔女がいたわけではなく、息を吹きかけて顔を引っ掻いた猫の行動が魔女の仕業と誤解されている。魔女は「猫のように鋭い爪がある長い指」を持っているという思い込みがあった。魔女と猫の関係はすでに述べたように、愛と豊饒の女神フレイアの従者が猫であったことからきている。キリスト教以前の宗教の神々やその従者はキリスト教導入後、悪魔的存在というレッテルが張られていったのである。さらに、異端の「カタリ派（cathari）という呼び名は元々はドイツのライン地方の民衆の間で呼ばれていた呼び名であり、ラテン語の猫（cattus, 複数形 catti）よりはむしろドイツ語の猫（Kater, Katze）に由来し、民衆の間でも猫の姿をした悪魔を崇拝する異端という意味で使われていた」(56)という。要するに猫は異教や異端と密接に結びついた悪魔的存在として、魔女と最も親しい動物とみなされていたのだ。

　このメルヒェンでは魔女という表現は最初から存在し、初めて収録されたとき以来変更がない。ただし、この話は第二版（一八一九年）からの収録で、初稿と初版には収められていない。

(6)　四三番（KHM43）「トルーデおばさん」［図5］

（あらすじ）　トルーデおばさんが奇妙なものを持っていると聞き、娘は無性に婆さんの家に行きたくなる。悪人だから駄目だと親は禁止するが、娘はそれを無視して婆さんの家に行く。婆さんを質問責めにした娘は「窓からのぞいたら、おばさんはいなくて頭に火が燃えている悪魔がいた」と正体を暴く。婆さんは「おまえは魔女が正装しているのを見たんだよ。あたしゃ長い間おまえが来るのを待ってたんだ。おまえが欲しかったのさ。おまえ、光っておくれ」と言うと、娘を一本の棒に変え、火の中に放り込む。その火で身体を暖めながら魔女は一言、「どうだい、明るくなったじゃないか」と言い、話は終わる。[57]

　親の禁止を無視し、好奇心に負けただけで、この娘は救済への道も断たれ、悲惨で哀れな最期を遂げる。身をもち崩した娘が、西洋中世の社会の中でたどらねばならなかった運命を象徴しているかのようである。一方、同様にタブーを破り泉の水を飲んでも、男性は鹿や石に変えられるが、焼き殺されたりせず、再び元の姿に戻され

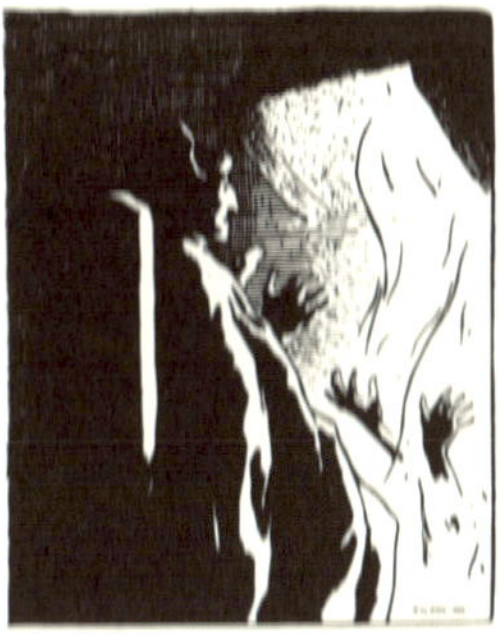

図5

る。男性と女性に対する扱いの違いが、魔女の変身術にも現れている。

魔女が行う最も悪い行為は殺人であるが、この場合魔女はたいてい継母である。実の娘を幸せにするため王妃になった継娘を殺す（KHM11，135）というのが典型的ケースである。魔女の悪意というより、出来の悪い子を想う母心といえよう。毒殺を企てる場合もあるが失敗し、代わりにその毒で自分が死ぬ羽目になる魔女（KHM22）、子供を食べようとするが失敗し、いつも未遂に終わっている魔女（KHM15，51，56）、継子だと勘違いして、実の娘を殺してしまう魔女（KHM56）、こういう魔女は冷酷な悪者というより、愚かで慌て者で悪戯好きな、むしろユーモラスな存在といえる。

ヤーコプ・グリムは『ドイツ神話学』で「魔女はずる賢く悪戯《いたずら》をする女(58)」と定義しており、「魔女（Hexe）という言葉は一七・一八世紀になってようやく一般に使用されるようになった言葉」で、一六・一七世紀頃までは、女悪魔（Teufelin）という意味で中高ドイツ語の Unholde が使われていたと述べている(59)。「トルーデおばさん」に登場する魔女が悪魔（Teufel）と同義語として使われているのは、この事実を踏まえたものであろう。実際、オーストリアでは女の悪魔のことを「ベーリアルもしくはトルーデ」と言ったそうだ(60)。トルーデおばさんは魔女であると同時に女悪魔でもあった。しかしながら魔女と悪魔を同一視する見方は、民衆が古くから持っていたものではなかった。ただ、「宗教改革以後魔術は異教と結び付けられるが、まだ、すぐには悪魔とは結び付けられなかった。この考えは民衆に根づいたものではなかった(61)」とヤーコプは断言している。魔女は昔の「女神たちの従者」であり、「善良で崇拝されていた」存在から、キリスト教の導入により「敵視され恐れられる」存在に変わっていった。それが、「不公正で愚かな魔女火刑を引き起こす」ことにつながっていったというヤーコプの把握は、[62] 法学者であるだけに正確である。

「トルーデおばさん」の話は初版から第二版までには見当らず、第三版（一八三七年）になって初めて収録されたものである。マイヤー・テディーの女性文庫（一八二三年）の詩「小さないとことトルーデおばさん、乳母の話」から取られたものだ。[63] 民間の口承による話ではなく、文学書から採用した話であるから、魔女と悪魔の同一視が描かれているのである。なぜなら教養知識人ほど書物により、悪魔と結託する魔女のイメージに洗脳されていたからだ。マイヤーの韻文の詩はグリムのものよりも長く、教訓的表現が目立つ。

「かあさんは、私を叱り、とうさんは、私を殴る……トルーデおばさん、両親は、私を呪う……トルーデおばさんは、まえから、おまえが欲しかった。だから、両親は、いつもしつこく、おまえに注意してた……」[64]。

親の忠告に従わず、禁止された危険な場所に出向いていった娘が、不幸な目に逢うのは自業自得だ、とでも言い聞かせているような詩だ。とくに最後から二番目の段落、「だから両親は、いつもしつこく、おまえに注意してた」という一節は教訓的だ。これがトルーデおばさんの最後の台詞で、この後、彼女は娘を棒に変えてしまう。教訓としての重みがひしひし感じられる言葉である。

一方、グリム童話では、最後の教訓は省かれる。娘は「わがままで、生意気で、両親が何をいっても、素直に従わない。これではろくなことがないだろう」という、不幸を暗示する表現を最初に入れている。教訓も暗示も知らないのが民間伝承とすれば、教訓を省き不幸を暗示したところに、読者（富裕市民層）を意識したグリム兄弟の改変手法が見える。

ところで、トルーデおばさんの魔女像は、民衆文学に現れている古い伝承社会ではなく、活字文学を尊重する一九世紀教養市民社会の捉え方を反映しているようだ。初版本に見られる魔女に比べて、極端に冷酷で邪悪な存在、悪魔の一味としての魔女の姿がここには見られる。

(7) 四九番（KHM49）「六羽の白鳥」［図6］

（あらすじ）森で狩猟をしていて道に迷った王は、老婆に森から出る道を尋ねる。老婆は「頭をグラグラ動かしながら」歩く魔女だった。魔女は自分の娘と結婚してくれたら教えるという。王はその条件を受け入れて道を教えてもらう。魔女の娘は美人だが好きになれず、結婚しても王は彼女を信用しない。王は先妻との間に出来た七人の子供たちを森に隠す。その森に行くには「賢女（weise Frau）」から糸玉をもらわなければ、道がわからない。ある日、王妃は糸玉を見つけたので、魔法を縫い込んだシャツを持って子供たちのところに行く。王妃はシャツを投げて、六人の王子を全員白鳥に変えてしまう。王女だけはちょうど外出中で助かる。彼女は兄たちを捜す旅に出る。兄たちを救うには、六年間沈黙を守り、えぞ菊の花でシャツを六枚縫わなければならない。森で過ご

図6

すうち、王女はある王にみそめられ、妃に迎えられる。だが、姑が悪人で、口をきかない嫁に不満で辛く当る。姑は妃が産んだ子を奪い、妃が子どもを食べたと言いふらす。三度これを繰り返したので、王は妃を庇い切れず、妃に火刑の判決がくだされる。妃が処刑される瞬間、白鳥に変身した兄たちが飛んでくる。妃が白鳥にシャツを投げかけると、魔法が解け、白鳥は王子の姿に戻る。ことの次第を説明すると、王は大変喜ぶ。妃は救われ、悪い姑が代わりに火刑に処される。(65)

ここでは魔女は、王に道を教えるだけで、ことさら悪い存在でない。娘を王の嫁にと押しつける以外、とくに悪いことはしていない。悪いのは、美人の魔女の娘だ。継母になった彼女は、継子迫害を企て、六人の継息子を全員白鳥に変えてしまう。魔女の娘のときは悪人ではなかったのに、結婚して継母になった途端、継子いじめをする悪人に変わってしまう。普通、どんな娘でも、男性と二人で付き合っているときは楽しくて、いい人でいられるものだ。それが結婚して、相手の連れ子、それも六人もの息子をも含めた生活となると、楽しさよりも難しさが先立ち、ストレスから心の余裕がなくなる。その結果、魔女の娘でなくても、悪い女になってしまう。結婚前はいい女だったが、結婚後は悪い女という感想は、男性の一般的女性観ではないだろうか。このことは逆に、男性に関しても言える。結婚前はいい人だったのに、結婚後は暴力亭主、浮気者、甲斐性なしなどという例は枚挙に暇がない。その上、もし妻の方に連れ子が六人もいたら、夫は戸惑い、ストレスから妻に辛く当ってしまう。ただ、メルヒェンは一貫して男性側の視点に立つ。男から見た女の姿を、結婚前と結婚後、善人から悪人へ、美しい娘から継母へという変遷過程を象徴的に描いている。「逆もあるべし」と叫びたくなるほど、一方通行なのだ。

グリム童話の中で一番の悪人は継母で、次が魔女という調査結果があるが[66]、この話はその指摘が当てはまる一例といえる。実際、ここでは継母の「悪さ」は魔女を上回っている。しかし、最も悪い存在ではない。最高の悪人は、魔女でも継母でもなく、姑なのである。それゆえ、彼女は極刑（火刑）に処されてしまう。素姓の知れない障害者（聾唖者）を嫁として受け入れることはできないという強い思い込みが、姑の嫁いびりの動機である。要するに彼女は、身分違いの結婚を是認しない社会の代弁者にすぎない。とすると、社会規範を守ろうとした姑はなぜ罰せられたのだろう。彼女の行為は火刑に相当するほど「悪い」ことなのだろうか。彼女が悪いとすれば、それは赤ん坊を隠して嫁に殺人の罪をきせたことである。しかしそれは、社会規範を守るための行為なのだ。なぜなら、王家にふさわしくない出自の嫁が産んだ子どもは、受け入れを拒否せざるを得ないからだ。彼女にもし罪があるとすれば、それは嫁いびりである。すなわち、社会規範違反の行為を断行した張本人である王（息子）にではなく、被害者である嫁（王妃）にその罪をなすりつけ、迫害しようとしたことである。真に罰せられるべきは姑ではなく、王である。支配者である王は罰せられず、彼より弱い立場にある姑が罰せられるところに、メルヒェンの現実感覚がうかがわれる。

なお、この話には魔女（Hexe）に対応する存在として賢女（weise Frau）が登場しているが、前者は悪、後者は善という色分けがなされている。この点について、他の話ではどのように描かれているのだろう。今後注目していきたい。

この話は一八一二年一月一九日、カッセルのヴィルト家で娘のドルトヒェンが語ったものだ。継母の登場は、初版からであるが、注釈書によると、ドイツのボヘミア地方の類話では、息子たちを白鳥に変えるのは「悪い継母ではなく、『七羽のカラス（KHM25）』と同じように、王である父親の不注意な言葉」である。(67) すなわち、娘が誕生したとき、洗礼の水を汲みにいったまま戻ってこない息子たちに、父親（王）が腹を立て、「ぼうずども、皆、カラスになってしまえ」と叫んだ言葉なのである。(68)

そうだとすると、姑同様、継母の悪行も、本来は父親（王）の悪行が原因であったことになる。グリム童話には、悪い行為を継母に押しつける傾向があるが、本当に悪いのは伝承の世界では権力を掌握していた父や王だったのではないのか。

(8) 五一番（KHM51）「めっけどり」

（あらすじ）山番が森で子供を拾い、自分の娘と一緒に育てる。二人は成長し、大の仲良しになる。ある晩、料理人の老婆が湯を沸かし、その子を煮て食べる準備をする。それを知った娘はその子と一緒に逃げ出す。老婆は下男三人に子供を連れ戻すよう命令する。子供たちは一回目はバラの木と花に、二回目は教会とシャンデリアに、三回目は池と鴨に化けて、追っ手を振り切る。下男たちは三回ともだまされるが、老婆は見破る。三回目は老婆自らが追っ手に加わり、池の水を飲みほそうとする。すると、鴨が泳いできて、嘴で老婆の頭をくわえ、水の中に引っ張り込む。魔女の老婆は溺れ死に、子供たちは大喜びで一緒に家に帰る。(69)

料理人の老婆が魔女であるということは、最後に一回述べられているだけだ。彼女が魔女だという表現がとられているのは初版からで、初稿では終始、料理人である。そのうえ老婆という表現もない。ただの女の料理人（Köchin）である。それが初版から料理人の老婆（alte Köchin）に変えられる。

グリム童話に女の料理人が登場する話は四話ある。「ブレーメンの音楽隊（KHM27）」、「親指小僧（KHM37）」、「かしこいグレーテル（KHM77）」とこの話だ。このうちの最初の二話では女の料理人の善悪老若については触れられず、女中と表現されているだけだ。「かしこいグレーテル」の話では料理人は、赤い靴を履いたおしゃれで狡猾な若い娘である。主人をうまくだまし、ワインを飲みながら、鶏の丸焼きを二羽とも一人で平らげるこの娘は、桁外れにユーモラスな存在だ。その頭の良さと豪快な食欲に思わず乾杯、といいたくなる。要するに、女の料理人が「悪人」であったり、「老婆」であるのはこの「めっけどり」の話だけなのだ。

ヘッセン州シュヴァルム地方出身のフリードリケ・マンネルが、一八一二年に語ったこの話の類話では、女の料理人は山番の悪い妻だったとなっている。(70)

女の料理人という表現は魔女よりも妻に近い表現ではないだろうか。捨て子を拾ってきた夫は、ただでさえ火の車の家計のことが頭から抜けている。妻にしてみれば、自分の子供さえ育てられるかどうかわからないときに、他人の子供などもってのほかという気持ちであろう。

「ヘンゼルとグレーテル」にも見られるように、昔の社会では子捨ては珍しい行為ではなかった。避妊に対する知識も手段もなく、また、避妊そのものが罪として禁じられていた頃、子供の誕生は喜びというより、「むしろ苦しみとして、すなわち災難として感じられていたように思われる」とバダンテールは書いている。[71] 実際「F・ルブランによれば、一七七三年から一七九〇年までの子捨ての数は年平均五千八百人だった。パリで一年間に生まれる子供が二万人から二万五千人くらいだったことを考えると、莫大な数である」といえる。[72] 当然、ドイツとフランスとでは状況が違うという指摘が予想される。しかし、グリム童話の語り手は、大半がフランスで宗教的迫害に遭い、ドイツに逃れてきたカルヴァン派の人々、すなわちユグノーの子孫であったことを考えると、フランスの社会状況を鑑みることの意味は自ずと明らかであろう。

悪い料理女を魔女として固定化したグリム兄弟は、一八世紀に数多く存在した「悪い母親」の存在を、彼らの『子供と家庭のメルヒェン集』（グリム童話の正式名称）では極力見えなくしている。一九世紀のビュルガー（ブルジョア市民）の家庭観、性別役割分担が固定化され、家事と育児に生き甲斐を求める主婦こそ、女性の生き方の理想であるとする近代家族の思想がその中に満ちあふれている。「家庭の天使」としての主婦の役割を強調することは、現代人の目から見れば、たしかに、役割分担の押しつけという弊害はある。だが、自分で子供を育てず、もっぱら乳母に押しつけるか、里子に出すことが多かった一八世紀の上流階級の女性から見ると、これは新しい思想であり、画期的な主張でもあった。子育てになぞかかわらないのが女としての理想であるとばかりに、社交や恋愛に明け暮れしていた貴族女性の生き方ではなく、経済的にも社会的にも主導権を握りだしたビュルガー（ブルジョア市民）層の女性の生き方を理想とすべきであるというメッセージが、彼らのメルヒェン集には鳴り響いている。したがって、母性本能より生存本能を優先して子捨てを断行した「悪い母親」は、グリム童話集から排除されていく。と同時に、「悪い継母と悪い魔女」が増産されていく。

(9)　五六番（KHM56）**「恋人ローラント」**［図7］

（あらすじ）　魔女には娘が二人いる。醜く悪い実の娘と美しく善良な継娘だ。魔女は実の娘を可愛がり、継娘を憎んだ。継娘が持っているきれいなエプロンを、実の娘が欲しがるので、それを取り上げるため、彼女は継娘殺害を企てる。計画を盗み聴きした継娘が寝床を替えたので、魔女は誤って実の娘の方を殺してしまう。継娘は魔女の魔法の杖を持ち出し、恋人ローラントと逃げる。朝になって真相を知った魔女は、怒り狂って継娘の後を一里靴を履いて追いかける。継娘は魔法の杖を使って、ローラントを湖に、自分を鴨に変身させ、追求を逃れる。二度目は自分を花に、彼をバイオリン弾きに変身させる。魔女が来て、花を摘もうとしたとき、バイオリン弾きが曲を奏で、魔女は踊り出す。茨の中で血だらけになるまで踊り続け、魔女は死んでしまう。こうして二人は難を逃れる。ローラントは婚礼の支度をするため、家に帰る。そこで彼は、**別の女の罠にかかり**、継娘のことを忘れさせられる。継娘の方は花に変身して、ローラントの帰りを待っている。あるとき、羊飼いが来て、花を摘んで持って帰ってしまう。このときから羊飼いの家では、見えない手で全ての家事がなされる。奇妙に思った羊飼いは、賢女のところに相談にいく。賢女は魔法の力と見抜き、朝早く動くものに白い布を被すよう助言する。花に白布を被せると美しい娘が現れ、羊飼いは求婚する。継娘はローラントへの想いを貫き、求婚を断る。操を守りながら、継娘は羊飼いの

図7

家で過ごす。そのうち、ローラントと別の女との結婚式が近づく。未婚の若い娘は皆、花嫁花婿に祝いの歌を歌うことになっており、継娘も歌う。その歌声を聞くや否や、ローラントは継娘のことを思い出し、彼女が本当の花嫁だと叫ぶ。操を守り通した継娘は、ローラントと結婚し、ハッピー・エンドとなる。(73)

この話は初稿にはなく、初版（一八一二年）から存在する。初版では、継娘の美しさは強調されているが、実の娘の容貌はほとんど描かれていない。「継娘は実の娘より千倍も美しく、気立てがよかった」と書かれているからだ。それが、決定版にある表現に変えられるのは、第二版（一八一九年）からだ。「醜く悪い」実の娘と「美しく善良な」継娘というステレオタイプの表現に変更される。と同時に、魔女に関しても、初版にはない「この女は正真正銘の魔女だった」という文章が付加される。しかし、「正真正銘の魔女」であるこの女は、同時に継母で、実の娘のために継娘を殺そうとする。しかし、間違って実の娘を殺してしまう。怒り狂って継娘を追いかけ、抜群の視力で見つけるが、変身術で逃げ切る継娘にかなわず、逆に殺されてしまう。「正真正銘の魔女」とはなんと頓馬な女だろう。それに比べて継娘の賢いこと。おまけに彼女には恋人がいて、逃亡するのも彼と一緒だ。逃亡する前、魔女の継母から魔法の杖を奪うというアイデアは、初版では継娘のものだが、第二版から、恋人ローラントのものに変わる。これによって、男の適切な助言が窮地を救ったというストーリーが出来上がる。第二版の改定を担当したヴィルヘルム・グリムが書き変えた結果だが、この変更には納得しかねる。一方、継娘はローラントのその後の軽率な行動を見ると、冷静な判断ができる男とは到底思えない。

実に賢く冷静だ。前の晩、継母と実の娘との会話を盗み聞きし、寝床を入れ替えて難を逃れるという策を思いつくほどの人物だ。逃亡するには、魔法の杖を奪う必要があるという判断をしたとしても、不思議はない。

なお、この話の中には一箇所看過できない表現がある。少し長くなるが、その点について意見を述べたい。それは太字部分の表現である。

家に帰るとローラントは継娘のことを忘れて別の女に心を奪われる。**別の女の罠にかかり**、継娘のことを忘れさせられる、と書かれている。浮気をした本人が悪いのではなく、男をその気にさせた女が悪いというのである。ずいぶん手前勝手な理屈だ。そもそも結婚の約束をした相手がいるのは男の方なのであって、女の方ではない。別の女にはそんな相手がいるわけではないのだから、彼女がローラントに恋をしたとしても、何ら責められるべきことではない。それなのに、女の方が悪者、男の方を被害者としてテクストは扱っている。婚約者のいる男が別の女に恋をした場合、悪いのは男の方であって、別の女ではない。別の女が美しく魅力溢れる女性であったとしたら、彼女の美と魅力が罪なのではなく、その魅力に引かれる男の方が悪いのである。それを女の方の罪悪とするのは、現代の視点で見れば、明らかに責任転嫁である。魔女狩りで美しい女が処刑されたのと同じ理屈である。男を誘惑した罪で告訴された美女は、その美しさや魅力が罪として裁かれている。本来は、美しさに引かれて自制心をなくし、淫らな行為に走った男の方が裁かれるべきであろう。そこには男＝善、女＝悪というキリスト教的な善悪の性別固定化と近代のミソジニー（女性蔑視）が反映している。(74)キリスト教はセックスを嫌悪し恐れる。したがって、性衝動へと誘惑する女性を男性は恐れ憎んできた。罪とセックスと女は「聖ならざる三位一体」といわれるぐらい、女性は永遠に男性を堕罪に誘うエヴァなのである。(75) したがって、女性は美しい姿で歩き回るだけで誘惑（罪）であり、淫らな想いで女を見る男は、心のうちですでに姦淫（罪）を犯したことになる。(76) 要するに、醜くて性的嫌悪感をもたせる女性が善女で、美しく性的魅力に溢れる女性が悪女ということになる。(77) その点に関しては、また、後の章でくわしく述べることにする。

なお、羊飼いの求婚を断り、ローラントへの操を守り通した継娘が幸せになるのはわかるが、浮気をして、継娘への操を破ったローラントも同様に幸せになるのは合点がいかない。ここには明らかに、貞操観に関する性別ダブルスタンダードが存在する。すなわち、女の操は幸福になる不可欠の条件だが、男の操はその限りではないという、性別による二重規範が存在している。

⑽　六〇番（KHM60）「二人兄弟」

（あらすじ）　金持ちの兄と貧乏な弟がいた。弟は金の鳥をみつけ、兄がそれを買い取った。丸焼きにしたとき、金の鳥から心臓が落ち、それを弟の子供二人が食べる。彼らの枕の下から毎朝金貨が見つかる。おまえの子供たちは悪魔と結託しているから、家から追い出せと兄に言われる。追い出された子供たちは森で猟師に拾われ、育てられる。二人は一人前の猟師に成長し、巣立つとき、短刀を木に刺すよう助言される。片方が死ねば、片面が錆び、安否がわかる刀だ。兄弟のうち弟の猟師は町に入り、王女が竜の餌食にされると聞き、竜退治をする。しかし彼は、眠っている間に侍従長に殺され、王女も手柄も横取りされる。だが、弟の猟師は兎から万能薬の根をもらったので再び甦る。彼は町に戻って、竜を殺したのは自分だと主張し、証拠に竜の舌を出す。侍従長は死刑になり、弟の猟師は王女と国を手にいれる。王になった弟は猟に出かけ、魔法の森で道に迷う。木の上に老婆がいて震えている。降りて来て火に当るよう誘うと、老婆は動物が恐いので、枝で動物の背中を叩くように頼む。王がそうすると動物は皆、石に変わる。老婆は魔女で、王も石に変える。あるとき、木に刺された短刀が錆びているのを見て、兄の猟師は弟の危機を知る。兄弟は双子だったので、兄は城に行き、弟の身代わりになる。王妃を安心させ、弟を魔法の森から救出するため、替え玉になりすます。兄は王として森に行き、魔女に出会い、鉄砲で撃つ。魔女は鉛の玉なら平気だが、銀の玉にはかなわず、打ち落とされる。弟を元の姿に戻させてから、魔女を縛り上げ、火あぶりにする。魔女の身体が全部焼けると、森はひとりでに開いて、日がさし明るくなる。兄が自分の代わりに王になって妃と寝たと聞き、弟は怒って兄の首をはねる。しかし弟は、命の恩人を殺したことをすぐに後悔する。再び兎が現れ、命の草の根で兄を甦らせる。兄は寝るときベッドの中央に剣を置いて、妃に触れなかったということがわかり、弟は兄の身の潔白を知る(78)。

この魔女は老婆で木の上にいて、動物が恐くて降りられない。魔法の枝で叩くと、動物や人間を石に変えることができる。鉛の玉ではなく、銀の玉で打ち落とせば、魔女は倒せる。なぜ銀なのかというと、銀は「純粋、無垢、曇りのない良心(79)」の象徴で、「ローマ・カトリック教会では、宗教的儀式で使用される聖杯やその他の聖具……が銀製で(80)」あり、聖性を秘めた金属とみなされていた。魔女の超自然力と戦うには、鉛より優れた銀という貴金属が必要であった。そのことを知っていた兄は鉛の玉ではなく、銀ボタンを銃に詰めて、魔女を討ち取る。魔法の枝で石に変えた人間や動物たちを元の姿に戻させてから、魔女を縛り上げ、火あぶりにする。魔女の身体が焼け終わると、かかっていた魔法が解け、森が明るくなる。魔女の魔力を取り除くには、焼き殺さなければならない。実際、魔女裁判でも魔女罪は普通の犯罪ではなく、例外犯として扱われ、極刑（焚殺）を加えるべきだとされた(81)。

　このように現実の世界でも、説話の世界でも魔女の火刑は定着し、「魔女は焚殺すべきもの」という共通認識が形成されていった。

⑾　六五番（KHM65）「千枚皮」［図8］

（あらすじ）再婚相手は金髪で同程度の美女という条件を出して、妃は他界する。妃の死後、王は再婚相手を捜すが、条件にかなう相手がいない。ふと娘を見ると、金髪美人で亡き王妃に瓜二つである。王は娘に恋をし、求婚する。家来は反対し娘は拒否するが、王の決意は変わらない。娘は困り果て、無理難題を出して求婚を拒否しようとする。娘は王に、千種類の動物の皮で出来た外套と金色と銀色と星色の三着の服を要求する。要求の品を揃えた王は、娘に結婚を迫る。品物を持って娘は城から逃げ出す。千枚皮の外套を羽織り、森の中に隠れる。他国の王が狩猟に来て、森で娘（千枚皮）を見つけ、城に連れ帰り、下女にする。パーティーが開かれたとき、千枚皮は金の衣装、銀の衣装、星の衣装を着て密かに出席する。王は毎回彼女と踊り、彼女に恋をする。千枚皮は

図8

踊るとすぐ消え、衣装を着替えて台所に戻り、王に出すスープを作り、その中に毎回、金細工を入れる。スープがあまりに美味で、金細工入りなので、料理番から作った人を聞き出す。料理番は「千枚皮、おまえは魔女だ。スープの中にいつも何か入れて、味をよくし、僕が作ったのより王様の口に合うんだ」という。王は毎回千枚皮を呼び出し、スープの中の金細工のことを問い正すが、彼女は知らないと言い張る。三回目のパーティーで王は娘の指に金の指輪をはめる。千枚皮を呼び出した王は、娘の指に指輪がはまっているのを見て、外套を剝がす。星の衣装と豊かな金髪が現れ、千枚皮が例の絶世の美女であることがわかる。王はすぐ求婚し、二人は結婚し、死ぬまで楽しく暮らす(82)。

料理上手の娘を魔女と罵るのは、この話が採用された初版からである。魔女と料理の関係はゲルマン最古の部族法であるサリカ法典にすでに記載されているとヤーコプ・グリムは言う(83)。彼は『ドイツ神話学』で、古代の魔女の竈という概念から料理と魔術の関連について論述する。料理する(kochen)や煮て作る(sieden)という行為は多くの魔術を必要とする。「古代の女や巫女が塩の調合を管理し、塩釜の監視と世話が彼女たちに任されていたとしたら、塩作りと魔術についての後世の人々の見解との関連が証明されるだろう(84)」。料理上手の魔女という概念は、古代の塩の管理者、巫女的な存在としての魔女、すなわち、人々の生活に根付いていた魔女信仰としての魔女像と結びついたものである、とヤーコプは見ている。

しかし、この魔女像には魔女狩りの犠牲者像との関連も読み取れる。(4)二二番「なぞなぞ」の項で、ホルン市の魔女狩りの犠牲者の例を挙げて、魔女と料理の関係について説明したが、魔術は女性の台所仕事と密接に結びついていた。料理を始め食料の生産、管理全般に携わっていた女性には、乳製品やビールなどの生産技術で男性を凌ぐ者が続出した。女性の技術に怯えた男性職人たちは、彼女たちの技術を認めず、逆に、女性の職業活動を制限し、ツンフトから締め出した。女性の作ったビールやチーズに毒が入っているという噂を流し、市場で売られる女性の安くて旨い商品に客がなびくのを止めようとした。不況を迎え、男性の経済利益を死守し、女性による侵害を阻むためであった。

料理番より上手にスープを作るこの娘が魔女だと言う言葉は、男の料理職人を上回る調理技術を持つ女なんて認めたくない、そんな女は魔女に違いない、という発想から出た言葉とも受け取れる。そこには、ホルン市を始め、初期の魔女狩りの犠牲者の姿と一脈通じるものがある。

この話は初稿では継子いじめの話で、近親（相）姦の話ではない。よその紳士が継母の実の娘を無視して、継子の姥皮（老婆の仮面）を着た娘に愛の印としての指輪を与える。家を出た姥皮は王の城で靴みがきとして住み込む。舞踏会に出て、王にスープを作り、指輪によって発見され、王の妻になる。しかし、初稿はごく短いあらすじで終わっている。物語になったのは初版からで、一八一二年一〇月にドロテーア・ヴィルトが語ったものを収めている。[85]

初版ではこの話は最初から最後まで近親姦の話である。すなわち、森に逃げた千枚皮を見つけるのは、決定版のように他国の王ではなく、実の父の王である。下女として働く千枚皮は、最後は父王と結婚して幸せになる。父と娘の結婚という近親結婚の話は、しかし、第二版から変更される。森で姫を見つけるのは他国の王になり、そのまま決定版までその変更が踏襲される。

父が娘に恋をして求婚するところまでは中世の多くの詩にも歌われており理解できるが、実際に結婚するという結末は、一九世紀の近代市民家族には到底受け入れられない展開である。古代のキリスト教以前の社会で行われていた近親姦や近親結婚は、近代家族の倫理に適合しないため、グリム童話ではタブーとして排除されていったのである。

⑿　八五番（KHM85）「黄金の子ども」〔図9〕

（あらすじ）　漁師が海で黄金の魚を釣り、逃がしてくれるなら家を御殿にしてやると魚が言うので、そのとおりにする。秘密は守るという条件なので、妻に理由は言えない。だが、妻の詰問に耐えられず、夫は秘密（黄金の魚との取引）をばらす。とたんに御殿は消えて元の小屋になる。これを二度繰り返す。三度目に黄金の魚は自分を六等分して、妻と馬と地面に二切れずつ与えるよう漁師に言う。そのとおりにすると、妻は黄金の双子を産み、馬は黄金の子馬を二頭産み、地面からは黄金の百合が二本生える。黄金の子の一人が旅に出て、美しい少女と結婚する。彼は牡鹿の夢を見、猟に出かける。牡鹿を追いかけるうち、魔女の家に来る。魔女の犬に吠えられ、「黙らないと、打ち殺すぞ」と言うと、魔女が怒って黄金の百合が子を石に変身させる。二人の安否を示す黄金の百合が

図9

一本萎れたので、弟は兄の災難を知る。弟は森に行き、老婆の魔女を見つける。魔女は弟に声をかけ、魔法をかけようとするが、弟は近づかず、「兄を生き返らせないと、おまえを打ち殺すぞ」と言って、魔女を脅す。魔女がいやいやながら指で石に触れると、兄は元の姿を取り戻す。兄はお嫁さんのところ、弟は郷里の父のところにそれぞれ帰り、皆、幸せに暮らす。(86)

この話に出てくる魔女は悪人ではない。自分のペットが殺されそうになったから、相手を石に変えたまでだ。子供のいない魔女にとって、ペットの小犬は唯一の家族と言っていいほどの愛しい存在だ。その小犬が殺されるとあれば、あらゆる手段を使ってそれを阻止するというのは、当然の行為だ。決して悪い行為ではない。ここでは魔女の正当防衛が成立する。悪いのは主人公、黄金の子どもの方だ。それをこのメルヒェンは一貫して魔女の悪で片付けようとする。哀れなのはむしろ魔女のほうだ。弟がやってきて、兄を元の姿に戻さないと殺すぞと脅すと、すぐ、元の姿にもどしてしまうなんて、本当に気弱な魔女だ。腕力も精神力も魔力も弱い、一人の老婆の現実の姿がさらけだされているようだ。

なお、魔女が黄金の子を変身させるのは、初版では石臼（Mühlenstein）となっているが、決定版では、ただの石（Stein）に変更されている。粉屋（Müller）が水車小屋で使う石臼（Mühlenstein）の方が魔女裁判との関係が暗示されていて興味深いのだが、グリム兄弟はそれを敢えて避けたようだ。というのは、魔女裁判で魔女を処刑場まで運ぶのは粉屋の仕事と決まっていたからだ。魔女に大地を汚されないよう、魔女は歩かせず、必ず荷車に、それも粉屋の荷車に乗せて引かせたという。(87) 伝承の魔女と魔女裁判での魔女被告とを、グリム兄弟は意識的に切り離そうとしていたのであろう。

⒀　一一六番（KHM116）「青いあかり」［図10］

（あらすじ）　王様に解雇された兵隊が、森の中で家をみつけ、一夜の宿と飲み物と食べ物を乞う。魔女が出てきて、いわれた仕事をするなら置いてやるという。兵隊は一日目は畑を掘り返し、二日目は薪割りをし、三日目は井戸の中から青いあかりを取り出す仕事を命じられる。籠に乗って井戸の底に降り、あかりを取って上ってくると、魔女が青いあかりだけ取ろうとするので、その魂胆を見抜き、「だめだ、あかりはな、おれが両足を地面につけてからでないと渡さないぞ」と言う。魔女は気ちがいのようになって怒り、兵隊を井戸に落とし、どこかへ行ってしまう。兵隊が青いあかりで煙草に火をつけると、黒い小人が出てきて望みをなんでもかなえてやるという。兵隊は、まず、自分を井戸から出し、次に魔女を縛って裁判官に突き出すよう命じる。「まもなく老婆は、牡の山猫の背に乗り、恐ろしい声をあげながら風のような速さで通り過ぎていった。」魔女は捕えられ、首吊りの刑に処される。兵隊は魔女の金貨や宝を奪う。

故郷の都に帰った兵隊は、自分を解雇した王への復讐を企てる。小人に姫を眠ったまま自分の宿に運ばせ、夜中だけ自分に下女奉公させる。掃除が済むと兵隊は姫を安楽椅子に呼びつけ、両足を姫の方に突き出し、「靴を脱がせろ」と言ったかと思うと、その脱がせかけた靴を姫の顔へ蹴りつける。そのようにして姫を酷き使ったが、三晩目に王にばれ、兵隊

図10

は死刑を宣告される。兵隊は死ぬ前に、一服煙草を吸わせてくれと頼み、許可される。青いあかりに火をつけ、小人を呼び出した兵隊は、王と裁判官を殴り倒せと命じる。王は命乞いし、国と姫を兵隊に与える。(88)

決定版に描かれている魔女に関する不気味な描写、「老婆は牡の山猫の背に乗り、恐ろしい声をあげながら風のような速さで通り過ぎていった」は、初版にはない。また、初版では魔女の老婆は青いあかりから出てきた黒い小人に撲殺されるのに、第四版以降は縛られて裁判官に突き出され、首吊りの刑に処される。魔女といえども勝手に殺さず、生殺の決定を裁判官に委ねたのは、市民道徳への配慮からか。それとも、魔女裁判との関連からか。いずれにせよ、魔女裁判定番の火刑ではなく、絞刑にしたところに、法学者としてのグリム兄弟の面目躍如たるものがある。実際、この魔女は火刑に処されるほど悪くはない。いや、まったく悪くないと言ってもいい。飢えた兵隊に仕事を与え、宿と食を提供した老婆の、いったいどこが悪いのか。井戸から青いあかりを持ってくるよう依頼し、あかりだけを受け取り、兵隊を突き落とそうとしたと言うが、それが死罪に値するほどの悪行であろうか。自分が見つけた宝物を横取りされないよう、確実に受け取ろうとしただけではないか。むしろ、世話になった老婆に頼まれた仕事も果たさず、宝物も渡さず、横取りしてしまった兵隊の方こそ、悪人ではないのか。裁かれるべきは兵隊の行為である。魔女は悪人、主人公は善人という暗黙の了承のうちに進行していくメルヒェンに、一時ストップをかけ、先入観なしに客観的考察を試みると、もう一つ別の隠された事実が見えてくる。

兵隊の行動は尋常ではない。解雇した王に復讐するため、王の娘である姫を夜の間だけ誘拐して、自分の下女として酷き使うという発想は、どこか不自然である。決定版では夜中に姫に掃除させ、その後、姫を安楽椅子に呼びつけ、兵隊の靴を脱がさせ、その靴を姫の顔にぶつける。この奇妙な行為には実は隠された意味が存在する。(89) ある土地の上に靴を投げるということは、その土地の所有を望んでいるということを意味する。姫の顔に靴をぶつけるということは、姫の所有を切望しているということになる。結局、兵隊はこの願望を満たし、姫を所有することになるが、それは姫が片方の靴を兵隊のベッドに隠すという行為によって暗示される。「靴を渡すということは所有権の移譲を表す(90)」からである。兵隊の目的は最初から王国そのものであり、その手段として姫を誘拐し、その貞操を奪ったのである。ちなみに初版では、掃除や顔に靴を当てるという表現はなく、姫は夜、兵隊のもとに連れてこられ、「兵隊の言うことを聞き、彼の望むことはなんでもしなければならなかった」という表現になっている。(91) セックスを仄めかす素朴な表現は、(92) グリム兄弟によって第四版以降、民俗学的隠諭を含んだ前記の表現に変えられてしまう。おそらく、市民道徳を慮っての変更であろう。

⒁　**一二二番（KHM122）「キャベツろば」**

（あらすじ）若い狩人が森で醜い老婆に出会い、施しを求められる。老婆は超能力を持つ賢女（weise Frau）で、施しをした若者に、魔法のマントと金貨を出す鳥の心臓を手に入れる方法を教える。そのどちらも手に入れて、金持ちになった若者は旅に出かける。森を抜け、立派な城に到着する。そこは魔女の城で、年寄りの魔女が美しい娘と住んでいる。娘に惚れた若者は城に長居する。

魔女は若者が持っている宝物を取り上げようと画策する。薬を飲ませて、若者に鳥の心臓を吐き出させ、それを娘に飲み込ませる。その日から娘は毎日、枕の下で金貨を見つける。頼まれてざくろ石の山に娘を連れていった若者は、娘に瞞され、願かけマントを盗まれたうえ、山の上に置き去りにされる。雲に運ばれ、野菜畑に降ろされた若者は、そこのキャベツを食べ、ろばになってしまう。空腹に任せて別の畑で種類の違うキャベツを食べると、もとの人間の姿にもどる。自分を欺いた人間を懲らしめるため、若者は変装し、この二種類のキャベツを持って城に出かける。魔女は若者が天下一のキャベツを持っていると聞き、食べたくなる。キャベツをもらい、一、二枚食べると、魔女はろばになってしまう。同様に娘も女中もサラダを食べ、ろばになってしまう。若者は三匹のろばを粉屋のところに連れて行き、指示通りの方法で飼ってくれるよう頼む。魔女のろばには一日に殴打を三回、食事を一回与え、女中のろばには殴打一回と食事三回を、娘のろばには食事だけ三回をそれぞれ与えるよう依頼する。粉屋がこれを実行すると、ほどなく、年老いた魔女のろばが死ぬ。それを聞くと若者は、二匹のろばに別種のキャベツを食べさせて、元の姿（女中と娘）に戻す。娘は若者に瞞したことを謝る。若者は娘を許し、二人は結婚する。(93)

この話が最初に収録されたのは第二版（一八一九年）であるが、そこでは魔女に対するお仕置きがもっと厳しく、「一日に殴打三回で、食事は与えず」となっている。それが、決定版では、「食事を一回与える」と変更している。魔女に対する罰が厳しすぎるのは好ましくない、とグリム兄弟が判断したのであろうか。魔女への刑罰が緩められている。

魔女は老婆だが、魔女の娘は美人で、若者はその娘に惚れる。美しい娘を利用して、魔女は若者から宝物を取り上げようと策を練る。恋に落ちた若者は判断力が鈍り、娘の言いなりになり、何もかも取り上げられてしまう。美女に溺れて身上を潰す若者の陰に、魔女の力を見るのは、魔女裁判の頃から続くミソジニー（女性嫌悪）の現れと言えよう。肉体美をエロス性と捉え、官能（肉体）が理性（精神）を討ち負かす力の大きさに、神ならぬ悪魔（またはその僕である魔女）の影響を、その背景に見ようとする思想である。

また、ここでは、超能力を持つ賢女と、魔力を持つ魔女とが出現し、善人と悪人に色分けされている。魔法のマントや金を出す鳥の入手方法を知っている老婆が、常人ではないことは明らかだ。魔女のような存在だ。だが、魔女ではない。賢女である。その魔力が有益であるからだ。一般に賢女の魔法は、魔女がかけた悪い魔法を解くのに使われる。その魔力が害悪をもたらす場合は魔女、有益な場合は賢女と、グリムは表現を統一しようとしている。そのことは賢女が登場する八話のメルヒェンを調べてみると明らかである。わかりやすいように、ここでは、各話における賢女の行動を個条書きにする。

「六羽の白鳥」（KHM49）―投げると道を教えてくれる糸玉を王に与える。
「いばら姫」（KHM50）―姫に徳、美、富などを与える。一三番目の賢女だけ「姫は一五歳の時に死ぬ」と呪いをかけるが、それも王の招待がなかったことに対する復讐。
「恋人ローラント」（KHM56）―花に化けた女の子の魔法を解く方法を羊飼いに教える。

「キャベツろば（KHM122）」―願かけマントと金貨を出す鳥の心臓の入手方法を教える。

「一つ目、二つ目、三つ目（KHM130）」―いじめられっ子の「二つ目」に、「食べ物の出る御膳」を出す方法を教える。

「小羊と小魚（KHM141）」―小羊にされた兄を元の姿に戻す。

「泉のそばのガチョウ番の女（KHM179）」―父親に捨てられた哀れな娘を保護し、幸せにしてやる。「人は魔女と思っているが、人のためになる力を持っている賢女であった」とテクストのなかでコメントされている。

「池にすむ水の精（KHM181）」―女に夫を助ける方法を教える。


なお、上記の賢女の出現する話については、第3章「魔女以外で魔術を扱う人々」の(5)「賢女」のところで、各々の話のあらすじを紹介しながら解釈して、魔女の話と同じ手法で詳細に説明する。

(15)　一二三番（KHM123）「森の中の老婆」〔図11〕

（あらすじ）　主人の御供をして馬車で森を走っていると、盗賊が来て皆殺しにする。女中だけは馬車から飛び降り、木陰に隠れたので助かる。心細くて泣いていると、白い小鳩が金の鍵をくわえて飛んでくる。鍵で木の幹を開けると、牛乳と白パンの食事がある。食後眠くなると、また小鳩が来て、別の金の鍵を渡す。別の幹を開けると寝台があり、女中はそこで眠る。朝になると、また小鳩が来て鍵を渡し、別の幹を開けるように言う。今度は豪華な衣装が入っている。女中はそこで暮らす。必要なものを何でも小鳩がくれる。あるとき、小鳩は女中にして欲しいことをいう。ある家に入り、老婆には挨拶せず、右の扉を開けて行くと、机の上に宝石のついた豪華な指輪がたくさんある。その中から飾りのない指輪を探し出し、持って来るように頼む。女中はその通り行動し、指輪を持って帰り、木に寄りかかって小鳩を待つ。すると木が美しい男になって、娘を抱きしめてキスをする。木は実は王子で、悪い魔女（あの老婆）に魔法をかけられ、一日二・三時間だけ白い小鳩になる。指輪が魔女の手にある間は、人間の姿を取り戻すことができない。その指輪を女中が取り上げたので、再び元の王子の姿に戻る。王子にかけられた魔法が解けると、家来や馬も木から元の姿に戻る。皆で王子の国に行く。二人は結婚し、幸せに暮らす。(94)

図11

小鳩に変身させられていた王子の魔法を解くのは、飾りのない指輪だ。シンプルな輪のような指輪は、束縛、隷属からの解放を意味する。指輪は結婚、豊饒、永遠、女の愛の認知、信頼、権力、宿命などを表すが、同時に、束縛、奴隷の身分を表す印でもあった。「ギリシアでは、プロメテウスが指輪をはめた最初の人であるが、それは彼がつながれていた鎖の名残りを象徴している(95)」という。シンプルな輪のような指輪はつながれた鎖の名残りで、老婆による束縛を象徴する。その指輪を娘が魔女から取り上げたので、王子は魔力から解放されて元の姿を取り戻すことになる。なぜ王子が魔女によって、立ち木や小鳩に変身させられたのか、その原因はわからない。魔女は悪人なので、理由なく、人間を木や鳥に変える、とでもいうかのような記述である。魔女の魔法で小鳩に変えられた王子は、女中に衣食住を与える魔力を持つ。おそらくそれは魔女から与えられた能力であろう。害悪魔術だけではなく有益魔術を行使する魔女とは、魔女狩りの魔女ではなく、古代の神的存在の魔女ともいえる存在ではないだろうか。だから、いわゆる「悪い魔女」ではない。実際「悪い魔女」という表現になっているのは、第三版からで、初版から第二版までは、「魔女」という表現だけで、「悪い」という形容詞は添えられていない。グリム兄弟による書き替えの結果、言葉の上だけで「悪い魔女」にされてしまったのだ。

⒃　一二七番（KHM127）「鉄のストーブ」

（あらすじ）　王子が老婆の魔女に呪われて、森の中の鉄のストーブの中に閉じ込められる。道に迷っていた王女が、ストーブの前に来る。道を教えてもらうため王女は、小刀でストーブを削って王子を救い出し、嫁になるという条件を呑む。王子は家来に王女を送り届けさせる。家に着くと王女は王にストーブとした約束のことを話す。王は驚き、美人の粉引きの娘を王女の身代わりに送る。ストーブは娘が偽物であることを見破る。そこで王は今度はもっと美人の豚飼いの娘を身代わりに差し出す。ストーブはまた正体を見破る。仕方なく王女が行き、鉄のストーブを削る。すると中から光輝く美しい王子が出て来て、王女は王子が気にいる。王子は「僕は君のもの、君は僕のものだ。君は僕の花嫁だ。そして僕を救い出してくれた」という。王女は嫁として王子の国へ行く前に里帰りを望む。実家の父と三語以上喋らないという約束で、王子は里帰りを許す。しかし王女が父と三語以上喋ったので、鉄のストーブは遠くに飛んで行ってしまう。王女は王子を捜し回る。古家に住むひきがえるの婆さんに、針三本と犂を引く車とクルミ三個をもらう。ガラスの山を針で越え、刀の道を車輪で越え、王子の城に到着する。そこで王女は女中に雇ってもらう。王子は王女は死んだものと思い、別の女性と結婚するところだ。王女がクルミの中の衣装を着ると、花嫁がその衣装を欲しがる。王女は王子の部屋で一晩寝かせてくれたら、衣装をあげると言う。花嫁は条件を呑むが、睡眠薬入りのワインで王子を眠らせる。これを三回繰り返すが、三晩目には王子はワインを飲まずに起きていて、王女の身の上話を聞く。その途端、自分を鉄のストーブから救ってくれた王女だと気づき、「君が本当の花嫁だ。君は僕のもの、僕は君のもの」と王子は叫ぶ。そして、にせの花嫁の服を取り上げてベッドから出られないようにしてから、すぐその夜のうちに王子は王女を連れて川を渡り、刀の道を車輪で越え、ガラスの山を針で越えて、ひきがえるの婆さんの古家に行く。その古家はかかっていた魔法が解け、大きな城になっており、カエルたちも小さな王子たちになっている。その王国と父の王国と二つの国を手にいれて、二人は夫婦仲睦まじく暮らす。(96)

老婆の魔女は、王子に呪いをかけてストーブに閉じ込めたというが、どうして呪いをかけたのだろう。メルヒェンはそれについて何も語らないが、恐らく、危害を加えるか、何か許容範囲を越える行為を王子が魔女に対して行なったからではないだろうか。

この王子は王が娘の身代わりに差し出した美人の娘たちに見向きもせず、その正体を見抜いたのに、王女が女中に身をやつすと全く見抜けない。王女がタブーを破り、父親と三語以上喋ったというだけで、花嫁である王女が死んでしまったと王子は思い込む。鉄のストーブから救出してくれた王女のことを完全に忘れて、別の女性を花嫁にするとは、なんて恩知らずで身勝手で非寛容な王子だろう。

確かに、メルヒェン特有の象徴表現を見落とすと、そう解釈したくもなる。メルヒェンでは「実家の父親と三語以上喋る」という行為は、妻が結婚後も父離れせず、夫より父を慕っている、または信頼していることを意味する。妻が夫より父を大切にすると夫婦関係は消滅する。ファザコンの娘とマザコンの息子は、メルヒェンでは必ず結婚相手に逃げられる。それで諦めれば離婚なのだが、この王女は諦めない。自分の非を認めて反省し、飢餓と危険を乗り越え、散々苦労しながら王子の城にたどり着き、女中に身をやつして直訴する機会を伺う。勇敢でりりしく、情愛深い王女である。唯一の財産である衣装と交換に、王子の寝室で一緒に寝る権利を花嫁から買い取り、泣いて訴えているのに、王子は泥酔している。花嫁に進められるまま、二回目も王子は睡眠薬入りワインを飲んで熟睡し、王女の訴えを聞かない。しかし三度目は違う。失敗にめげず、三度挑戦を繰り返すと、メルヒェンでは必ず成功する。三回目は花嫁の渡すワインを飲まず、王子は素面で王女の訴えを聞く。たちまち昔の夫婦関係を思い出し、王女を本当の妻と認め、一緒に逃げる。今の花嫁を躊躇なく捨てるのである。「偽の花嫁のほうはベッドから出られないように、服を取ってしまいました」という王子の言動は、この女の不幸は節操のない衣装欲のせいなのだといわんばかりだ。

美しい衣装と引替に夫と同床する権利を他の女に売り渡すなんて、この花嫁の貞操観には問題がある。貞操を守れない女性には幸せな結婚はなかった。しかし、ファザコンの妻を捨てて死んだものと思い込み、別の女を花嫁にした王子には、罪は全くなかったのだろうか。メルヒェンは一貫して王子の側に立つ。王女の訴えを聞くや否や、王子は飛び起きて、「君が本当の花嫁だ。君は僕のもの。僕は君のもの」と叫ぶ。その途端、前の花嫁は「偽の花嫁」と決めつけられ、邪魔者扱いにされて捨てられる。前妻をファザコン妻として切り捨てた事実を、王子は忘れたのだろうか。こんなに遠くまで自分を捜しにきた王女に、完全な父離れと人間的成長を見て取ったのであろう。それにしても、捨てた前妻がいい女になって現れると、たちまち自分が結婚していたことを思い出し、欠点のある今の花嫁を捨て去るとは、この王子は美男子かもしれないが誠実な男ではない。

魔女がこの王子をストーブに閉じ込めたのもわかる気がする。この魔女は案外的確な判断をしていたのかもしれない。この美しい男さえ森のストーブに閉じ込められていたら、苦労したり、だまされたり、捨てられたりした女性は確実に減っただろう。

⒄　一三五番（KHM135）「白い花嫁と黒い花嫁」

（あらすじ）　実の娘と継娘を連れた母親が、貧者に身を変えた神様から村への道を聞かれる。母親と娘は馬鹿にして教えないが、継娘だけは親切に道を教える。神様は不親切な二人に腹を立て、夜のように黒く、罪のように醜くなれと呪いをかける。一方、継娘には親切に感謝して、三つの願いをかなえてやる。お日様のように美しく清らかになりたい、永遠にお金がなくならない財布が欲しい、死んだら天国に行きたいと継娘は願いを三つ言う。家に帰ると願いがかなって継娘は白く美しくなり、継母と実の娘は呪いの力で石炭のように黒く醜くなる。継母は継娘をひどく憎む。継娘にはレギーネルという実兄がいる。彼は妹がかわいくて、その肖像画を描いて部屋に飾る。兄は王の御者をしている。王は美人の妃を亡くして悲しんでいたところ、美しい肖像画の話を聞き、その絵を見る。すると死んだ妃そっくりで、しかも妃よりずっと美しいので、その絵の娘に死ぬほど恋焦がれる。王は御者に、妹と結婚したいので迎えに行けと言う。妹は喜ぶが、黒い娘は妬み、魔術で継子の幸せを自分に回してくれと母親に泣きつく　継母は魔女なので、魔術を使って御者の目を曇らせ、白い娘（妹）の耳を聞こえにくくする。兄と妹をうまくだまして、妹（継娘）の花嫁衣装と実の娘の普段着を取り替えさせ、継娘を川に突き落として殺す。死んだ継娘は白い鴨に変身する。半盲にされた兄はだまされて、妹ではなく継母の実の娘の方を花嫁として王に差し出す。王は女が絵姿と全く異なりひどく醜いので立腹し、御者を蝮と蛇のいる穴に閉じ込める。魔女の継母は魔術で王の目をくらましたので、王は娘の醜さを気にせず、黒い娘と結婚し、母親も一緒に城で暮らす。ある晩、白い鴨が溝伝いに台所まで来て、料理番に「レギーネル兄さんはどうしてるの」「黒い魔女はどうしてるの」と尋ねる。それが三晩続いたので不審に思った料理番は王に知らせる。王は台所で鴨を見つけて剣で鴨の首を跳ねる。その途端、鴨は美しい絵姿の娘になる。喜んだ王は娘から事の次第を聞いて兄を穴から出し、魔女の婆さんの部屋に行き、これこれしかじかのことをする女はどうするべきかと意見を聞く。「そんな女は裸にして、釘を打った樽に入れ、樽の前に馬を一頭つけて、世界じゅうを走りまわらせるといい」と魔女は答える。魔女と黒い娘は、そのとおりの罰を受ける。王は白く美しい娘と結婚し、兄には莫大な金と高い身分を与えて、その忠義に報いる。[97]

　ここでは魔女は老婆で継母だ。善良で色白で美しい継娘だけが王妃になるという幸運をつかみ、意地悪で色黒で醜い実の娘に運が回ってこないのを嘆き、なんとしてでも実の娘を幸せにしてやりたいと強く思う。「継子の幸せを自分の娘のものにできないなんて、母さんの魔術もたいしたことないね」という娘の言葉に触発され、継母は実の娘を王妃にするためにあらゆる手段を講じる。白く美しい継娘にのみ幸運が回ってきて、黒く醜い実の娘には運が回ってこない。その不条理を嘆き、継母は魔術で継子を殺してでも、実子のために幸運をもぎとろうと決意をする。いじらしい親心ではないか。

　ここでは美醜が、白黒や善悪と密接につながっている。黒は罪の色で夜（闇）の世界を象徴し、白は善の色で昼（光）の世界を象徴する。罪を犯すと神罰が下り、その結果、娘は黒く醜くなるが、一方、善行を積むと神の恩寵により娘は白く美しくなるというメッセージが、このメルヒェンには盛り込まれている。また、初版から第二版までは単に「美しい花嫁」であるのに、第三版から「白く美しい花嫁」と、「白」が付け加えられている。グリム兄弟による「善なる白」の強調である。そしてその「白」は「善」あるだけでなく「清らかさ」をも意味する。「太陽のように美しくなりたい」という初版の言葉は、「太陽のように美しく清らかになりたい」という表現に第四版から変えられていく。清らかさは当然、純潔に結びつく。こうして「白く美しく純潔な乙女」という「理想的な」娘のイメージが創出される。一方、白のプラスイメージの増大は、黒のマイナスイメージの強調につながる。娘が白く美しいのは善良で親切だからであり、黒く醜いのは意地悪で不親切だからという、ステレオタイプの説明が付け加えられる。そのうえ、その「悪く醜く黒い娘」は魔女の実の娘であり、「魔女」と同一視される。鴨になった継娘が料理番に「黒い魔女はどうしてるの」と問いかけるのは、花嫁になりすました魔女の実の娘を魔女とみなしているからだ。

現実の魔女裁判の資料によると、害悪魔術は家の中で女たちの間で伝達されるという。魔術は血縁関係のない義理の間柄の女性間でも伝達されるという共通認識があったので、過去に親戚関係から魔女被告が出ている場合、告発されると裁判で火刑を免れることはまずなかった。[98] 魔術は当然、実子だけではなく、継子にも伝達されているとみなされていた。それがこのメルヒェンでは実子だけが魔女呼ばわりされ、継子は魔術と無関係な被害者として設定されている。血縁関係を重視する近代の市民的家族観が、魔術の伝達を血縁関係のある母娘間に限定したのであろう。グリム童話の中では魔術は義理の関係の間では伝達されないものとされている。伝達がないからこそ、継母は魔術を使って存分に継子いじめができる。伝達が実の娘に限定されているからこそ可能な所業だともいえる。賢い継娘のなかには、技を覚えて、継母の魔法の杖で変身術を使えるようになる者もいるが（「恋人ローラント（KHM56）」）、これは例外的存在である。

総じて、伝承文学であるグリムのメルヒェンに描かれているのは、古代や中世の親子関係ではなく、継母対継子というような近代的親子関係が多い。血縁関係による親子関係は、調和に満ちた理想的なものであるべきだという思想は、ビーダーマイヤー時代（一八一五～四五年）のビュルガー（都市ブルジョア市民）のものである。一九世紀前半の近代ヨーロッパの市民的価値観、これが『グリム童話集』では繰り返し強調される。

⑱　一六九番（KHM169）「森の家」

（あらすじ）　貧乏な樵夫《きこり》が妻と三人の娘と共に、森のそばの小屋に住んでいる。樵夫は森に仕事に行くが、長女に弁当を持って来させてくれと妻に頼む。長女が道に迷わないよう、きびを撒いておくから、それをたどって来るようにと言う。長女はスープが入った鍋を持って森に行くが、道標のきびは鳥に食べられてなくなり、道に迷う。夜になって一軒の小屋を見つけ、一夜の宿を求める。小屋には白髪の老人が、雌鶏、雄鶏、ぶちの牝牛と一緒に住んでいる。老人は長女に食事とベッドの支度を言いつける。娘は自分と老人の食事を作って食べ、ベッドの支度をして寝るが、動物たちの世話まで気がつかない。老人は長女を地下の穴ぐらに放り込む。父親は長女が弁当を届けなかったと妻に文句を言い、翌日は次女に弁当を届けさせてくれ、ひら豆を道標に撒いておくからという。次女は森に行くが、ひら豆は鳥に食べられており、道に迷う。夜になって、同じ小屋をみつけ、白髪の老人に宿を求める。老人は長女と同じ仕事を言いつけるが、次女も長女と同じように、動物たちの世話を忘れて寝たので、地下の穴ぐらに放り込まれる。二日間昼食が届かなかった父親は、今度は末娘に弁当を届けさせるように言う。妻は「私の一番大切な子どもまでなくしてしまうの？」と言って承知しない。父親はあの子は利口で、分別があるうえ、善良で従順だから、姉たちみたいに、山蜂のようにそこらを飛び回ったりしないと説得する。今度の道標はエンドウ豆だが、それも同じように鳥に食べられてしまい、末娘も道に迷う。夜になって姉たちと同じ小屋にたどり着く。末娘は老人と自分の食事とベッドの支度だけでなく、動物たちの食事と寝床の世話までする。朝になると、小屋は城に、白髪の老人は若い王子に変身している。老人は実は王子で、悪い魔女に呪われて、白髪の老人の姿にされていたと話す。心底から善人で、人間だけでなく、動物や鳥にも親切な娘だけが、この呪いを解くことができる。その娘があなたなのだと説明する。二人は結婚する。二羽の鳥と一頭の牛は、三人の召使の姿に戻り、姉二人は改心するまで、炭焼きのもとで下女奉公することになる。(99)

悪い魔女は呪いで王子を白髪の老人に変身させ、二羽の鶏と一頭の牛に変身させた三人の召使と共に、森のなかの一軒家に住まわせる。そして、この呪いは心底から善人で、人間にだけではなく、動物にも親切な娘が現れない限り解けないという。樵夫の三人の娘のうち、上の二人は家畜に餌を与えず、老人より先に寝たので不適格と判断され、地下室に放り込まれる。末の娘は人間だけでなく、動物の世話も忘れず、餌を与えて優しく面倒をみる。また、老人より先に寝たりせず、お祈りをしてから一番最後に就寝する。いわゆる、理想の妻、主婦の姿を体現している。彼女の出現によって、白髪の老人は呪いが解け、若く美しい王子の姿を取り戻す。王子は末娘と結婚し、物語はハッピー・エンドとなる。

この魔女は本当に悪者といえるのだろうか。王子が理想の女性を捜し当て、妻にすることができたのは、ひとえにこの「悪い」魔女の呪いのおかげではないのか。この呪いがなければ、王子には、娘の人格を見抜き、理想の伴侶を選ぶことなど到底不可能であっただろう。すると、この魔女の呪いは「悪い」どころか、幸福をもたらす適切な「良い」ものであったといえる。娘の本性を見抜き、適切な伴侶を選ぶ能力を身につけさせるため、男を変身させる魔女とは、母なる女神に限りなく近い存在ともいえる。それにしても、ここに描かれている理想の妻とは、王子の妻である王妃としてではなく、あきらかに家事と家畜の世話ができる一般庶民の妻としての理想像である。メルヒェンが王子や王女の話として語るとき、その価値観は上流階級のものではなく、一般庶民のものであることが多い。家事や家畜の世話ができない妻は、農民の妻としては失格であるが、王妃として失格とはいえない。王妃に求められているものは、社交性や教養などもっと別のものであろう。農民の妻、一般市民の妻として生きていくのに必要な躾ができていない姉二人は、従って炭焼きのところで下女奉公させられる。幸福な結婚ができるように、花嫁修業に出されるのである。心憎いまでの配慮ではないか。この魔女の悪さが見えず、むしろ母神のような慈愛を感じるのは、筆者だけなのだろうか。

グリム兄弟はこの話を第四版（一八四〇年）から挿入した。ツェレ出身のドイツ文学者カール・ゲデケが一八三八年にデリクセン（アルスフェルトの近郊）で収集したメルヒェンを数話グリム兄弟に送付したが、その中の一話である。ゲデケはこれを質素な市民の妻である叔母から聞いて書き取ったそうだ。小市民的価値観に染まった「妻」像が描かれているわけである。初出の第四版から決定版（一八五七年）まで、この話は全く改変されず、そのままの形で収められている。

⒆　**一七九番（KHM179）「泉のそばのガチョウ番の女」**［図12］

（あらすじ）　石のように年をとった老婆が、重い荷物を持って歩いている。若く美しい伯爵の息子が、見かねて手伝いを申し出る。無理だと言われて意地になった伯爵は、力仕事ができるのは百姓だけではないということを証明するため、荷物を背負う。調子に乗った老婆は、荷物だけでなく、自分も背中に乗り、伯爵に運ばせる。荷物と老婆の両方を背負わされ、異常な重さにあえぐ彼を、老婆は笞打ちながら、一回の休憩もなしで山越えさせ、自宅に運ばせる。すぐそこといいながら、一時間も歩かせたこの老婆は、魔女だとも言われている。老婆の家には夜のように醜い娘がいて、ガチョウ番をしている。若者（伯爵の息子）は疲れて、家の前のベンチで眠ってしまう。老婆は若者に謝礼として、エメラルドの小箱を渡し、幸福を呼ぶから大切に持っているようにと言う。三日間荒野をさまよい、若者はやっと見知らぬ町に着く。王と王妃の前に出て、若者はエメラルドの小箱を差し出す。箱を開けた王妃は中を見て驚き、三人の娘の話をする。三人の中で一番深く父を愛している娘に国を譲るので、どのくらい愛しているか表現してほしいと父が言うと、長女は「甘い砂糖」、次女は「一番きれいな服」、末娘は「塩」と同じくらい好きだと言う。末娘の答えに激怒した父は、国を姉二人にゆずり、末娘には何もやらず、塩袋を背負わせて森に追い出す。城を出るとき末娘は泣くが、その涙は真珠となって飛び散る。その後、王は自分の仕打ちに後悔し、末娘を捜させるが見つからない。悲しんでいたところ、娘の涙の真珠を伯爵の小箱の中に見つけて驚く。妃は理由を説明し、その箱を手に入れた経由を若者に

図12

尋ねる。若者は森の中の魔女と思われる老婆からもらったが、姫のうわさは聞かなかったと話す。王と王妃は若者の案内で老婆の所に行く。間違った判断で、善良で美しい娘を追い出したと、老婆は父親を非難する。そして、娘はガチョウ番として働かせながら、悪に染まらぬよう大切に守っていたという。娘は護身のために付けていた醜い姥皮を捨て、美しい姿となって現れる。三人は泣いて喜ぶ。娘に与える財産がないと嘆く両親に、魔女は自分の家の譲渡を申し出る。その瞬間、小屋は立派な御殿に変わる。語り手の話はここで終わる。この後は「私」の推測という形で話が続く。娘は伯爵の息子と結婚してこの城に住み、一生幸せに暮らしたと思う。また、魔女に飼われていたガチョウたちは娘に変身し、召使になったと思う。それから、あの婆さんは人の噂のような魔女ではなく、人のためになることをする「賢女」だったということだ、で話が終わる(100)。

老婆は魔女だと言われているが、ここでは悪人ではなく、人を救う善人である。判断を誤って、善良な末娘を追い出した父王に代わって、老婆は娘を保護し、教育し、裕福にし（真珠と御殿を贈与）、幸せな結婚までもたらす。しかも相手は若く美しく優しい伯爵だ。王子の外観については、グリム童話は通常ノーコメントなのだが、ここでは敢えて「美しい」と表現されている。そのうえ優しい。重い荷物を持つ老婆を助けずにはいられないくらい優しい。しかも辛抱強い。なにしろ重荷と老婆を共に背負い、一時間もかけて山越えを果たしたのだから。美しさと優しさと忍耐力を兼ね備えている若い伯爵なんて、そうざらにいるものではない。老婆自らが人格テストを課して、相手を探してくれたからこそ見つかったのだ。さすが老婆、経験豊富なだけあって、視点が違う。地位や財産がいくらあっても、夫に優しさと忍耐力が欠けると、妻は幸せになれないということを熟知している。小さな足に執着する「灰かぶり（シンデレラ）」の王子や、美しい死体に興味を持つ「白雪姫」の王子や、百年前の古風な眠れる美女に憧れる「いばら姫（眠れる森の美女）」の王子などとは、品格が違う。人格や外観が無視されず、周到にチェックされている。人生を悟り、深い知恵を持つこの老婆を人は魔女と言う。しかし、それは間違いだ、彼女は「賢女」であり、魔女ではないとテクストは説明する。「あの老婆のことを魔女だと人は噂するが、そうではないことは確かだ。あれは人のためになることをしてくれる賢女だった」という文章が、物語に添えられている。

よい魔術を使う女を賢女、悪い魔術を使う女を魔女と呼ぶという語句の定義が示され、しかも賢女は、魔女と誤解されやすい存在であるということも、同時に示唆されている。グリム兄弟のこれらの表現は、フィクションではなく、史実に基づいたものなのだ。

事実、初期の魔女裁判では、「害悪魔術」を行使したということが、魔女であるかどうかを判断する重要な基準であった。「害悪魔術」とは人や家畜に病気、怪我、死をもたらす魔術、嵐、雹、水害などの災害を呼び、作物に害を与える魔術、夫婦に不和、不能、不妊、貧困をもたらす魔術を指す。同じ魔術でも、「害悪魔術」でなければ、魔女とは認定されず、火刑に処されることもない。このことは実際の魔女裁判の判例から、指摘することができる。

一五五四年、ホルン市の魔女裁判で被告人グレーテ・ムラーは、「害悪魔術」で隣人の家畜を病気にしたと訴えられた。被告人は罪を認めたものの、必死の弁明を試みた。自分は悪魔に唆されて罪を犯した。制御力に欠ける「女の弱点」に悪魔がつけこみ、罠を仕掛けたのだ、と女の「罪深さ」を強調して、温情判決を導こうとしたが功を奏せず、彼女は魔女と認定され火刑に処された。[101] 一方、一五八七年に夫に対して不貞を働き、魔女として訴えられアンナ・シュトルクは、同様の弁明で温情判決を獲得し、火刑を免れた。魔女罪ではなく姦通罪が適用されたからだ。[102] グレーテと同じように、女の弱さや罪深さゆえに、悪魔の誘惑に負けて姦通を犯したと主張したのに、彼女だけが温情判決を得られたのは、その罪が姦通のみであり、「害悪魔術」とは無縁だったからだ。

初期の魔女裁判では、上記のように魔女罪の確定には、「害悪魔術」が不可欠の要素であった。メルヒェンの魔女認定は、ここでは史実の魔女認定と符合している。「害悪魔術」ではなく、「有益魔術」を使うこの老婆は、魔女ではなく賢女である。不正を正し、善に味方する「賢女」とは、限りなく「神」に近い存在だ。そのうえ、庶民の味方だ。口先だけで、実行が伴わない貴族階級の人々を揶揄しつつ、力持ちの百姓の側にたつ発言が、なんとも小気味がいい。このような賢女も誤解され、魔女の烙印を押され、人々に迫害されたのであろう。共同体から疎外され、山中の一軒家に住むその賢女が、人々を恨むどころか、むしろ弱者を助けながら、毅然と一人で生きている姿には、神々しさすら覚える。

⑳　一九三番（KHM193）「太鼓たたき」

（あらすじ）　太鼓たたきが湖のほとりで白い麻布を見つけて家に持って帰る。その晩暗闇で声がして布を返してくれという。誰だと聞くと、王の娘だ、魔女の手に落ちて、ガラスの山に封じ込められているという。太鼓たたきは麻布を返し、王女を救う方法を尋ねる。ガラスの山に来て、魔女の術を解くことだが、それには人食いの住む森を通り抜け、険しい山を登らなければならないという。太鼓たたきは出発する。森で大男に出会うが、うまくだましてガラスの山まで運んでもらう。山の麓に着くが険しくて登れない。願かけ鞍を巡って争う二人の男をだまして鞍を奪い、ガラスの山の頂上に行きたいと願をかける。山頂に到着して古い家の扉をたたく。目が赤く、眼光が鋭く、鼻は長く、茶色の顔色をした婆さんが眼鏡をかけて出てくる。一夜の宿と食事を求めると、三つの仕事をするならという条件で受け入れられる。一つ目はキャップ型の指ぬきで池の水を全部かい出し、魚を種類ごとに大きい順に並べること。二つ目は森の木を全て伐り倒し、薪にして積み上げること。三番目は全部の薪を積み上げて山にし、火をつけて燃やすこと。難題に途方に暮れていると、娘が弁当を持ってやって来て、彼の代わりに三つの仕事を全部してくれる。最後に太鼓たたきが魔女を両手で持ち上げ、炎の中に放り込んで殺す。王女は太鼓たたきを見て、**あなたがわたしに心をささげると約束するなら、あなたをつれあいにする**と宣言する。二人は魔女の家からたくさんの宝石を持ち出して、故郷に帰る。野原で王女を待たせたまま、太鼓たたきは両親に会いに行く。両親の右頬にはキスをしないようにという王女の忠告を忘れて、彼は両親の両頬にキスをする。その瞬間、彼は王女のことを忘れ、母親が選んだ娘との結婚を承諾する。結婚の噂を聞いた王女は、魔法の指輪で太陽のようなドレスを調達して、花嫁の前にでる。そのドレスが欲しくてたまらない花嫁は、売ってくれるよう彼女に頼む。花婿が寝る部屋の前で一晩すごさせてくれれば、無料であげると王女が言う。花嫁は条件を飲むが、花婿に眠り薬を入れたワインを飲ませる。扉の前で王女は身の上話をするが、眠り込んでいる花婿には聞こえない。二晩目は月のようなドレスで花嫁と同様の取引するが、花婿はまた眠りこけたままだ。三晩目に星のようなドレスで花嫁と取引して、扉の前で身の上話をすると、召使から噂を聞いていた花婿は、ワインを飲まず素面で話を聞いたので、すべてを思い出す。王女の手をとって、大急ぎで両親のところへ行き、この人が本当の花嫁だと言う。息子の話を聞いて両親も納得し、王女は無事、太鼓たたきと結婚する。前の花嫁は、お詫びに三枚のドレスをもらい、満足する。(103)

ここでは老婆の魔女の外見が詳しく描写されている。目が赤く、眼光が鋭く、鼻は長く、顔色は茶色く、眼鏡をかけた老婆であると。太鼓たたきに一夜の宿と食事を求められ、三つの仕事をするならという条件つきで承諾する。池の水をかい出し、魚をとり出し、薪を調達し、それに火をつける。全てが老婆にはできない重労働をともなう家事だ。その家事を成し遂げるのは、ここでは男（太鼓たたき）ではなく、若い娘（王女）だ。その娘のおかげで男は約束が果たせる。この男が自分でした仕事は、たった一つ、魔女を火の中に放り込んで殺すということだけだ。これは家事ではなく、制裁であり刑罰である。この魔女は悪人とされているが、どのように悪いのか、具体的な描写がない。一夜の宿と引換えにこの魔女が出した条件は、確かに過酷なものといえる。だが、一旦、その条件を満たした者（太鼓たたき）に対しては、彼女は何ら危害を加えない。暴力を振るわないこの魔女が、どうして火刑に処されなければならないのか。王女をガラスの山に封印したからという理由だけでは、罰が残酷すぎる。行為のいかんにかかわらず、魔女は火刑に処すべしという暗黙の了解が、存在するかのようである。

それにしても、この王女は立派だ。奪われた麻布の返却を求めるとき、魔女の封印を解いてくれるよう、それとなく男に依頼する。難題を課されて男が途方にくれると、援助の手を差しのべ、目論見通り、男に魔女を殺させる。魔力から救出されると、たとえ相手が太鼓たたきという身分違いの者であっても、結婚することを宣言する。ただし相手が心を捧げるのならという条件つきで、王女から男にプロポーズする。「あなたがわたしに心を捧げると約束するなら、あなたをつれあいにする」という言葉は、なんと斬新で潔いことか。王女との約束を忘れ、両親が選んだ女と婚約する男に、王女は失望はするが、あきらめはしない。男の心が変わっても、彼女の愛は変わることはない。男の愛を取り戻すために手段を選ばず体当りしていくこの王女は、崇高ですらある。なりふりかまわぬ積極的な王女の行動が、結局、男に愛情を取り戻させる。結婚より結婚衣装に関心があるもう一人の女との勝負は、最初からついている。男の人柄を深く愛す王女と、美しいドレスに憧れて結婚する女と、どちらが男を幸せにするか、答えは明らかだ。受け身で消極的な女性が多いメルヒェンの中で、この王女の積極性には度肝を抜かれる。ひょっとしてその積極性と一途な情熱のせいで、この王女は魔女に封印されたのかもしれない。社会規範を逸脱しかねない少女を世間の荒波から守るには、ガラスの山に封印するしかないと魔女が判断したのかもしれない。そうだとすると、魔女が男に吹っ掛けた難題は、王女に相応しい桁外れに強い男性を選ぶための婿選びのテストだったのではないか。そうなると、この魔女は悪人なんかではなく、むしろ母親に近い存在になってしまう。魔女が継母と限りなく近い関係にあるということについては、すでに言及したが、ここでは母親とも近い関係にある。及ぼす影響力が甚大であるという共通要素を持つからであろうか、両者の類似が大層目につく。

（2） 女の魔女の話のまとめ

⑴ 魔女の外見

グリム童話の中で女の魔女が出現する話は、前章で取り上げた二〇話である。その姿はたいていは老婆で、一六話（内四話が継母）と圧倒的に多い。老婆以外では、料理の上手な娘をコックが魔女呼ばわりする話（「千枚皮（KHM65）」）があるが、単なる言いがかりにすぎず、娘は本当は魔女ではない。また、暗闇で猫が唸りながら爪で引っ掻いたのを、魔女が息を吹きかけながら長い爪で引っ掻いたと泥棒が思い込む話（「ブレーメンの音楽隊（KHM27）」）があるが、これも本当は魔女ではなく猫である。この二話は魔女でないものを魔女だと言ったり、思い込んだりする話で、実際に魔女が出現するわけではない。しかしこれは、魔女狩りの時期に実際に行われた行為と一脈通じるものがある。すなわち、自分よりも調理能力がある女性を嫉妬から魔女呼ばわりするコックは、商売上手の素人女性を魔女として誣告した手工業組合の男性職人と重なり合う。農婦が市場で売り出す乳製品やビールが店の品物より安くて旨い場合、人々は市場で物を調達する。客を奪われた男性の職人は、市場の商品には毒が入っている、害悪魔術を使って混入したのだという中傷を女性に浴びせる。商売仇の女性を魔女として告発することによって、経済闘争を乗り切ろうとしたのだ。このことは、一六世紀から一七世紀にリッペ市のビール醸造業ツンフトが、ツンフトに属さない人々（女性）との競争に打ち勝つため、ステレオタイプの魔女告発を繰り返したことからも明らかである。すなわち、女性はビール醸造で魔術

を使い、そのビールが病気や死の原因であるという告発である。(104)

その他、グリム童話の中には「悪い魔女」という表現だけで、魔女の年齢や容姿に関する描写が全くない話（「かえるの王様（KHM1）」、「森の家（KHM169）」）が二話ある。何故「悪い」のかというと、変身魔術をかけたからである。王子に魔法をかけて蛙にしたり、白髪の老人にしたりしたのだ。何故変身させたのか、その理由については全く言及されていない。しかし結局、二人とも変身させられたおかげで、理想の結婚相手に巡り合うことができるのである。つまり、魔女のかけた変身魔術は主人公を不幸にせず、逆に幸せにしたとも解釈できる。「悪い魔女」の悪さの度合いは、たかが知れている。

このように調べていくと、グリム童話で明確に魔女の姿が描かれているのは、老婆のみということになる。老婆がどのような姿で描かれているのか、老婆魔女の出現する一六話を詳しく見ていこうとするとまず第一に、外見の描写が殆どないことに驚かされる。一六話中外見描写が全くないのが一二話、「目の赤さ」のみ描写しているのが一話（「なぞなぞ（KHM22）」）、「頭をグラグラさせている」とだけ表現しているのが一話（「六羽の白鳥（KHM49）」）である。それ以上踏み込んだ描写があるのは二話のみで、「ヘンゼルとグレーテル（KHM15）」と「太鼓たたき（KHM193）」である。それによると魔女は、「石のように年をとった」よぼよぼの老婆で、頭をグラグラさせながら杖をつき、音のしないようにそっと歩く。目は赤く、眼光が鋭く、近眼で眼鏡をかけている。鼻は長く、臭覚が獣のように鋭く、顔は茶色い。動作は緩慢で這うようにゆっくりと歩くかと思えば、極端に敏捷で「牡猫の背に乗り、恐ろしい唸り声をあげながら風のような早さで通り過ぎ」ることもある。

魔女に関するこれらの描写の中で、「石のように年をとった」と言う表現は、すでに説明したが、

「墓石に片足突っ込んでいるほど」、すなわち「今にも死にそうなほど」という意味で、非常に侮蔑的な表現といえる。

老婆の目が赤く鋭いのは、ヨーロッパに古くから伝わる民衆信仰である邪眼信仰の流れを汲むものである。「斜視、赤目、左右の色が違う眼、それから眼光鋭い眼など」が、凶眼として恐れられ、「視線ひとつで他者に災害をもたらすという」信仰である。(105) その信仰は古代エジプトの「万物照覧の目」や新石器時代の「目―女神」の睨んでいる偶像（メソポタミヤ全土で発見、シリアでは女神マリ）にまで遡ることができる。(106) キリスト教徒は「万物照覧の目」の女性霊を悪魔だと考え、老婆たちに古代の神の「見下ろす目」が与えられたと信じた。魔女裁判の時、彼女たちを後ろ向きに入廷させたのは、邪眼の犠牲になるのを恐れたからである。(107) また、この邪眼除けには、女陰のシンボルであるタカラガイが用いられたという。生殖を司る女陰が魔よけの力をもつとすれば生殖能力を失った女性は、魔力を阻止する能力がないわけだから、邪眼を持つことになる。実際イランでは、「閉経期年齢以上の女性はすべて邪眼の持ち主だと信じられていた」という。(108) 邪眼の老婆が頻出するわけである。

猫は「中世では、魔女の使い魔であるから、魔女とサタンはネコの姿をとった」(109) と言われている。キリスト教以前の宗教で神聖な動物であった猫は、キリスト教になると途端に悪魔と結びついた邪悪な動物になり下がっていく。エジプトでは猫はイシス神の使いで聖なる動物であり、殺すと死刑に処せられたという。(110) また、(111) 猫は北欧の女神フレイアの聖獣でもある。フレイアは豊饒の女神、性愛の女神でもあることから、その使いである猫は、禁欲を美徳とするキリスト教から見ると悪徳の権化のように映り、魔女の仲間と見なされていったのであろう。要するに猫は、魔女と最も関連がある動物で、両者の関係は、「さかのぼると、古代の女神信仰にまで行きつく(112)」ことになる。

老婆以外の若くて美人の魔女は、グリム童話では出現しない。創作文学や絵画には若くて美人の魔女が出現するが、伝承文学であるメルヒェンや伝説では、魔女は老婆と相場が決まっている。というのは、同じようにグリム兄弟によって収集された『ドイツ伝説集』においても魔女は老婆であり、若い美女の出現はない。魔女の娘が出現する場合はたいてい醜いが、ときたま美女もいる。美女の場合、娘は母親（魔女）の命令に逆らわず、従順に宝物を盗んだり（「キャベツろば（KHM122）」）、王妃として嫁いだり（「六羽の白鳥（KHM49）」）する。しかし、魔女の娘が美しい場合は、たいてい継子であり実子ではない。継娘は美しく、実の娘は醜いというステレオタイプの表現が繰り返される。

(2)　魔女の悪行

魔女はグリム童話では、継母と並ぶ代表的「悪人」である。女の魔女が登場する二〇話中、「悪い」という言葉がつく魔女は九話（内七話が老婆）、つかない魔女は一一話（内九話が老婆）である。継母が一四話中一〇話「悪い」のに比べると、魔女は二〇話中九話であるから、「悪い」頻度は継母には及ばない。しかし、どれぐらい「悪い」かについては頻度からは判断できない。そこで、「悪い」魔女たちの行動を詳細に調査しながら、その悪の程度について考察する。

魔女が最も頻繁にする悪行は変身術で、王子を蛙（「かえるの王様（KHM1）」）や木（「森の中の老婆（KHM123）」）や老人（「森の家（KHM169）」）に変身させる。また、兄を鹿（「兄と妹（KHM11）」）や石

（「黄金の子ども（KHM85）」）に変えたり、王や青年や動物も同様に石（「二人兄弟（KHM60）」、「黄金の子ども（KHM85）」）に変えてしまう。石に変身させる場合が多いが、これは人間は石から生じたというユダヤの伝説や、ギリシア神話の影響と思われる。(113)

大洪水の後、デウカリオンとピュラは大地の骨である石を拾って投げた。すると人間が生じた。「デウカリオンの投げた石は男に、ピュラの石は女になった」という。(114)ギリシア神話では石は大地の骨、死者の骨であり、新しい人類は石から生まれたとされている。人間の石への変身は、元の姿に戻ったということを意味する。変身術に石が頻出するわけである。

魔女の使う変身魔術は不思議と男性に対してよく用いられる。そして、必ず救済者によって元の姿に戻される。それに対して、女性に用いられるのは稀で、一度だけである。しかもその場合、元の姿に戻されず、娘は棒に変えられたまま火にくべられ、殺されてしまう（KHM43　トルーデおばさん）。親の禁止を無視し、好奇心に負けただけで、この娘は救済への道も断たれ、悲惨で哀れな最期を遂げる。一方、同様にタブーを破り泉の水を飲んでも、男性は鹿や石に変えられるが、焼き殺されたりせず、また元の姿に戻される。男性の好奇心は知的好奇心を指し、女性の好奇心は性的好奇心を意味するという、キリスト教の原罪思想の影響と思われる。つまり、神の似姿に従って造られた男性に対して、女性は男性の肋骨から作られたのだから、不完全で理性に乏しく性的誘惑に負けやすいという解釈である。感情を制御する理性の力が弱いのが女性、強いのが男性ということになる。この解釈が、好奇心を巡る男女の扱いの相違を生みだし、魔女の変身術の不平等を招いた一因と考えられる。

魔女が行う最も悪い行為は殺人であるが、この場合、魔女はたいてい継母である。実の娘を幸せにするため、王妃になった継娘を殺す（「兄と妹（KHM11）」、「白い花嫁と黒い花嫁（KHM135）」）というのが典型的ケースである。魔女の悪意というよりも継母の場合と同様、出来の悪い子を想う母心といえよう。毒殺を企てる場合もあるが失敗し、代わりにその毒で自分が死ぬ羽目になる魔女（「なぞなぞ（KHM22）」）、子どもを食べようとするが失敗し、常に未遂に終わる魔女（「ヘンゼルとグレーテル（KHM15）」、「めっけどり（KHM51）」、「恋人ローラント（KHM56）」）、継子だと勘違いして、実の娘を殺してしまう魔女（「恋人ローラント（KHM56）」）、こういう魔女は冷酷な悪者というより、愚かで慌て者で悪戯好きな、むしろユーモラスな存在といえる。

その他、敢えて「悪い」という言葉が添えられていない魔女は、泥棒（「キャベツろば（KHM122）」）や監禁（「鉄のストーブ（KHM127）」）する魔女である。若者を石に変身させる魔女（「黄金の子ども（KHM85）」）もいるが、脅されると元の姿に戻す（「黄金の子ども（KHM85）」）という気弱な魔女もいる。道に迷った王に道を教えてやる際、娘を妃にするという条件を無理やり呑ませてしまう、ブランド志向で過保護な母親魔女もいる。エプロンを継娘から奪い、実の娘にやるため継子殺害を企てる継母魔女は、継娘の策略にはめられて実の娘を殺してしまう。その哀れな継母を茨の中で死ぬまで踊らせる継娘は、魔女に優るとも劣らず残酷である。ここでは正当防衛とはいえ、結果的に魔女は被害者であり、継子が加害者である。それでもメルヒェンは一貫して継子の側に立って語る。哀れな魔女は処刑され、知能犯の継子は賞賛される。この場合さすがに「悪い」という形容詞は魔女には添えられていない。

知能犯の子どもと無実の魔女といえば、もう一話「ヘンゼルとグレーテル（KHM15）」が挙げられる。子どもに食物や寝床を与えてやったのに、魔女は一方的に悪く言われ、パン焼き釜の中で焼き殺される。子どもを食べようとしたというのがその理由であるが、魔女の家から宝物を奪って逃げ帰った子どもたちの一方的な話である。「子どもを食べる」ためにパンの家を作り、子どもをおびき寄せようとしたという証言は疑わしい。実際に子どもを食べたわけでもないのに、魔女に殺人の罪を着せることができるのだろうか。有罪を決める唯一の証言が、魔女を焼き殺した子どもたちの証言だとしたら、真偽のほどが疑われて当然だ。

魔女の子殺しの実態は、産婆＝魔女の関係から説明されている書物も多いが、最近の実証的研究では、産婆は嫌疑をかけられることはあったが、処刑例は稀だ。一五八七年にドイツのディリンゲンでヴァルプルガー・ハウスメーニンが、拷問の末、四三人の幼児殺害を自白したとされている。有力者の家に一九年間出入りしていた彼女が、一九年前の死産まで証拠に持ち出されて有罪とされたのは、政治裁判の匂いがするといわれている。(115) 拷問にかけられた魔女被疑者が、サバトで見た仲間の名前を言わされる時、有名人である産婆の名が口をついて出やすかったのであろうという説もある。(116) 実際、産婆は選挙で選ばれたりする（ロレーヌ公爵領）ほど民衆の信任があり、四年間の徒弟期間を必要とする（ニュルンベルク）ほど特殊技能を身につけた人たちであった。ライセンスを持ち署名までできる選ばれた存在である産婆に対して、すでに述べたように、産褥奉公人という単純労働に携わる貧しい老婆がいた。出産の際に妊婦に付き添う人のことである。近世ヨーロッパでは「女性は出産後六週間子供とともにベッドで過ごし、産後の回復をするのが」習慣となっていた。仕事も外出もせずベッドに寝ている産婦に代わって、子供の世話をするため産褥奉公人が雇われた。その産褥奉公人が去ると、世話の仕方が変わるからか、病気になる子どもが多かったという。子どもが病気で死んでしまうと、年老いた貧しい産褥奉公人が疑われ、子殺しの罪に問われる(117)。子殺しの魔女がこぞって老婆であるのは、その辺の事情を反映しているのかもしれない。

(3) グリム童話の魔女像

魔女の実体は時代によって変遷が見られる。古代の魔女は豊穣の女神で、畏敬の念を持って崇められた。それがキリスト教の導入により異教として迫害され、悪の烙印を押されてしまう。父性崇拝を掲げるキリスト教にとって母性崇拝を唱える豊穣信仰は徹底的に排除すべきものとなっていった(118)。出産を不浄視し、性交を罪悪視し、快楽を禁止するキリスト教は、母性崇拝に変わって処女崇拝を掲げ、肉体に対する精神の優位、女性に対する男性の優位を声高に唱えていった。こうして善悪両面を備えた巫女的存在であった魔女は、次第に「悪い」だけの存在へと変えられていった。

グリム童話に登場する魔女はしかしながら、それほど悪くはない。慌て者で悪戯好きで間が抜けていて、よく失敗する。子どもを煮て食べようとするが、一度も成功したことがない。人を変身させるのは得意で、男性を石や動物に変えるが、一時的なものである。しかし、不従順で好奇心の強い「悪い」少女には、冷酷な「悪い」魔女として現れる。継娘を殺す場合は「悪い」魔女だが、同時に必ず継母である。「悪い」度合いは魔女は継母には遙かに及ばない。その割には罰が残酷で、火焙りにされるのは継母は一回なのに、魔女は三回である。理不尽な話である。魔女狩りの刑罰に火刑が多用され、拷問で罪を捏造し、無実の魔女が多数処刑されたのと符合している。

実体としてあまり悪くない魔女に「悪い」という言葉が連発されたのは、グリム兄弟が第二版以降に加筆したからである。初稿で〇回、初版で一回であった「悪い」は、二版で三回、三版で四回、四版で五回、五版と六版で八回、七版（決定版）で九回と版を重ねるに従って順に増やされていく。(119) 一方、継母のほうの「悪い」は初稿で〇回、初版で六回、二版から四版までで九回、五版から七版（決定版）までで一〇回と、初期の版から添えられている場合が多く、加筆の度合いは魔女ほど極端ではない。従って継母の「悪さ」は実体を伴ったものであるが、魔女の方は言葉の上だけといえる。魔女が殺人を犯すときは必ず継母であり、実子を愛するあまり盲目の母性愛に流されて、実子の最大の敵、継子を虐殺するのである。毒殺を企てても失敗し、子どもを食べようとしても失敗するメルヒェンの魔女は、「悪人」というよりむしろ実力もないのに悪がっている存在といえよう。

魔女は昔の「女神たちの従者」であり、「善良で崇拝されていた」存在から、キリスト教の導入により「敵視され恐れられる」存在に変わっていった。それが、「不公正で愚かな魔女火刑を引き起こす」ことにつながっていったと述べるヤーコプは、(120) 魔女の中に古代の女神信仰のなごりを見ようとした。しかし、現実の魔女裁判で魔女として告訴された人々は、たいていの場合、無実の罪によって魔女に仕立て上げられた人々であった。拷問により自白を強要され、恐怖心から魔術の行使を認めたものの、実際には魔術とは無縁の人々であった。

害悪魔術の行使を疑われて隣人から告訴された魔女、書物ではなく生活が生みだした魔女被告、庶民の突き上げによって魔女に仕立て上げられた被疑者など、こうした魔女狩りの犠牲者たちの姿ではなく、グリム童話の魔女は、もっと以前の、古代の魔女信仰の頃の魔女を再現しているようである。「赤い目」や「猫」や「石」など古代信仰と繋がりのあるもののみが吟味されて、魔女と共に出現しているのはそのためである。確実なのは、『グリム童話集』の魔女は、『魔女の鉄槌』の書物に記された魔女とは異なるということだ。魔女裁判の裁判官たち「学識法曹」が持っていた「デモノロジー（悪魔学）」としての魔女、すなわち悪魔と契約してサバト（魔女集会）で狂躁する淫らな魔女、男性を性的に誘惑する魔女は、『グリム童話集』には出現していない。文字文化を所有する知識階層の持つ魔女像と、文字を知らない民衆の持つ魔女像の間には、大きなずれがあるように思う。

魔女狩りの犠牲者に貧しい寡婦の老婆が多かったということは、一見、一人暮らしの老婆が頻出するグリム童話の中の魔女と、一致するかのようである。たしかに、民衆の持つ魔女像との関連は否定できないが、同一視することもできない。なぜなら、グリム童話に出現する魔女は、古代の魔女信仰の頃の魔女像であるが、魔女裁判の魔女被疑者は、無実の罪を着せられた犠牲者である。実際に魔術の行使があったとは考えられず、拷問により自白を捻出した結果の魔術認定だからである。災害、疫病、人や家畜の死、不能、不妊、不作などの不幸の原因を、魔術に求めずにはいられない民衆の不安が、社会的弱者を血祭りにあげたのだ。貧しい寡婦の老婆を魔女として火刑に処すまで、人々の不安は治まらなかったのである。

魔女狩りが進行し、政治的陰謀、財産目当ての誣告が多発し、集団ヒステリー状態になった時、市の有力者、市長なども魔女として処刑されたが、そのような犠牲者の姿も、グリム童話には描かれていない。その頃には男性も魔女として処刑されることが多かったが、グリム童話に描かれている男の魔女（Hexenmeister）は、その姿を反映したものではない。現実の魔女犠牲者とは異なった、グリム童話の男の魔女とはどのような存在であるのか。次の章では男の魔女（Hexenmeister）が出現する話をまとめて取り上げ、その実態を詳しく見ていくことにする。

第2章　男の魔女（Hexenmeister）が出現する話

（1）各話の紹介と解釈

⑴　四六番（KHM46）「フィッチャー鳥」［図13］

（あらすじ）　貧乏な物乞いの姿に化けた男の魔女（Hexenmeister）が、三人のきれいな娘がいる家で、食べ物の施しを乞う。一番上の娘がパンを渡すと、乞食は娘に触れ、籠の中に入れてしまう。森の住み家に連れて行き、欲しいものは何でも娘に与える。ある日、男の魔女は、全部屋の鍵と卵を娘に預け、何を見てもいいが小さな鍵の部屋だけは開けるな、開けると命がないぞと言い置きして旅に出る。娘は約束はしたものの好奇心に負け、見るなの部屋を開けてしまう。部屋の中は切り刻まれた人間の死体だらけだ。

図13

驚いた娘は思わず卵を血の盤に落としてしまう。男が帰って来て、鍵と卵を返せと言う。卵に血のしみがついているのを見て、娘が部屋に入ったのを知る。男は娘を血の部屋に連行し、「床に投げ倒し、髪の毛をつかんで木の台に乗せ、頭を切り落とし、体を切り刻んだので、血が床にどくどく流れ出た。それから、切り刻んだ娘の体を他の死体が入った血の盤に投げ込んだ。」

二番目の娘も同様の手口で男の魔女に連行され、同じような経過をたどり、殺されてしまう。三番目の娘は賢く、鍵と卵を預かると、まず、卵をしまいこんでから、家の中を見て回る。見るなの部屋にも入り、姉さんたちの死体を見つける。切り離された部分を全部集めて並べると、姉さんたちが生き返る。男の魔女が帰って来て、卵に血がついていないのを知ると、「おまえは合格だ。わたしの花嫁にしよう」と言う。男の魔女は娘に魔力が効かなくなり、娘の言うことに逆らえなくなる。娘は男に籠一杯の金貨を両親に届けてくれるよう頼む。姉さんたちを籠に詰め上から金貨をかけて男に背負わせ、両親の家に行かせる。一方娘は、男の家の窓辺に花輪を被せたされこうべを置き、花嫁が窓から見ていると思わせるよう小細工をする。自分は蜂蜜の樽につかって、羽根ぶとんを切り裂いたなかを転げ回り、へんな鳥（フィッチャー鳥）のような姿になって外に出る。花婿が客を連れて家に帰ってくると、娘は自分の身内と協力して、外から扉を閉めて家に火をつける。男の魔女とその仲間たちは、閉じ込められた家の中で焼け死ぬ。[121]

なんとも血なまぐさい話だ。男の魔女の魔術は、ここでは、娘の誘拐と殺人に使われる。見るなの部屋の鍵を渡して、娘の好奇心と従順度をテストする。落第すると娘を殺し、その体を切り刻む。合格すると花嫁にし、男は娘の言いなりになる。このテストに女は命を、男は魔力をかけている。結婚の成否は女にとっては生死を問うものであり、男にとっては魔力（＝仕事）の拘束をもたらすものということを示唆している。そうだとすると、この男は魔女ではなく、魔術を職業とする魔術師ということになる。しかし、その魔術が自分の伴侶を見つけるためにしか使われていないのなら、到底、職業魔術師とは言えない。結婚相手を求めて繰り返す誘拐殺人は、魔術ではなく、正真正銘の犯罪である。

この男は害悪魔術を振りまくわけでも、人を石や木や動物に変身させるわけでもない。また、古代の魔女信仰の頃の魔女の姿もこの男には重ならない。ただ、多くの女性を誘拐し犯すだけである。一見、魔女とは別個の存在であるかのように思われるこの種の男、多数の女性と性関係を持つ男が、実は、裁判では魔女として告発されるケースが多いのだ。愛人関係にある女性の一人に魔女嫌疑がかかり、彼女が共犯者として男の名前を挙げるからである。要するに、男も女も共同体の道徳規範を犯すと、共同体は、なかでもとくに近親者である身内は、不寛容なのである。

ザール地方のホルンツラートのシュナイダー・アウグスティンは、喧嘩好きで女たらしのうえ、六〇歳になるが文字を知らずX印のサインすらうまく書けない。これまで村の多くの女に手を出し、実の娘まで犯した男で、かつ、裕福な農民マイヤー・クラスから多数の豚を詐取した件で告訴されていた。魔女判決が下りた二人の女性から仲間だと名指しされたことによって、アウグスティンの罪状は泥棒から魔女罪に変わり、魔女として処刑されてしまう[122]。さらに、ザール地方リスドルフにもアウグストゲン・マタイスという女たらしの男の魔女例がある。彼は、六〇歳の老人で、成人した六人の息子を持つ父親であるが、隣家の女房、使用人などと次々に関係を結び、高価な贈り物をしたりして、家族や親戚から愛想を尽かされていた。魔女被告人の一人が共犯者として彼の名前を挙げたとき、彼の一連の不行状は魔術からでたものと解釈されてしまう。「村の女をこんなにも多く誘惑することができたのは、魔術を使っているからなのだと[123]」。

しかし、これらの処刑された男性は、たいてい妻帯者か妻帯経験者である。このメルヒェンの男性のように、結婚相手を必死で探す未婚の男ではない。その意味では、魔女被疑者として処刑された男性とは、多彩な女性関係の持つ意味合いが多少異なってくる。この話の主人公は、犯罪を犯してまで連行しなければ、娘が寄りつかない持てない男である。そんな男の哀れな現実を、メルヒェンは象徴的に描いている。

結婚できない男女は西洋では一九世紀初期になっても、まだ三分の一以上いたという。主として経済的な理由からであるが、様々な条件を満たす相手がみつからなかったからであろう。それをメルヒェンは娘の純潔とも貞操とも読める忠誠心に置き換えて物語る。言葉で交した約束を守り、留守の間も自分を裏切らない、真に信用できる娘を見つけることが、男にとっていかに困難なことであったか。フィヒテが唱えた、性欲を持たない純粋無垢な女性像と、メルヒェンの女性はいかにかけ離れた存在であることか。キリスト教の原罪思想により、性的誘惑に負けやすい存在であるとみなされてきた女性は、啓蒙主義によって、一八〇度異なる性差論にさらされる。その理論的指導者がヨーハン・ゴットリープ・フィヒテである。「男性は、自分の尊厳を捨てることなしに、性衝動を認め、その充足を求めることができる。……堕落していない女性にあっては、いかなる性衝動も発現せず、いかなる性衝動も住まっておらず、愛だけがある」(124)とフィヒテは説く。これによって、性的衝動に操られる存在から、性的衝動の無い存在へと女性像はダイナミックに転換する。この性的欲求に対する男女の性差論は、近代的性差論として啓蒙期以降の近代社会に受け入れられ、あたかも自然が与えた男女の差異、生物学的性差（セックス）であるかのように受け取られていく。性的衝動に関する男女の差異は、時代によって解釈が揺らぐ文化的社会的性差、ジェンダーなのである。「男の浮気は本能だから仕方ないが、女の浮気は許せない」という現代でもよく聞く言葉の中にこの見方が生き続けている。啓蒙期以前の社会では、浮気しやすい性は男ではなく女とされていた。理性による感情の制御が女は男より不得手だからというのがその理由だ。性的誘惑がらみの犯罪では、主に女が責任を問われ、男はお咎めなしという世の中だった。男は被害者、女は加害者という扱いが、法の分野でも徹底され、魔女裁判や嬰児殺しで多くの女性が罪に問われた。それが啓蒙期に入って、突然、女は純粋無垢で、性的衝動のない存在となる。魔女や嬰児殺しで処刑される女性が激減したのは幸いだが、勝手な「女らしさ」の押しつけという点では同じである。

時代によってあったりなかったり、基準が揺らぐ女性の性欲は、男性にとってそれだけ謎めいた、理解しがたいものということであろう。自分を性的に裏切らない妻を求めて、四苦八苦する男の魔女は、遂に見つけた理想の女性に、裏切られ焼き殺されてしまう。これまで多くの女を傷つけ、殺したのだから当然の報いだと言えばそれまでだが、自分も守れない無理な基準を相手に押しつけ、失望する男の脆さに、憤りを通り越して哀れさを感じる。「理想の」女性と結婚できるのは、凡庸な男性でも、魔女化した男性でもなく、「理想の」男性だけなのである。

(2)　六八番（KHM68）「大泥棒とその師匠」［図14］

（あらすじ）　教会で息子をどんな職につけたらいいかと神様に聞くと、「大泥棒」という声が聞こえたので、息子を大泥棒の修行に出す。息子は森の中の泥棒先生の家で住み込みで修行する。一年後、息子を迎えに行き、息子と見分けがついたら無料、つかなかったら二百ターラー払うという約束を父親は泥棒の師匠と交わす。一年後、金もなく、魔法による変身を見抜く力もない父親は、途方にくれている。偶然、小人に出会い、魔術で変身した息子の見分け方を教えてもらう。父親は黒パンの皮を投げて顔をだした小鳥を息子と見抜き、無料で息子を連れて帰る。道中、息子は猟犬になったり、馬になったりして、自分を人に売らせて、父親に金を儲けさせる。その度に息子は小さな鳥などに変身して、うまく家に舞い戻る。ある日、馬に化けた息子を泥棒の師匠が買う。息子が雀に化けて逃げると、男の魔女（師匠）も雀に化けて追いかける。二人は魚に化けて競いあい、最後に師匠はおんどりに化ける。すると息子は狐に化けて、おんどりの首を噛み切る。泥棒の師匠（男の魔女）は死んでしまう[125]。

図14

ここでは男の魔女は、泥棒の師匠を指し、泥棒という技術を身につけた親方という意味で使われている。泥棒は一種の技術、しかも、教会で神様から指示された、公認の技能職という形で提示されている。魔術による変身によって、人をだまし、金を巻き上げるのだから、魔術師というより、泥棒というわけだが、この泥棒の師匠は同時に魔術師でもある。彼は鳥に変身して空を飛び、魚に変身して水中を泳ぐ。弟子の親から授業料を受け取れなかったことを根に持って、弟子を奪い返そうと追いかけるが、追いつけない。結局、一年間の修行で技術を修得した弟子の方が、師匠を上まわる変身魔術を身につけていたということになる。小人の入れ知恵によって、魔術を見抜く力を持った父親に対して、師匠は悪態をつくだけで魔力が効かない。結局彼は、魔法による泥棒技術を農夫の息子に無料で授けたことになる。技術職としての泥棒は、ここでは魔力と密接につながっている。魔力は技術であるが、ここではそれは泥棒するための技術である。有益なことに使うものではない。かといって、魔女裁判のころの害悪魔術ともまた異なる。人や家畜に病気や死をもたらすものでも、悪天候や不作をもたらすものでもない。人を一瞬の間欺くため、人の物を盗むためにだけ用いる魔術、スケールの小さな魔術、職人技としての魔術である。技術としての魔術を授けた師匠が、貧しい農夫に授業料を踏み倒され、挙句の果てに教えた技術（魔術）で弟子に殺されるという結末が、何とも哀れだ。魔法技術を教えた師匠が殺され、無料で学んだ弟子が生き残り、これからもその技術で泥棒業に励むことであろうと読める終わり方に、違和感を覚える。魔術師の家系に生まれた者は処刑されるべきだが、部外者が魔術を修得した場合、共同体は寛容であるということか。

(3)　九二番（KHM92）「黄金の山の王様」

（あらすじ）　二艘の持ち船が沈んで、財産を失った商人が畑で嘆いていると、黒い小人が来て、家に帰って、おまえが最初に蹴つまずいたものを、一二年後にくれるなら、欲しいだけの金をやると言う。商人はそれは犬だと考え、承諾する。帰宅すると幼い息子がやってきて、商人の足にしがみつく。商人はぎょっとしたが、後の祭りだ。黒い小人の金で手広く商売して裕福になった商人は、一二年後息子を連れて畑に行く。息子は黒い小人の姿をした悪魔に証文を返すよう言う。交渉の結果、息子は川に流されることになる。息子は未知の国に上陸し、呪われた城に入る。魔法で蛇に変えられた娘がいて、呪いを解いてくれるよう息子に頼む。何をされても声を出さないという条件をクリアして、息子は城の呪いを解く。蛇は美しい姫に戻る。二人は結婚し、息子は黄金の山の王になる。八年後、二人の息子に恵まれ幸せな生活を送る王は、ふと、父親のことを思い出し、故郷に帰りたくなる。不幸になると反対する妃を説得し、どこにでも行ける魔法の指輪を妃に借りる。父親のもとに妃を呼びよせることだけはしないと約束をして、王は故郷に帰る。だが、見慣れぬ豪華な服装のせいで、市門で足止めをくう。羊飼いの古い服と交換して町に入り、父親を訪ね、息子だと名乗る。信じない両親に、右の脇の下にある木苺形の痣を見せ、息子だと認めさせる。自分は黄金の山の王で、王女と結婚して息子が二人いると語るが、両親は信じない。惨めな羊飼いの服装をしているからだ。腹を立てた王は、指輪で王女と子どもを呼び寄せる。約束を破った王を妃は泣いてなじる。川辺で寝ている王から指輪を取り戻し、子どもを連れて妃は自分だけ国に戻る。一人取り残された王は、「もう一度、父さんと母さんの家に戻るわけにはいかない。きっと、おまえは魔女（Hexenmeister）だといわれるのが落ちだ」と考えて、歩いて自国に帰ることにする。山に来ると三人の大男が、形見分けの品をめぐって争っている。呪文を言うだけで首を落とす剣、姿を隠すマント、どこにでも行ける長靴の三品を、大男たちからうまく巻き上げた王は、長靴の力で黄金の国に戻る。帰国すると妃は別の男と結婚式を挙げている。マントで姿を隠し、大広間に行き、妃の皿のごちそうを平らげ、妃を殴ってから姿を現し、「祝言は終わりだ。本当の王が帰ってきた」と宣言する。人々は王をばかにし、とり押さえようとするが、王は剣を抜いて「首よ落ちよ」と言う。そのとたん人々の首は全部落ち、王は一人残り、黄金の山の王に返り咲く。(126)

男の魔女（Hexenmeister）という言葉は、ここでもまた、魔術師のような意味で使われている。魔力ですぐに妻と息子を呼び寄せたり、戻したりできるなんて、両親は自分のことをきっと男の魔女（Hexenmeister）だと思うだろうという発言には、超能力がある人、通常の人間には不可能なことを易々とやり遂げてしまう人、という意味が込められている。ここでの魔術は人に害を及ぼす種類のものではない。害悪魔術でも性的誘惑の魔術でもない。ただ、普通の人にはできないことを、容易にやり遂げる「Hexenmeister」なのである。この言葉は「男の魔女」という日本語より、むしろ「魔術の親方」とか「魔術師」という日本語のほうが、訳語として原語のニュアンスに近いと思われる。魔力の指輪の本当の所有者は妃であるのだから、本来はこの男より妃の方がよほど魔術に長けた存在であろう。変身させられていたとはいうものの、蛇から娘に戻った前歴からみても、この男よりこの女の方が、はるかに魔術に近い存在である。魔術は使えないが、魔力を持つ品物を、人を欺いて巧みに手にいれる手腕が、この男にはある。結局、その能力がこの男を魔術師にしている。魔法の品を上手に使い、最後には裏切った妻を含めた全員を殺して、自分一人になる。黄金の山の王の地位を取り戻すものの、この王はこれで果たして幸せなのだろうか。妻の裏切りばかり責め立てるが、最初に妻を裏切ったのは自分だということの反省は、完全に抜け落ちている。妻の助けで黄金の国の王になれたのに、実家への郷愁を断ち切れず、反対する妻を残して、王は故国に帰る。それも妻の指輪の力を借りての話だ。里帰りの許可は条件付きだ。妻と子どもを夫の両親の元に呼び寄せないという、たった一つのその条件を、夫は守ると言いながら、いとも簡単に破ってしまう。その後の不幸はそこから始まる。妻が夫を置き去りにして、別の伴侶を求めたことのみを糾弾する。身から出た錆ではないのか。この男は魔女ではなく、男の魔女という言葉も、人が自分を男の魔女だと思うかもしれない、という文脈の中で使われているにすぎない。

我が身の非を顧みず、相手の非ばかり責めたてるこういう男こそ、本来、男の魔女として処刑されてしかるべきだ。しかし彼は、「魔女」ではない。他の人々を全て殺し、黄金の国の「王」として、末長く君臨しつづける最高位の支配者なのである。

(4)　一四九番（KHM149）「梁《うつばり》」［図15］

（あらすじ）　男の魔術師（Zauberer）が、人々に不思議な術を披露している。おんどりが重い梁を軽々と担いで歩くという術である。四つ葉のクローバーを見つけ、賢くなっていた娘が「おんどりが担いでいるのは梁ではなく、藁だ」と種あかしをする。その途端、魔法が消え、人々にも真実が見える。男の魔女（Hexenmeister）は嘲笑われ　罵られ、追い払われる。ほどなく、この娘が結婚することになる。娘は着飾り、立派な婚礼の行列を仕立て、野原を越えて、教会まで歩いて行く。水量が増して橋のない川の前まで行列が来たとき、花嫁は裾をからげて川を渡り出す。川の真ん中まで来たとき、「おまえの目は節穴か、何を川と間違えているんだ」とあの魔術師が声をかける。その途端、目が覚めた花嫁は、自分が服を尻までからげて、麻畑の真ん中にいることに気づく。これを見た人々は大笑いして、花嫁を罵り、追い払ってしまう。(127)

図15

ここでは男の魔女（Hexenmeister）は男の魔術師（Zauberer）の同意語として使われている。人々に嘲笑われ、追い払われるときだけ男の魔女（Hexenmeister）という言葉が使われ、あとは魔術師（Zauberer）とされている。実際、この男は公衆の面前で、不思議な術を披露しているのだから、手品師や奇術師のような芸人と大差はない。ここでは魔術は一種の技術（芸）で、生活の糧を稼ぐ手段となっている。魔術師というのはれっきとした職業なのだ。この魔術は人々に害悪を与えるものではなく、驚かせ、楽しませるものとして描かれている。それを娘が嘘だと言い、種をあかしたものだから、魔術師は怒ったのだ。罪のない魔術で人々を楽しませているだけなのに、邪魔をされたからだ。小賢しい小娘に復讐するため、魔術師は娘の結婚の日をひたすら待つ。婚礼行列で花嫁衣装に身を包んだ娘に、裾を尻までからげさせるという破廉恥な行為をさせ、娘が笑われ、追放されるように仕向ける。なんとも、陰湿な手段を取ったものだ。

名誉がなにより重んじられる社会の中で、この魔術師のとった行動は、娘にとってどんなに過酷なものであったことか。魔術師にすれば、「目には目を、歯に歯を」という感覚で、自分が受けたのと同じ屈辱を相手に与えようとしただけかもしれない。しかし、この二つの行為はその重みがまったく異なる。結婚が破談になり、純潔の名誉が汚された娘は、追放されなくてもこの町ではもう生きていけないし、また、他の町に行っても、まともな市民生活は送れない。一方、魔術のいかさまが暴かれ、追放された魔術師は、再挑戦が可能である上、他の町に行っても、優れた魔術力を見せれば、名誉ある生活を送ることができる。職業上の技術力に対してついたクレームは、本人の努力しだいで解決し、名誉回復を図ることが可能である。一方、娘の純潔に対する疑義は、本人の努力によって晴らしたり、解決したりできる種類のものではない。

この魔術師は人々に追い払われるときだけ、男の魔女と表現されているが、魔女被告として追放されたのではない。もし、男の魔女として町を追放されたのなら、たとえ男でも娘同様、まともな市民としての生活は不可能になる。その場合のみ、魔術師の復讐は相応のものとみなすことができる。だが、この男は魔女ではない。最初に明記されているように、魔術師（Zauberer）なのである。

(5)　一八三番（KHM183）「大男と仕立屋」［図16］

（あらすじ）　ちびの仕立屋が森で大男に出会い、下男として働くことになる。恐がりのくせに大口を叩く仕立屋は、桶で水を汲んでこいと大男に言われると、どうして井戸ごとそっくり持って来させないんだと言い返す。薪用の木を二、三本伐ってこいと言われると、どうして森ごと全部じゃないんだと言い返し、猪を二、三頭仕留めてこいと言われると、どうして、千頭全部じゃないんだと言い返す。体は大きいが、気が弱く、頭も弱い大男は、仕立屋の腹の中には魔法のアルラウネの根があると思い込む。大男は恐ろしくて夜も眠れなくなり、一刻も早くこのいまいましい男の魔女（Hexen-meister）を追い払おうと日夜頭をひねり、ついに名案を思いつく。大男は仕立屋に柳の木に乗り、体の重みで枝がしなうか見せてくれと頼む。仕立屋は枝に飛び乗り、息を詰めて体を重くする。[128] 枝は下にしなうが、息つぎをしたひょうしに反り返り、仕立屋は大空高くに飛ばされてしまう。

図16

大男が仕立屋を男の魔女（Hexenmeister）と思い込むのは、桁外れの能力を持つと思い込んだからだ。実際は、ただの大口叩きに過ぎないのだが、恐くて男の魔女だと思い込んでしまう。この恐怖は、民衆が隣人を魔女として告訴し、処罰を望んだときの恐怖とよく似ている。魔術など使えず、ただの大口叩きである仕立屋は、魔女として告訴された老婆が無実の罪で処刑されたのと同様に、悪態が原因で命を落とすことになる。

仕立屋は体内にアルラウネの根を持っているにちがいないと、大男は思う。このアルラウネ（Alraune）の根とは、マンドラゴラ（Mandragora）のことで、人体に似た形をしており、古代から富や幸福や愛の成就をもたらす魔法の道具とされている。マンドラゴラとはナス科の植物であるマンドレーク（mandrake）の根の部分をさし、「家畜に有毒」[129]という意味だそうだ。「古代医学ではその毒性のため、吐剤、下剤、麻酔剤、媚薬として用いられた」。とくに、その根の形が「人間の股と毛むくじゃらな脚に似ている」[130]ので、愛の媚薬や、罪の股から生まれた人間の生と死のシンボルとして用いられたという。魔女はこの根から人がたを切り出して、呪いをかけたり、刻んで幸運のお守りを作ったりしたという[131]。要するに、アルラウネは古代の魔女信仰の頃の魔術の道具だったのだ。それを持つ人のことを「Hexenmeister」と呼んでいるとすると、この言葉は魔女裁判の男の魔女ではなく、古代の魔女信仰の男の魔術師に近い意味で使われているといえる。仕立屋が大空高く飛んでいってしまって、何処に行ったかわからなくなる結末が、なんともユーモラスで魔術的雰囲気を醸し出している。だが実際、この仕立屋は魔術師でもなんでもない。単なる大口叩きで、根は凡庸で臆病な人間にすぎない。

（2）男の魔女の話のまとめ

上記で扱った男の魔女（Hexenmeister）の話は、男の魔女という言葉が使われている話を全て取り上げたもので、実際に男の魔女が出現する話に限定したものではない。五話の内一話、「黄金の山の王様（KHM92）」では、男の魔女の出現はない。黄金の山の王様が、遠くにいる妻を急に呼び寄せたり、返したりできるなんて、自分は両親に男の魔女だと思われるに違いないとつぶやくだけだ。人を遠くから自由に操ることができる能力を持つ男が、ここでは男の魔女（Hexenmeister）とみなされている。

「大男と仕立屋（KHM183）」では、大口叩きのちびの仕立屋が、大男から男の魔女だと思い込まれる。腹の中に魔法のアルラウネの根を持つと恐れられるが、仕立屋は実は、魔術の心得など全くない単なる法螺吹きにすぎない。その証拠に、飛び乗った枝が反り返ると、彼は簡単に空中に飛ばされてしまう。人々の恐怖心が魔女をつくり出すという精神構造上の類似点は面白いが、史実における男の魔女像とも魔術師の姿とも重ならない。

男の魔女（Hexenmeister）という言葉で、最も多く出現している人は、技術（芸 Kunst）としての魔術を操ることができる男性である。大泥棒（Gaudieb）であれ、芸を披露する魔術師（Zauberer）であれ、その技術で生活できるほどその道を極めた人、すなわち、親方（Meister）なのである。男の魔女という言葉より魔術師という言葉の方が、話の内容から考えると訳語としては適切であろう。

ただ一話、魔術師という言葉で表現できない話が含まれている。「フィッチャー鳥（KHM46）」だ。

ここでは、理想の伴侶を求めて娘を誘拐し、その好奇心と従順度を試験し、受かると結婚するが、落ちると殺して肉を切り刻むという男が、男の魔女である。自分が理想とする伴侶を求めて誘拐殺人を繰り返す行為は、魔女罪ではなく性犯罪であろう。変質者か権力者が巧妙な手口で行った（例：英国のヘンリー八世）妻殺しの男を、ここでは男の魔女と表現している。初版（一八一二年）では男の魔女は泥棒で、貧しい物乞いの姿で戸口に現れ、娘を誘拐すると書かれているが、決定版（一八五七年）では、「泥棒」という表現が削除される。これと同じモチーフを持つ他のメルヒェン（異型：Variante）では、主人公は男の魔女でなく、小人（Zwerg）、盗賊（Räuber）、騎士（Ritter）、悪魔（Teufel）、大男（Riese）、怪物（Unhold）、王（König）、皇帝（Kaiser）など様々な人物になっている。(132) なかでも、シャルル・ペローのメルヒェン集にある「青髭」が、最も有名な類話であろう。あらすじを紹介しよう。

裕福だが醜い騎士である主人公は、見るなの部屋を見た妻が許せず、これまで何人もの妻を殺してきた。今度は、隣人の身分の高い夫人の娘を妻にしたが、この妻もタブーを守れず殺されることになる。妻はお祈りを要求して時間稼ぎをし、兄たちによる救出を待つ。間一髪のところで兄たちが到着し、青髭を殺して娘を救出する。青髭の全財産を相続した娘は、家族の者にお金を分配し、姉を貴族と結婚させ、兄たちには隊長の地位を買い与え、自分は教養のある人と再婚して幸せになる。(133)

女の好奇心は性的好奇心を指すとされていた頃、この話が意味するところは明らかであろう。使用禁止を命じられた鍵を使って、「見るなの部屋」を覗き、その結果、鍵に血痕が付いたということは、すなわち娘が貞操を守らず、夫を性的に裏切ったということを意味する。敢えて、心理学的解釈を待つまでもないだろう。鍵だけでなく、ご丁寧に卵まで渡して、肌身離さず大切に持っているようにという夫の言葉から、この小部屋とは妻の子宮を暗示するものであろう。夫が留守の間、夫は妻に全ての鍵を渡すが、一番小さな部屋の鍵だけは開けるなと命令する。鍵をかけるという行為が「用心深い」ということを意味するとすれば、鍵を開けるという行為は「用心深くない」、すなわち「守りが堅固でない、操が固くない」ということを意味することになる。啓蒙主義以前、一八世紀以前の西洋では、女性は誘惑に負けやすい性とされていたのだから、操が固い女性を見つけることは、困難であったのだ。浮気しやすい性が男性だと思っている人が、このメルヒェンを読むとわけがわからなくなる。価値観の転換を迫られるからだ。実はまさにそこに、伝承文学であるメルヒェンの真価があると思われる。

価値観の転換は、一九世紀という近代にメルヒェンを編集したグリム兄弟による改変からも読み取ることができる。初版では、誘拐されるのが「娘」だが、決定版では「きれいな娘」に変更される。理想の女性は「貞淑で従順で信頼できる」だけでは充分ではなく、「美人」であることが強調される。近代が求めた価値観を、近代に生きるグリム兄弟が、意図的にせよ無意識にせよ、付加したのである。役割分担により「美」ではなく、主として家族を養う「経済力」によって評価される男性に対して、女性は「家庭の天使」として「美しさ」と「優しさ」が求められるようになる。バロックやロココの頃には男性にも求められた「美しさ」は、近代に入ると影を潜める。

時代によって様々に変わる理想の女性を、青髭タイプの持てない男性が、財力にものをいわせて探し続ける。男の魔女とは、ここでは、理想の女性を手に入れるため、命がけで探し回る、理想とは程遠い男たちの総称と解釈したい。

(3) 魔女裁判での男の魔女被告

魔女裁判の発生状況は地域によって異なるが、大別して、猛威を奮った地域と奮わなかった地域に二分することができる。バイエルン、オーストリア、ブランデンブルク、ザクセン、ヘッセンなど政治や行政の中央集権化が進んだ地域では、イングランド王国やフランス王国と同様に大規模な魔女狩りは起きず、逆に、小領主の混在する地域、とりわけ、司教を領主と仰ぐ地域では激しい魔女狩りが起きている。例えば、ロートリンゲン、ヴェストファーレン、トリア大司教領、バンベルク司教領、ヴュルツブルク司教領、アウクスブルク司教領、マインツ大司教領、ケルン大司教領などである。これらの地域では領主をチェックする機能が未成立で、領主の気紛れや民衆の魔女恐怖に左右されやすいので、魔女審問官の言いなりに大量処刑が繰り返されたのである。[134]

熱狂的な魔女狩りが行われる一六、一七世紀に、男性が魔女（Hexer, Hexenmeister）として処刑されるのは、一般に裁判の初期段階ではなく、後期段階になってからの場合が多い。例えば、トリア大司教領では一五八九年には、裁判官や大学学長まで務めた市長フラーデが、魔女として処刑された。拷問によって他の魔女の名を引き出すという魔女裁判の方法に疑念を抱いていたからである。処刑理由は害悪魔術の行使で、フラーデは雹や嵐やカタツムリによって穀物をだめにしたという嫌疑で捕まったのである。[135] 拷問に耐え切れず自白したフラーデの心中は、無念の想いで一杯であったことだろう。間違いを正そうとした勇気ある知識人が、魔女狩り推進派にはめられて抹殺された一例といえる。

ロッテンブルクでは一五七〇年から町長を務め、自ら一八〇人もの魔女を処刑したハンス・ゲオルク・ハルマイヤー自身が、一六〇二年に逮捕された。看護婦の姿をした悪魔と情交をかわしたという嫌疑だ。拷問で罪を認めた彼は、その年に獄中で死亡した。[136] 彼の死後、処刑は断続的に続くものの減少の一途をたどり、一六一三年に終結する。

一七世紀初頭に一五〇〇人の処刑者を出したバンベルク司教領では、一六二五年から三〇年までの間に、バンベルクとツァイルだけで九〇〇人が逮捕され、うち二三六人が火刑に処されたが、そのなかには、五人の市長も含まれていた。最も有名なのがヨハネス・ユーニウスで、一六〇八年から二〇年間も市長を務めたが、一六二八年六月二八日、五五歳の時、魔女として審問される。魔女集会に参加したという嫌疑である。七月七日に自白し、数人の魔女の名（官房長官ハーン博士とその息子、市長ノイデッカーなど）をあげ、八月三日に処刑台に上る。一六三〇年に裁判を推進してきた副司教フェルナーが亡くなり、さらに三二年、スウェーデン軍に制圧され、ゲオルク二世が逃亡し、ようやく魔女処刑は鎮火する。[137]

一七世紀初頭に一二〇〇人の魔女を焚殺したヴュルツブルク司教領では、一六二七年から二九年までに二九回処刑（処刑者総数一六〇人）が行われるが、男の処刑が女を上回るのは二一回目からである。第一回目は無名の老婆だけだったのが、四回目に市長夫人、五回目に裕福な商人、八回目に政治家と首席司祭という風にエスカレートしていき、二一回目で男女比率が逆転して、二三回目以後は必ず高位聖職者が含まれたという記録が残されている。[138] 初期段階での魔女は貧しい老婆（しかも寡婦、よそ者）が圧倒的に多かったが、その後、政治闘争、経済闘争、相続争いなどの様相を帯びてくると、権力者である男性が数多く処刑されるようになる。処刑者の財産没収、地位剥奪が目的であったり、私的怨恨や復讐からの誣告が増えて、都市はパニック状態に陥る。明日は我が身という状況になって、ようやく魔女狩りは鎮火の兆しをみせる。ヴュルツブルクの場合も、領主司教フィリップ・アードルフ・フォン・エーレンベルクは、自分の相続人であるエルネスト・フォン・エーレンベルクが処刑された後、魔女裁判を中止している。おそらく、拷問による自白で、自分が名指しされかねないと身の危険を感じたからであろう。(139)

このように、現実の魔女裁判で告訴される男の魔女は、少数だが、地位も財産もある権力者が、政治闘争や経済闘争に巻き込まれて処刑されるという場合が多い。処刑される女の魔女が、貧しい老婆で寡婦である場合が圧倒的に多いのに比べると、その差異は歴然としている。住民からの突き上げで魔女被告にされる貧しい老婆（女）に対して、裁判官の利害関係で魔女被告に仕立てあげられるのが市長や知識人（男）である。グリム童話に出てくる男の魔女、魔術師とは、重なり合うところのない、異なった存在といえる。

だが、男性の魔女はこれら都市型だけかというと、そうではなく、農村型の民衆魔術を行使する者も存在する。ラブヴィーの調査によるとザール地方の場合、女性の魔女被告は過半数が、五〇歳以上の貧しい老婆で独り暮らしの寡婦が多いのに対して、男性は同じく貧しいが、年齢による偏りはあまりなく、一人ではなく家族の中で暮らしている人が多いという。女性の魔女は物乞い状態の貧民層が圧倒的多数を占めるが、男性の魔女は貧民層と同時に中産層出身の比率も高い。これは女性の八四％以上が貧困層に属していたからだ。貧者の大多数は女性によって占められていたといえる。なお、魔女告訴と職業活動との関連は見出されず、産婆の被告例は皆無だという。(140)

魔術の領域にも男女差があり、男性の魔術は日常に密着した目的で使われる此岸的魔術であるが、女性の魔術は日常性を越えた彼岸的な力と関係づけられ、ある種の不気味さがつきまとう。(141) 男の魔術の代表的なものが宝探しであったということが、このことを象徴している。

男性が魔女告発される動機は、人妻との密通、借金、商売上のトラブル、妻に殴られるなどで、金銭、官職、公的義務、家族の体面、男同士の階層制に関する合意が問題にされる。期待された役割や価値を外れた場合、男は魔女として告発される。(142)

ザール地方のマットハイス・バルトは木材購入費の支払いが不十分だと訴えられ、ティールマン・マテイスは馬の購入時の諍いが原因で訴えられ、フリゲス・マテスは借金の返済を巡って名誉毀損と反目が原因で告発されている。(143) また、すでに紹介したシュナイダー・アウグスティンやアウグストゲン・マタイスという女たらしの男の魔女例もある。多くの女と性的関係を持ち、家族から見放されていた彼らは、女の魔女被告人から共犯者として名指しされると、あんなに多くの女性を誘惑できるのは魔術を使っているからなのだと言われ、共同体の秩序を乱す一連の不行状が、すべて魔術によるものと解釈されてしまう。(144)

そこでは、魔術とは遠隔操作するなどの超能力というより、もっと日常的なものとして捉えられている。例えば、牛の乳の出を減らす、馬を沼地に落として脚を折らせる、豚を病気にするなど、他人の財産に被害を与える力や、相手の体に害を及ぼす力である。夫が不能になったり、妻が不妊になるのは、前に愛人関係にあった女が恨んで魔術を行使しているからであり、自分の畑が不作で、隣人の畑が豊作なのは、それは隣人が害悪魔術をかけているからである。その際、男の魔術と女の魔術の相違は、お互いの生活領域の相違から来ているとも考えられる。「男性の領域とされるのが、公的・政治的秩序の維持、家の体面の維持、家に対する食糧・財産の調達の責任といったことに集約されるのに対し、女性の領域は家の内部の様々な調度品、食品の管理、清掃、菜園や家畜の世話、調理や食品加工と病人の世話など、具体的な家の維持・管理にあった」(145)という。

家畜の世話や病人の世話、食品の加工と調理など、劇的な変化が起こる領域が女の管轄であったことが、女の魔女の出現を多くした一因でもあろう。しかし、男性もまた、家の財産や体面を損なったとき、責任を放棄したとき、公的秩序を侵害したとき、魔女として告発される。

親戚、職場の人間、主従、愛人、隣人、友人間の告発が多く、本人の名誉や家族の名誉が傷付けられたときに、男も女も相手を魔女として告発する。親しく身近な人間が、相手を魔女として告発する。愛情が深いほど憎しみも深く、関係が似通っているほど嫉妬も激しい。自分の不注意から乳児を死なせたのに、他人の魔術のせいにすることによって、自ら立ち直ろうとする母親。条件のいい女と結婚するため愛人を捨てたが、新妻との性交に失敗すると、自分の不能は良心の呵責からではなく、愛人の魔術のせいだと主張して責任転嫁をする夫。食料事情が悪くなり、疫病がはやり、生存競争が激しくなると、自己保身のため、隣人、身内、親戚、友人などを魔女として次々に告発する。村の魔女狩りのメカニズムが、狂気の様相を帯びてきたとき、魔女審問官の独断と横暴が鳴りを潜めたとき、魔女狩りはようやく収束に向かう。

第3章　グリム童話の中で魔女以外で魔術を扱う人々

グリム童話の中には、魔女（Hexe）以外で魔術を扱う多くの人々が出現している。それらの人々は一体どのような存在なのだろう。卓越した言語学者であるグリム兄弟が、魔女とは表現しなかった人々、魔術を使い、魔術に親しむ人々でありながら、敢えて魔女とは呼ばなかった人々とは、どのような人物なのであろう。それらの人々の姿を調査すると、グリム童話の中の魔女の姿がより明確になるように思われる。この章では、そのような魔女以外の魔術的人物に焦点を当てて、具体的な考察を試みる。まず、実際に魔術的存在が現れる話を一話ずつ取り上げ、具体的検討を重ねていく。

グリム童話に現れる魔術的人物をまとめると、だいたい下記のようになる。

1　魔女術（Hexenkunst）を使う人
2　女の魔術師（Zauberin）
3　男の魔術師（Zauberer）
4　魔法（Zauber）を使う人
5　賢女（weise Frau）

ここで取り上げる対象は、あくまで魔女（Hexe）を中心に選択したものであり、すべての魔術的存在を取り上げるわけではない。小人（Zwerg、Kobold、Männchen、Männlein）や巨人（Riese）、狐、蛇などの動物、水の精（Nixe）、悪魔、神、聖者なども魔術的存在ではあるが、ここでは取り上げない。

1　まず、魔女術（Hexenkunst）を使う人から見ていこう。該当する話が二話ある。「白雪姫（KHM53）」と「子羊と小魚（KHM141）」だ。どちらも魔女術を使うのは継母（Stiefmutter）であり、魔女（Hexe）ではない。

次に、魔術師（Zauberer）を調べると、女の魔術師（Zauberin）の話が四話、男の魔術師（Zauberer）の話が四話ある。

2　女の魔術師の四話の内訳は、「ラプンツェル（KHM12）」、「ヨリンデとヨリンゲル（KHM69）」、「六人の家来（KHM134）」、「水晶玉（KHM197）」である。

3　男の魔術師（Zauberer）の内訳は、「歌うぴょんぴょん雲雀（KHM88）」、「ガラスの棺（KHM163）」、「水晶玉（KHM197）」、「梁《うつばり》（KHM149）」であるが、このうち「梁《うつばり》」は男の魔術師（Zauberer）が男の魔女（Hexenmeister）の同意語として使われ、第2章「男の魔女が出現する話」で取り上げたので除外し、「水晶玉」も「女の魔術師」のところで取り上げるので省くと、ここで取り上げるのは二話となる。

4　上記の者以外で、魔法（Zauber）を扱う人が現れるのは三話だ。「黄金の鳥（KHM57）」、「蜜蜂の女王（KHM62）」、「恐いものしらずの王子（KHM121）」である。この他に、魔法の呪い（Zauberspruch）をかける人が出現する話が一話ある。「いばら姫（眠れる森の美女）（KHM50）」だ。従ってここでは合計四話を取り上げる。

5　賢女（weise Frau）が現れる話は八話ある。「六羽の白鳥（KHM49）」、「いばら姫（KHM50）」、「恋人ローラント（KHM56）」、「キャベツろば（KHM122）」、「一つ目、二つ目、三つ目（KHM130）」、「小羊と小魚（KHM141）」、「泉のそばのガチョウ番の女（KHM179）」、「池にすむ水の精（KHM181）」だ。

このうち、第一章「女の魔女が現れる話」で取り上げた話が四話ある。「六羽の白鳥」、「恋人ローラント」、「キャベツろば」、「泉のそばのガチョウ番の女」で、いずれも悪い魔術をかける魔女とは対照的で、有益な魔術を使う人として賢女が出現している。「いばら姫」は「魔法の呪い」のところで取り上げるし、「小羊と小魚」も「魔女術」のところで紹介するので、ここで取り上げるのは残りの二話のみになる。すなわち「一つ目、二つ目、三つ目（KHM130）」と「池にすむ水の精（KHM181）」である。

そこでこれら魔術を扱う人々の話を簡単に紹介しながら、それぞれの話の中で、魔術的存在がどのように描かれているかを見ていく。その後この章のまとめとして、ここで取り上げた五種類の魔術的存在について、各々その特徴について分析し、考察していく。

（1）各話の紹介と解釈

(1) 魔女術（Hexenkunst）を使う人の話

(1) 五三番（KHM53）「白雪姫」［図17］

（あらすじ）雪のように白く、血のように赤く、黒檀のように黒い白雪姫は、実の母親が亡くなって継母がやってくると、その美しさを妬まれる。魔法の鏡が国中で一番美しいのは白雪姫だと断言すると、妃は怒り出し、姫を森に連れ出して殺し、その肺と肝臓を持って帰るよう狩人に指示する。森に連れ出された白雪姫は、泣いて狩人に助命を請い、森に逃がしてもらう。狩人は代わりに猪を殺して、その肺と肝臓を城に持って帰る。妃はそれを白雪姫の内臓と信じ、塩ゆでにして食べてしまう。白雪姫は森の中で七人の小人の家を見つけ、家事をする約束でおいてもらう。魔法の鏡を持つ妃は、白雪姫が森で生きていることを知り、殺そうとする。物売りに変装して姫に紐を売りつけ、きつく姫の胸を締めつけると姫は倒れてしまう。帰宅した小人たちは倒れている姫を見て驚き、紐を解いてやる。すると姫は生き返る。継母の妃は今度は魔女術（Hexenkunst）を使って毒の櫛を作り、それを白雪姫に売りつける。毒の櫛が白雪姫の髪に刺さると、姫は倒れてしまう。小人たちが介抱して毒の櫛を取り除くと姫はまた生き返る。継母は今度は毒のりんごを作っ

図17

て白雪姫に与える。一口食べたとたん、姫は死んでしまう。小人たちが介抱したが、姫は息を吹き返さない。硝子の棺に入れて守っていると、王子がやって来て、美しい姫を棺ごと譲ってくれるよう頼む。家来が棺を持ち上げて揺れたとたん、姫の口から毒のりんごが出て、姫は息を吹き返す。喜んだ王子は姫に求婚して盛大な結婚式をあげる。式に招待された継母の妃は、真っ赤に焼けた鉄の靴を履かされ、死ぬまで踊らされる。(146)

ここでは、魔女術は継母が心得ている術で、毒の櫛を作るために使われる。毒りんごを作るときは魔女術という表現は使われていないが、「彼女は誰も来ない離れの荒れた部屋に行き、それはそれは凄い毒のりんごをつくった」と表現されている。前回同様、この毒りんごの製作は、魔女術によるものと解釈すべきであろう。生物を殺す毒を作る力、魔女術にはそんな力があると思われていた。その魔女術を行使する継母は、しかし、魔女ではない。妃であり、継母であるが、魔女とは表現されていない。継母であり同時に魔女でもある話は比較的多く、四話も存在するのだから、継母と魔女が同時に使用できない表現ではないということは明らかである。では、どうしてグリム兄弟は、白雪姫の継母を魔女と断言しなかったのだろう。肺と肝臓を食べるとき、塩ゆでにしたからであろうか。塩には殺菌力があり、有害のものを殺し清める作用があるので、悪い魔女は塩が使えない。継母は調理の際、塩の使用を命じたから、魔女ではないという論理だ。確かにこれも一つの解釈といえよう。実際、「塩は浄化を表す」ので「新生児を水で洗い、塩をこすりつけたのは、皮膚を丈夫にするためと、魔除けのためであったかもしれない」(147)と言われたり、塩は「悪霊、魔女、悪魔などを追い払うのに使われ」[148]て清めの力が強調されたりしている。しかし一方、塩は「人間の分泌液」を表し、「精液、性欲、好色」を表すとも言われている。英語には「さかりのついた狼みたいに淫乱（as salt as wolves in pride）」という表現があり[149]、塩は淫乱という意味で使われている。また、塩には「不毛」という意味もあり、「魔女も耕地を不毛にしようと呪文を唱えながら塩を撒く」ともいわれている[150]。要するに、塩には様々な力が秘められて、その効用は多岐にわたっている。塩を用いたからといって、ただちにこの継母を魔女ではないと決めつけるのは、少々早計だと思われる。実際、グリム兄弟もその著書『ドイツ神話学』で、「女性および巫女が塩釜の管理をし、塩の供給を調整していたとしたら、塩の精製と魔女術を結び付ける民間伝承が証明されたことになる」[151]として、魔女を古代の塩の管理人（巫女）として把握している。そう解釈すると、魔女と塩の関係は相入れないものどころか、密接なものに急転換してしまう。そこで、ここでは、このような多様な解釈を持つ塩という小道具からではなく、視点を変えて、グリム兄弟の書き変えのパターンそのものから、この継母の魔女性についての考察を試みることにする。

この話は初稿と初版では、継母ではなく実の母親と娘の話であった。実母が娘に嫉妬する話をグリム兄弟が継母に変更した。「家庭と子供のための本」としてのメルヒェン集に、悪い実母が頻繁に現れたりしたら、市民道徳上問題があるし、富裕な教養市民層も本の購入を差し控えるだろうとグリム兄弟が考えたからだ。調和に満ちた平和な家庭、荒々しい外の世界を遮断する愛に満ちた空間、というビーダーマイヤー期[152]の家庭像に沿うように改変を施した。つまり、悪い実母を継母に書き変え、血縁関係がない母娘関係だから、嫉妬心から継娘をいじめるのだと読めるよう配慮したのだ。だが、グリム兄弟の書き変えにも節度がある。元来、実母のものを継母と書き変えた場合、書き変えはそこまでだ。書き変えた継母をさらに魔女にまで書き変えるということはない。元々継母であるものを魔女に変えることはあるが、実母であるものは継母には変えても、さらに魔女まで変更するということはない。

したがって、白雪姫の継母は元々実母であったのだから、魔女ではない。魔女術で毒を作ることを心得ている継母だ。魔女と同じく悪人の代表的存在として、継母はグリム童話で重要な役割を果たしているのである。

(2)　一四一番（KHM141）「子羊と小魚」［図18］

（あらすじ）兄と妹が外で子どもたちと仲良く遊んでいるのを見ていて、継母は腹を立て、魔女術で兄を小魚に、妹を子羊に変身させる。ある日、継母は料理番に、客が来るから子羊を殺して料理するよう命じる。料理番が子羊を捕まえると、流しの近くの池まで泳いできた小魚に向かって、子羊は殺される悲しみを訴える。口がきける子羊と小魚に驚いた料理番は、別の子羊を料理して二人の命を助ける。料理番は小魚と子羊を百姓の叔母さんの所に連れていく。叔母さんは妹の乳母だった人で、子羊の正体を見抜き、二人を賢女（weise Frau）のもとに連れていく。賢女が祝福の言葉

図18

を唱えると、二人は元の人間の姿を取り戻す。賢女は二人を森の小さな家に連れて行き、二人はそこで幸せに暮らす。[153]

継母が腹を立てて魔女術をかけた理由は、継息子と継娘が仲睦まじく遊んでいたからという理由だ。仲の良い二人が連帯することに対して、継母はおそらく恐怖と嫉妬を感じたのであろう。二人を分離するため、一人を水の世界に、もう一人を陸の世界に追いやる。それにしても、魔女術で兄を魚に、妹を子羊に変身させた継母は、やはり魔女ではなかったのではないか。その理由は、魚は再生や不滅を表し、救世主キリストを表すと言われているし[154]、子羊についても、キリストは「毛を刈られるときにじっとおとなしくしているので子羊にたとえられる」、「世の罪を取り除く神の子羊」である[155]、と言われているからだ。キリスト教徒の敵、悪魔の手下としての魔女、悪魔学（デモノロジー）でいう魔女の行為にしては矛盾する。悪魔学の魔女でなく、民衆の魔女、害悪魔術をかける老婆だとしても、子羊に変身させるということはまずない。魔女術を使うこの継母は、魔女ではなく、継子たちになつかれず、家族から除け者にされた「淋しい継母」にすぎないのではないか。継母の嫉妬と不安が、継子虐待という行為に彼女を走らせてしまったのであろう。二人の継子たちに追い出される前に、自分が継子を追い出し、それによって自らの地位を守ろうとしたのではないだろうか。

(2)　女の魔術師（Zauberin）の話

(1) 一二番（KHM12）「ラプンツェル」［図19］

（あらすじ）　妊娠した妻は隣家の菜園のラプンツェルというサラダ菜が食べたくてたまらなくなり、夫に取ってきてくれるよう頼む。女の魔術師が住むという隣家は石垣で囲まれており、恐れて誰も足を踏み入れない。妻があまりにせがむので、夫はついに隣の庭に忍び込み、ラプンツェルを盗む。女の魔術師に見つかり、ラプンツェルをやる代わりに、大切に育ててあげるから生まれてくる子どもをくれと言われる。怯えた夫はその条件をのんでしまう。子どもが生まれると女の魔術師がやって来て、子どもを連れていく。女の魔術師はその子にラプンツェルという名をつけて、母親代わりになって大切に育てる。美しいラプンツェルが一二歳になると、女の魔術師は彼女を森の塔の中に閉じ込める。塔には入口も階段もなく、中に入るときは、ラプンツェルに髪の毛をたらすよう命じ、それに伝って上る。ある日、この国の王子が森でラプンツェルの歌声を聞き、髪の毛を伝って塔に上る。王子は美しいラプンツェルに求婚し、二人で塔を抜け出す算段をする。ある時、ラプンツェルは女の魔術師のゴテルばあさんに、王子様はすぐ引き上げられるのに、あなたはどうしてそんなに重いのと口を滑らせてしまう。女の魔術師は世間から隔離するため塔に閉じ込めたのに、自分の目を盗んで娘が男と逢い引きしていたことを知り、怒り狂い、ラプンツェルの髪の毛を切っ

図19

て、娘を荒れ野に放り出す。さらに彼女は、切った髪を窓辺に結びつけ、それで王子を塔におびき寄せる。ラプンツェルがいないことを知らされた王子は、絶望して塔から身を投げる。命は助かるが、彼は茨の刺が目に刺さり、失明して森をさ迷う。数年後、王子はラプンツェルのいる荒れ野にたどり着く。男の子と女の子を産み育てるラプンツェルは、王子をみつけると泣いて首に抱きつく。彼女の涙が目に入ると失明が治り、王子は目が見えるようになる。王子はラプンツェルと子どもたちを連れて国に帰り、人々に祝福され、国で幸せに暮らす(156)。

このテクストでは、女の魔術師は、「大変な力を持ち、世間の人々から恐れられていた」と書かれているが、「悪い」とは表現されていない。実際、この女の魔術師は悪くはない。ラプンツェルと引替えに子どもをくれと、強引なことを言うが、母親のように大切に育てるからという申し出には、愛情が感じられ、拒否できない切実感がある。純潔を守るため娘を塔に閉じ込めていたのに、男性と密会していたことを知り、激怒するところを見ると、この女の魔術師は、害悪をもたらす魔女というより、むしろ、人のためになることをする賢女に近い存在といえる。実際、初版ではラプンツェルは王子と密会していただけではなく、子供まで身ごもってしまう。「ゴテルおばさん、服が窮屈になってしまって、入らないの(157)」と彼女は言う。それを不道徳だという理由でグリム兄弟は決定版で、「ねえ教えて、ゴテルおばさん、王子様は一瞬のうちに私のそばにいらっしゃるのに、お婆さんを引き上げるのは、どうしてこんなに重いの(158)」という表現に変える。これによって、ラプンツェルは未婚で妊娠する節操のない娘から、王子の存在を自ら告白する馬鹿な娘に改変される。身持ちの悪い少女よりは、馬鹿な少女の方が罪が軽いと言うわけだ。

ところで、初版では女の魔術師（Zauberin）は、妖精（Fee）という言葉で表現されている。[159] 語源はフランス語で、運命の女神を示す言葉である。また、彼女に対する呼びかけも、初版ではゴテルおばさん（Frau Gothel）だったのが、決定版では年寄りにされてゴテルばあさん（die alte Frau Gothel）という表現に変わっている。ゴテ（Gothe）というのは代母を意味するから、ゴテルおばさんという呼び名は、おそらく名付け親の代母さんという意味であろう。いずれにせよ、ラプンツェルの女魔術師は悪い魔女ではなく、娘を大切に守り育てる善良な妖精、すなわち運命の女神に限りなく近い存在といえる。

なお、初版では王子の目が見えるようになったところで話が終わっているが、決定版ではラプンツェルと王子が王子の国に行き、そこで幸せに暮らすという結婚によるハッピー・エンドに改変されている。グリム兄弟がよく使う手法だ。いばら姫の場合と同じである。いばら姫の場合は結婚後の姑との確執を省略して、王子と姫の幸せな結婚で話を終えている。「結婚＝ハッピー・エンド」は、グリム兄弟による確信犯的改変のテクニックだ。

セックスを罪悪視するため、独身でいるのが一番尊くて、独身を守れない者のみに結婚が許されるというキリスト教的価値観が、近代に入ると、とくにカルヴァン派を中心として結婚奨励という方向に社会が推移していく。[160] カルヴァン派を信仰するグリム兄弟が、「子供と家庭の本」と銘打ったメルヒェン集で「結婚による幸せ」を強調したのは、そのような社会的背景を踏まえてのことだ。それまで不安のうちに迎えた結婚に、夢と希望を与え、愛による結婚というイメージを植えつけ、幸福のイールインにしてしまったのだ。「一八世紀までは、恋愛は詩の世界に、後には小説の世界に限られていた」という。[161] 結婚とは持参金の額で決定する純粋な商取引か、または、実際的な連れ合い（働き手）になることと見られていた。「愛ゆえに結婚するという理想が、文学においても実際においても、一般の人々の心のなかに本当に根を下ろしたのは、一九世紀以前のことではなかったのである。」[162]

一八五七年の決定版に、グリム兄弟が入れた「結婚＝ハッピー・エンド」のメッセージは、近代が進むにつれてますます深く浸透し、ポスト近代を迎えた現代でさえも、まだその呪縛から抜け切れずにいる。現代の若い女性が、「早く、幸せになりたい」という言葉を、「早く、結婚したい」と同意語で使用しているのを見てもよくわかる。これらの人々は魔女の魔法ではなく、グリム兄弟の魔法にいまだに深くかかったままと言える。

(2)　六九番（KHM69）「ヨリンデとヨリンゲル」〔図20〕

（あらすじ）　森の中の古城に、老婆が一人で住んでいる。老婆は最高位の女の魔術師（Erzzauberin）で、昼間は猫やふくろうの姿で、夜は人間の姿でいる。古城から百歩以内の所に近づくと、人は金縛りにあう。純潔な娘は鳥に変えられて、籠に入れて連れ去られる。誰よりも美しいヨリンデと美男のヨリンゲルは婚約中だ。二人は森に散歩に行き、話に夢中になる。日暮れになり、気がつくと古城に近づいていた。そのとたん、ヨリンデは夜啼き鳥に変えられる。ヨリンゲルは金縛りにされ手も足も出ない。日が沈むとふくろうは藪に消え、代わりに体の折れ曲がった老婆が出てくる。顔は黄色、痩せて目は赤くて大きく、曲がった鼻先が顎まで届いている。ヨリンゲルは老婆にヨリンデを返してくれるよう頼むが、断られる。彼は泣き叫びながら城を離れ、よその村で羊飼いとして働く。真ん中に真珠がはまった血のように赤い花を撫でると、ヨリンデが元の姿に戻るという夢を見て、ヨリンゲルは花探しの旅にでる。九日目に花を見つけ、古城に向かう。中に入ると、老婆は怒って罵り、毒や胆汁を吐きかけるが、ヨリンゲルにあと二歩というところまでしか近づけない。ヨリンゲルが赤い花で老婆と鳥籠に触ると、女の魔術師は魔力を失い、ヨリンデは元の美しい姿を取り戻す。ヨリンデはヨリンゲルの首にすがる。ヨリンゲルは他の小鳥たちも娘の姿にもどしてやり、愛しいヨリンデと一緒に故郷の村に帰り、ずっと一緒に楽しく暮らす。(163)

図20

この老婆は単なる女の魔術師（Zauberin）ではなく、女の魔術師の総元締、最高位の女の魔術師（Erz-zauberin）と表現されているだけあって、随分迫力がある。彼女は処女の娘ばかり集めて鳥に変身させ、籠に閉じ込めるという。すでに七千羽集めたというから、その魔力たるやすごいものがある。美しく若い男性には興味がなく、危害を加えない。自分の仕事が邪魔されないよう、男性は一時、金縛りにするだけで逃がしてやる。若く美しく純潔な乙女だけを集めて鳥にするというのは、一体何を意味しているのだろう。鳥は人の魂とされ、霊が姿を変えたものとみなされるという。(164) もしそうだとすれば、この女の大魔術師は、鳥にすることによって娘たちに肉体を捨てさせ、魂だけの存在にしようとしたのではないか。純潔な娘たちの処女性を結婚式の日まで強引に守ろうとしたと解釈すれば、ヨリンデの鳥への変身も説明がつく。苦労して一人前の男に成長したヨリンゲルは、もはや美しいだけの青年ではなく、逞しい立派な大人としてヨリンデの前に現れる。それゆえ、彼女は魂だけの存在（鳥）ではなく、肉体を伴った完全な女性として、ヨリンゲルの前にその姿を見せることが許されたのである。そして二人はめでたく結婚する。そうだとすると、やたらと悪い印象が強いこの女の大魔術師も、鳥籠の中に入れて娘を守る保護母神的存在であるのかもしれない。

(3)　一三四番（KHM134）「六人の家来」

（あらすじ）　年寄りの女王は女の魔術師で、絶世の美女の娘をだしにして、人間の命を奪う算段に余念がない。姫に求婚する男に難題を課し、成功すれば姫をやるが、失敗すれば命を奪うと言って、次々に男たちの首をはねる。途方もなく美しい姫の噂を聞いた王子は、姫に求婚する意思を父親に伝える。父が反対すると王子は病気になり七年間床に伏す。父が許可するや否や元気になり、王子は求婚のために旅立つ。途中でデブの大男、聞き耳男、背高ノッポ、眼力男、寒がり男、千里眼の首長男など変わった六人の男を家来にして、城に現れ姫に求婚する。女王は王子に三つの難題が解けたら姫をやるという。一題目は紅海に落とした指輪を拾うことだが、千里眼とデブのおかげで解決する。二題目は三百頭の牡牛と三百樽のワインを平らげることだが、これもデブのおかげでやり遂げる。三題目は今夜連れて来られる娘を、一二時までしっかり抱いていることだが、一一時に魔法で全員眠らされ、姫は連れ去られる。一二時一五分前に全員目を覚まし、三百時間離れた岩に連れ去られた姫を、眼力男とノッポが取り戻して来て、三つの課題を無事やり遂げる。女王は約束通り王子に娘をやるが、自分で好きな相手を選べず、つまらない男の嫁になるなんて恥さらしだと姫に耳打ちし、娘の慢心を煽る。高慢になった娘は、三百マルテルの薪の山に座って、火をつけても平気な者が現れないうちは、結婚しないと言い張る。寒がり男がその課題を成し遂げたので、美しい姫と王子との結婚が確定する。年寄りの女魔術師は、兵隊や騎兵を差し向けて娘を取り返そうとするが、眼力男にこっぱみじんにされてしまう。教会で式をあげてから、王子は自分は豚飼いだと偽って、姫に豚の群れの番をさせる。一週間後、これも自分の高慢のせいだと姫が悟った頃、使いの者がきて、姫を城に連れていく。王子は本当のことを話し、「あなたが私を困らせたから、今度は私があなたを困らせたのだ」と説明し、結婚のお祝いが行われる。[165]

この女の魔術師は若い男性の命を奪うために、娘を利用しているという。三つの難題を解いたら娘を嫁にやると約束しながら、なかなか実行しようとしない。初版では娘のほうも誰かの妻になどなりたくなかったからと表現されているのに、決定版では自分で相手を選べず、あんな庶民と結婚しなきゃならないなんて恥ずかしいね、と女王が娘を焚きつけたので、娘が結婚を嫌がったという具合に変えられている。娘の反抗心や嫌悪感を、女の魔術師のせいにして、娘の善良さを守ろうとしている。人間を善悪二元論で分け、悪人と善人に色分けする手法である。善も悪も併せ持つのが人間というものなのに、グリム童話では人物が善人が悪人かどちらかに色分けされている。魔女や魔術師は悪で、主人公は善というわけだ。悪は悪人にそそのかされて入れられるもので、善人には本来ないものと思わされてしまう。女魔術師の悪の度合いが、初版より決定版のほうがはるかに強調されているのはそのためだ。本当に強くて賢い相手が現れるまで、娘を簡単に手放そうとしないのは、魔術師ゆえなのか、母親ゆえなのか、その判断が難しいところだ。

(4)　一九七番（KHM197）「水晶玉」

（あらすじ）　女の魔術師には三人の息子がいる。彼女は息子を信用せず、いつか自分の力を奪うつもりだと思い、長男を鷲に変え、二男を鯨に変えるが、末の息子はうまく逃げ出す。上の二人の兄は一日に二時間だけ人間の姿に戻れる。三男は黄金のお日さま城の姫を魔法から救い出すため、旅に出る。命がけの仕事で、すでに二三人の若者が命を落とし、来城が許されるのはあと一人だけだ。森の中で二人の大男が魔法の帽子を巡って争っている。若者は審判役を頼まれる。魔法の帽子を被った若者は、おもわず黄金のお日さま城に行きたいとつぶやいてしまう。すると願いがかない城に着く。城で姫に会うが、姫は魔法で醜い老婆に姿を変えられている。元の美しい姿を取り戻すには、水晶玉を手に入れなければならない。それにはまず、泉の野牛と戦う必要がある。殺した野牛から火の鳥が飛び出すが、その火の鳥が産む卵の中に水晶玉がある。卵は地面に落ちて火を噴き、一帯を焼いてしまう。三男は鷲と鯨になった兄さんたちに助けられて卵を手に入れ、水晶玉を取り出す。それを男の魔術師に突きつけると、魔術師は「わしの術は破られた。いまからおまえが黄金のお日さま城の王だ。おまえは兄さんたちをもとの人間の姿に戻すことができる」と言う。若者は美しさを取り戻した姫と大喜びで指輪を交換する。(166)

この女の魔術師は自分の息子を信用できず、鷲と鯨に変身させてしまう。末の息子だけは逃げ出したので、変身させられないままになる。その結果、この息子が男の魔術師の強力な術を破り、母親である女の魔術師の術も解いてしまうことになる。母親の勘は鋭いというべきだろうか。それにしても、男の魔術師の術が破られたとき、母である女の魔術師の術が同時に効力がなくなるというのはどういう意味を持つのだろう。人並み優れた勇気と知恵で水晶玉を手に入れ、姫を獲得した三男の地位が不動のものとなったからこそ、兄さんたちの人間への生還が許される。兄弟喧嘩して、嫉妬からお互いに足を引っ張り合う心配がなくなった時点での魔法の消滅には、女の魔術師の保身というより、母親としての息子たちへの愛情と配慮が感じられる。三人が争わず、協力して幸せになるには、一人を中心にまとまり、他の二人は脇役に徹しなければならないという鉄則を教えているようだ。上の息子二人を鷲と鯨に変えたのは、空と海という別世界の住人にすることによって、競争相手としての存在を消し、三男に兄弟の力が集結することを願ったのだ。王子でもなんでもない三男が、黄金のお日さま城の絶世の美女を妻にして、「逆玉の輿」に乗れたのも、魔術師である母親の教育方針が、卓抜なものであったからではないのか。こう解釈すると、なんだか悪がっているこの女の魔術師がいじらしくさえ思える。

突然、なんの説明もなく出現する男の魔術師は、黄金のお日さま城に姫を老婆の姿で閉じ込め、美しい姫を隔離して守り、強く逞しい若者が来るまで守り抜く。なんだか父親的要素のある保護神のようだ。ラプンツェルの女の魔術師の男版のような存在ともいえる。姫と連れそう若者の能力や人柄をテストして、合格と認めたら、妨害などせず、潔く二人の結婚を認めることからも、父性的保護神の要素が強く感じられる。案外いい魔術師なのかもしれない。

(3)　男の魔術師（Zauberer）の話

(1)　八八番（KHM88）「歌うぴょんぴょん雲雀」

（あらすじ）　旅に出る父親に、長女は真珠、次女はダイヤモンド、末娘は歌うぴょんぴょん雲雀を土産に頼む。父は雲雀だけ見つからず困っていると、森の城のそばの木に止まっているのを見つけ、取ろうとする。すると突然、ライオンが現れて怒る。命を助けてもらうため、家に帰って最初に出会ったものをやるという約束をさせられる。帰宅すると末娘が最初にやってくる。ライオンとの約束を話すと、末娘は心を決め、ライオンのところに嫁ぐ。ライオンは魔法にかけられた王子で、昼はライオンだが、夜は王子にもどる。昼夜逆転しているが娘は幸せに暮らす。上の姉さんの結婚式に里帰りした末娘は、下の姉さんの結婚式には、ライオンの夫も来るよう頼む。光が体に当ると鳩に変身して、七年間飛び回らなければならないから危険だと渋る夫を、説得して実家に連れてくる。実家の暗室に隙間から光が入り、夫は鳩に変身して飛び立ってしまう。末娘は夫を追いかけるが見失い、お日さまに尋ねる。お日さまは知らず、小箱を渡して困ったとき開けるようにという。末娘は礼を言ってお月さまに尋ねる。お月さまも知らず、卵を渡して困ったとき割るようにという。末娘は東西南北の風のところに行く。南風が知っていて、鳩は紅海をめざして飛んで行き、むこうでまたもとのライオンに戻り、目下、竜と戦っているが、その竜は魔法にかけられた姫なのだと教えてくれる。北風が紅海の右側の岸に生えている一一本目の木を伐って、それで竜を叩けばライオンは竜を打ち負かすことができ、二人とも人間にもどれるから、怪鳥グライフに乗って故郷に帰れると教えてくれる。また、海に落とすと、翼休めの木を生やすという胡桃までくれる。言われたとおりにするとライオンは竜を打ち負かし、二人はもとの人間の体に戻る。ところが、竜からもどった姫は、王子を抱えて怪鳥グライフに乗り、自国に連れて行く。末娘は泣くが、気をとりなおして歩き、二人が暮らす城にたどり着く。二人の結婚式の噂を聞き、お日さまがくれた小箱から金のドレスを取り出し、それを着て城に行く。花嫁はドレスを欲しがり、王子の部屋で一晩過ごす権利と引替えに、娘にドレスをもらう。末娘は身の上を一部始終を話すが、王子は眠り薬を飲まされ聞こえない。次の日、お月さまにもらった卵を割ると、金のめんどりが一二羽のひよこを連れて出てくる。野原を歩かせていると、花嫁が欲しがり、また王子の部屋で一晩過ごす権利と引替えにやる。王子は今度は眠り薬入りのワインを飲まず、娘の話を一部始終聞き、娘がいとしい妻だということに気づく。王子はよその姫が私に魔法をかけて、あなたのことを忘れさせたが、神様によって誘惑から救われたと言って、夜のうちに二人で城を抜け出す。姫の父が魔術師で恐かったからだ。怪鳥グライフに乗り紅海を越え、海の真ん中で胡桃を落とすと木が生え、グライフは翼を休めて、家まで無事に飛び切る。家では子どもたちが大きく立派に育っており、みんなで満足して暮らす[107]。

この話では、男の魔術師は何もしない。竜に変えられていた姫の父親であるということ以外何もわからない。男の魔術師は人々が怯える存在らしい。娘が見つけてきた未来の夫が、実は既婚者で妻帯者であったということが判明したのだから、心穏やかではないと思われる。だが、彼は怒り狂ったり、魔法で逃亡を邪魔したりという見苦しい行動には出ない。結婚直前で婚約者に逃げられたのだから、娘はひどく傷ついたが、重婚という不法行為を未然に防ぐことができたのだから、不幸中の幸いであったという見方も成り立つ。この男の魔術師は、案外、冷静な判断ができる立派な父親なのかもしれない。

それにしても、この妻（末娘）の一途な想いと行動力には頭が下がる。大体、最初から世間体をものともせず、正しいと思うことを自ら決断する潔さがこの末娘にはある。価値観が確立しているから、真珠や宝石などという世間が貴重と認めるブランドの品ではなく、「歌うぴょんぴょん雲雀」などという奇想天外なものを要求する。これによって彼女は富にではなく、愛に価値を置く人であることがわかる。かわいい雲雀を愛したいという気持ちの現れか、または、朝の「愛の鳥」の象徴である雲雀(168)を望むことによって、愛する人との出会いを求めたのかどちらかである。ライオンとの結婚がどんなに非常識で祝福されないものであっても、彼女は意に介さない。父親の心配をよそに潔くライオンのもとに嫁ぐ。案の定、ライオンは優しい夫で、実は魔法にかけられた王子である。昼間はライオンの姿だが、夜には人間の姿に戻る。昼夜逆転した生活も彼女には苦にならず、幸せに思える。その彼女の価値観が揺らぐのは、実家との交際が再開したときだ。姉の結婚式に里帰りし、実家（父親）に対する慕情が押さえられなくなり、嫌がる夫を無理に実家に連れて帰ったことから、彼女の不幸が始まる。結婚生活の幸せは、お互いの実家での生活から離れて、二人の新しい生活様式を作り出すことから始まる。父親や母親のもとでの、慣れ親しんだ生活に郷愁を感じるのはいいが、そこに戻ることを願うと結婚生活は破綻する。マザコンの息子、ファザコンの娘に対して、メルヒェンは厳しい罰を与える。夫は彼女のもとから逃げ出し、ライオンから鳩に姿を変え、七年間飛び回らなければならない。夫を捜し出すため、彼女はどんな苦労も厭わない。ようやく見つけて魔法も解き、人間の姿に戻してあげた途端、夫はよその女に奪われてしまう。そのよその女から夫を取り戻すのに、彼女は自分の全財産を使う。夫は妻に気がつき、よその女に魔法をかけられていたという。男の浮気は男のせいではなく、女の性的魅力によるもので、それは魔力であるという解釈だ。アウグスティヌス以来の西洋キリスト教社会の中で、男性が女性の性的誘惑といかに戦ってきたことか。そしてそれが、いかにあらがい難いものであり、抵抗不可能な力、すなわち「魔力」であると言われ続けてきたことか。魔法にかけられ、瞞まされていたという夫の言葉も、このように解釈すれば理解できる。女への執着がとれた夫は、妻の力（愛と富と勇気）で正気に戻され、既に結婚していることを思い出し、妻と一緒に子どものいる家に戻り、一件落着となる。結婚生活におけるタブーが満載されたメルヒェンだ。またこの話は、弱い夫と強い妻によるハッピーカップルの典型的な例ともいえる。

(2)　一六三番（KHM163）「ガラスの棺」［図21］

（あらすじ）貧しい仕立屋が森で迷い、小人のじいさんの小屋に泊めてもらう。夜中に物音がして起きると、黒い牡牛と大鹿が争い、大鹿が角で牡牛を刺し殺す。大鹿は仕立屋を乗せて走り、岩壁の前に行き、角で扉を開けて入る。仕立屋も入ると、中には立派な大広間があり、中央の敷石を踏むよう指示される。石は仕立屋を乗せたまま下に降りていく。下は地下室になっていて多くの宝物とガラスの箱が二つある。一つの箱には小さな城が、もう一つには絶世の美女が入っている。仕立屋が凝視すると娘は目を覚まし、箱から出て、彼にキスをする。娘は仕立屋に次のような身の上話をする。自分は伯爵の娘であり、幼いうちに両親に先立たれ、兄と仲睦まじく暮らしていた。お互いに結婚せず、このままずっと二人で暮らそう思うほど仲が良かった。家には客が多く、あるとき、見知らぬ旅人がやってきた。魔力を操るその旅人は妙なる音楽をひびかせながら求婚したが、娘は魔術が厭わしくて返事をせずにいた。すると男の魔術師は怒り、兄を大鹿に変えてしまった。元に戻すよう頼んだが聞いてもらえない。男をピストルで撃つと、男の胸は弾を跳ね返し、自分の馬に命中してしまう。気絶しているうちに、地下のガラスの箱の中に閉じ込められてしまったと話す。見知らぬ男は魔術師で、牡牛の姿に化けていたが、大鹿に殺されたので、兄は元の人間の姿を取り戻す。娘が煙の入ったガラス瓶を開けると、魔法が解けて家来も城も元に戻る。娘を救った仕立屋は幸運なことに、約束通り、祭壇の前で娘と祝言をあげることができた[160]。

図21

この話は第三版（一八三七年）から挿入されたもので、その後第七版の決定版まで変更はほとんど見られない。男の魔術師（Zauberer）のことは、化け物（Ungeheuer）とか黒魔術師（Schwarzkünstler）という言葉で言い換えられている。求婚して断られ、誇りを傷つけられた腹いせに、男の魔術師は娘の兄を大鹿に変えてしまう。銃を撃って抵抗した娘をガラスの箱に閉じ込めたというが、殺人未遂に対する当然の報いとも思える。よそ者の求婚者は、音楽という魔術で人の心を自在に操るのだから、音楽家かもしれない。この伯爵の兄妹はお互いに結婚せず、一生二人で一緒に暮らすことを望んでいる。これは限りなく近親相姦に近い間柄であったとも解釈できる。娘にとっては、求婚者が誰であっても厭わしく、「化け物」や「黒魔術師」や「魔術師」のような存在に思われたのであろう。

男に求婚された後、ただちに拒絶せず、返事を保留したのは、娘も男の求婚に少しは心が動かされたからではないか。音楽という魔術を使ってのことであったとしても、それは娘にとっては不本意な心の動きであり、認めたくないものであったと思われる。煮え切れない娘の態度の中に、兄への想いを読み取った男は、嫉妬から兄を大鹿に変身させ、妹と同じ世界に住めない存在にしてしまう。おそらくそれは、娘の心が自分の方に向くようにと願ってのことだったのであろう。ところが、娘は怒りに任せて男に銃を向けた。弾を跳ね返したとはいえ、男は普通の人であれば殺されていたところだ。魔術師だったから無事だったのだ。殺人犯であるこの娘を魔術師は殺さず、地下のガラスの箱の中に閉じ込める。そして、結果的には、いつの日か救済者が現れるまでここに隔離し、兄以外の他人と無事結婚できるよう、取り計らったことになる。何という寛大な措置だろう。この男の魔術師は神と同じような存在ではないか。近親相姦という罪を犯さないよう、冴えないながらも仕立屋という伴侶を娘が得られるよう取り計らってくれたと考えると、この魔術師には感謝こそすれ、恨む筋合いはない。

それにしても、この仕立屋は何もせず幸運を手に入れたことになる。牡牛にばけた魔術師を殺したというならまだしも、それも娘の兄（大鹿）にしてもらって、本人は見ていただけだ。見ているうちに魔術師が殺され、ガラスの箱の姫が目覚め、姫と城を手に入れるとは。人生とはまさしく運のみということか。

(4)　上記の者以外で、魔法（Zauber）を扱う人が現れる話

(1)　五七番（KHM57）「黄金の鳥」

（あらすじ）　王さまの庭にある黄金の林檎の木から、毎晩一つずつ黄金の林檎が盗まれる。王さまは三人の息子のうち、まず長男に林檎の見張りを命じるが、真夜中に眠ってしまい役に立たない。翌日は次男に見張りを命じるが、同様に一二時に眠ってしまう。三日目は三男が見張り番になる。王さまはこの息子を当てにしていない。一二時になると黄金の鳥が飛んできて、林檎をとろうとするのを見て、三男は矢を射かける。矢は鳥の翼に当り、黄金の羽根が一枚落ちる。王に羽根を見せてことの顚末を話すと、王は黄金の鳥が欲しくなる。まず、長男が黄金の鳥を探しに行く。森の外れで狐に会い、銃を向ける。狐は黄金の鳥の探し方を教えるから撃たないように頼み、陰気な方の宿屋を選ぶよう助言する。長男は狐の忠告を無視し、狐を銃で撃つが当らない。長男は二軒のうち明るく愉快な方の宿屋に入り、そこで歌と踊りに明け暮れて鳥探しを忘れてしまう。長男が帰らな

いので次男が出発するが、兄と同じ経過をたどる。三男は馬鹿なので王はためらうが、本人に出発を催促され、行かせる。三男は狐の忠告を守り、陰気な宿屋に泊まる。翌朝、狐は黄金の鳥がいる城まで三男を連れて行く。木の籠に入っている黄金の鳥を、黄金の籠に入れるなという狐の忠告を無視して黄金の籠に移すと鳥が鳴きだし、三男は捕まる。死刑を宣告されるが、黄金の馬を連れてきたら命を助けてやるし黄金の鳥もやると言われる。狐が三男を黄金の馬がいる城に連れて行く。木と皮の粗末な鞍をつけた黄金の馬に、黄金の鞍をつけるなという狐の忠告を無視し、似合うと判断して黄金の鞍をつける。とたんに馬がいな鳴き、馬丁が目覚め、三男は捕まる。死刑を宣告されるが、黄金の城の姫を連れてきたら、命を助けてやるし、黄金の馬もやると言われる。また、狐に連れられて黄金の城に行く。風呂で姫にとびついてキスをすると、姫は言いなりになるが、両親との別れの挨拶は禁止するよう狐が忠告する。両親との別れを懇願する姫に負け、許可すると、王が目覚めて三男は捕まる。死刑を宣告されるが、窓の前の山を一週間以内に動かせば、命を助け、姫を褒美にやると言われる。狐の助けで仕事をやり遂げた若者は王に姫をもらう。狐の指示通り、前の城に戻り、黄金の姫を渡して、黄金の馬をもらうやいなや飛び乗って皆と別れの挨拶をし、最後に姫の手をつかんで馬に引き上げ、一目散に駆け出し、黄金の姫と馬を手に入れる。姫を狐に預け、黄金の馬に乗って城に入る。狐の教え通りに金の鳥の籠を手にしたら、すぐ馬を走らせて戻ってきて、姫を連れにくる。黄金の姫と馬と鳥を手に入れた男は、狐に礼がしたくて望みを聞く。狐は森で自分を撃ち殺して、頭と前脚を切って欲しいという。そんなひどいことはできないというと、狐は、首吊り台の肉は買うな、井戸の縁に腰かけるなと、二つの忠告を残して去る。村に入ると兄さんたちが縛り首になるという。三男は身代金を払って兄二人を身請する。四人で旅し、井戸端で休んでいると、兄たちは三男を井戸に突き落とし、姫と馬と鳥を奪って城に戻る。王は喜ぶが、城では姫は泣き、馬は食べず、鳥は鳴かない。井戸に落ちた三男は狐に助けられ、変装して城に来る。姫は泣きやみ、馬は食べ始め、鳥は鳴き出したので、王が不審に思い、姫にわけを聞く。姫が一部始終を話すと、王は城にいる人々を集め、三男を見つける。罰当りの兄二人は処刑され、三男は姫と結婚する。狐が再度、自分の銃殺を依頼する。三男は狐を撃ち殺し、頭と前脚を切り離すと、狐は人間になり、姫の兄で魔法をかけられていたのだと打ち明ける。その後、皆で幸せに暮らす(170)。

この話は一八一〇年九月に、マールブルクのエリーザベト病院にいる老婆からヴィルヘルム・グリムが聞き取った話を基にして、類話をつなぎ合わせてヤーコプ・グリムが完成したものだ。グリム兄弟がブレンターノに送った手書き原稿（初稿）には収められていたが、その後紛失し、現在ではこの話の初稿は欠落したままである。ブレンターノは生存中、グリム兄弟から送られた四六話の初稿原稿を全て紛失したと言っていた。しかし死後、彼の遺品が収容されたエルザスのエーレンベルク修道院で、偶然その初稿が発見され、一九二七年、ヨーゼフ・レフツによって公表された。発見された初稿はしかし四三話しかなく、三話が欠落していた。この話はその三話の中の一話に当る。初稿が紛失しているので、初版との比較しかできないが、初版と決定版の内容で変更された部分はそう多くはない。魔法の出現や、主人公が庭師から王子になったことが主な変更だ。魔法が出てくるのは、一八三七年の第三版からで、第二版までには魔法という言葉は使われていない。また、黄金の林檎を見張るのも、王の息子たちではなく、庭師の息子たちである。元々は庭師の息子が成功して姫と王国を手にいれるという「逆玉の輿」の話である。息子を助けてくれるのは、魔法で狐に変身させられた王子、すなわち姫の兄である。

姫の兄の王子がどういう理由で魔法をかけられ、狐に変身させられたのかについては、まったく説明がない。狐は知恵者だが、悪賢くて淫らだから悪魔を表すともいう(171)。一方、狐を殺して頭や脚をバラバラに引き離す行為は、再生への通過儀礼の一種とも読める。そうだとすると、このキツネは悪魔的というより、善人に力を貸し、幸せに導いてくれる神のような存在ではないか。「一匹のキツネに出会うことは幸運のしるしであるが、複数のキツネにいっぺんに会うと不幸になる(172)」という民間の言い伝えがあるくらいだから、人々は狐に悪魔的要素だけでなく、神的要素も見ていたのであろう。魔法で狐から戻った王子のその後の人生が知りたくなる。

(2) 六二番（KHM62）「蜜蜂の女王」

（あらすじ）三人の王子のうち、末の王子は抜け作と呼ばれ、上の二人に馬鹿にされている。一緒に旅に出るが、抜け作は、兄さんたちが蟻の巣を掘り返そうとすると止め、湖の鴨を捕まえようとすると止め、蜜蜂の巣をいぶしだそうとすると止める。ある城に着いて小人に案内され、御馳走になり泊めてもらう。翌日、上の兄さんは石板のところに案内され、三つの課題を知らされる。一つ目は森の苔に落ちている千粒の真珠を拾うこと。百粒しか探せず、上の兄は石にされてしまう。つぎの日、二番目の兄さんが挑戦するが、二百粒しか探せず、石にされてしまう。最後は、抜け作の番だ。仕事ができず泣いていると、蟻の王が五千匹の蟻を連れて、千粒の真珠をぜんぶ探してくれる。二つ目の課題は、お姫様の寝室の鍵を湖から拾ってくることだ。鴨たちがもぐって湖の底から鍵を拾ってきてくれる。三つ目は、眠っている三人の姫の中から、末の姫を当てることだ。寝る前にそれぞれ、一番上の姫は砂糖を、二番目はシロップを、三番目は蜂蜜を食べたという。蜜蜂の女王がやってきて、蜂蜜をなめた姫の口もとに止まる。抜け作が末娘を当て、三つの課題を成し遂げると、魔法の力が消えて、すべてが眠りから目覚める。石になっていた者たちは、もとの人間に戻る。抜け作は末の姫と結婚して、姫の父である王が亡くなると、王国を継いで王になる。二人の兄さんは、姫の二人の姉さんとそれぞれ夫婦になる。(173)

眠りの城にかけられているこの魔法は、誰が、どういう理由でかけたものか、まったく説明がない。三つの課題を解いたものが、この魔法を解くことができるということだけわかっている。頭の回転は少々鈍いが、すべての生き物に思いやりを示す優しい末の王子が、他力本願で課題を解決し、幸せを獲得する。賢いが生き物を憐む気持ちが欠ける兄たちも、二人の美しい姫たちと結婚して幸せになるという結末は、グリム童話にしては珍しい。自信過剰や高慢で残酷な人は、たいていの場合罰せられる。しばらくの間、石に変えられたのだから、それで罰は終わっているということなのか。実際、この兄たちは、それほど悪いことをしたわけでもない。蟻の巣潰しや鴨狩りや蜜蜂の巣取りの中には、人間が生計を営む手段になっているものもあるのだから、一概に悪いとは言えない。いずれにしろ、このごく普通の兄たちが、幸せな結婚ができたという結末はうれしいかぎりだ。この話は初版の話が、番号は変えられたが、内容はほとんど変更されず、そのまま決定版に収録されている。

(3)　一二一番（KHM121）「恐いものしらずの王子」

（あらすじ）　王子は恐いもの知らずなので、両親に別れを告げて広い世間に旅立つ。大男に会い、命の木から林檎を取ってくるよう頼まれる。王子は命の木がある庭を探し当てるが、見張りの獣たちが周囲に寝そべっている。王子は眠っている獣をまたいで柵を乗り越えて庭に入る。命の木には赤い林檎がなり、その前に輪がぶら下がっている。王子は輪の中に手を入れて林檎をもぐ。そのとたん輪が縮み、王子の腕にぴったりとはまる。体中に力がみなぎるのを感じながら、王子は林檎をとる。下に降りて門を揺すって開けると、ライオンが飛んで来る。ライオンは王子に嚙みつかず、主人として慕う。王子は大男の家に行き、命の林檎を渡す。大男は喜び、欲しがっていた妻に林檎を渡す。妻は大男の腕に輪がないのを見て、取ってきたのは大男ではないと主張する。そこで大男は王子から輪を取ろうとするが、王子は輪の魔力で強くなっていて手強い。大男は一計を案じ、戦いを中断して王子を水浴びに誘う。王子が腕から外すや否や、大男は輪を奪って逃げ去る。だがライオンが大男を追いかけ、輪を奪い返す。大男は王子が服を着るときを狙って襲い、王子の両目をえぐりだす。王子は岩山の頂上に立たされ、落ちそうになるが、ライオンに助けられる。ライオンは大男を岩から突き落として殺す。小川の水で目を洗うと、王子の目は元通りになる。しばらく行くと今度は呪われた城に着き、真っ黒な娘が出てくる。娘は王子に悪い魔法から救ってくれるよう頼む。三晩の間、呪われた城の広間で何をされても恐がらず、沈黙したままですごすことができたら娘は救われると言う。王子は多くの悪魔に襲われ、さんざん痛めつけられるが、一言も言葉を発せず三晩とも耐える。黒い娘は魔法がとけて雪のように白く、お日さまのように美しくなる。王子が階段の上で剣を三度振ると、(174)城にかかっている魔法がすべて消える。娘は金持ちのこの城の姫で、二人は大喜びで結婚式をあげる。

ここで出てくる魔法は二種類ある。力を与える輪の魔力と城にかけられている悪い魔法だ。腕輪の魔力は人に強い力を与えてくれる肯定的なものであるが、城の魔法は悪いと表現されているように、娘を黒くしたり、広間を悪霊の住家にしたり、否定的なものといえる。悪い魔力から城を解放するには、多くの悪魔たちに何をされても恐がらず、一言も言葉を発してはならない。それをこの王子はみごとに成し遂げる。恐がらず、叫ばず、ひたすら耐える男性だけが、美しい姫と結婚して幸せを手にいれることができる。自分の力を信じ、常に前向きに生きるこの王子は、人を信じ過ぎるという欠点を持つ。大男の策略に気づかず、輪を取られたり、両目をえぐられたり、岩から落とされそうになったりするが、どんな場合でも希望を失わず、前向きに人生を生き抜いていく。ライオンや水に救済され、元の姿を取り戻すと、今度は黒い娘を救うため、悪い魔法と果敢に戦う。単純だが、正直で、率直で、勇敢で、そのうえ打算的でないところがいい。また命の林檎を何の代償もなく、大男に渡す気前のよさもある。ただ、魔法の輪はやらない。約束していないし、第一これは、命の林檎をもぐ勇気と引替えに与えられるものだから、相応の働きをしていない大男には持つ資格がない。惜しいからではなく、相応しくないと考えるから、大男の不当な要求を、命がけで断固として拒否する。このように見ていくと、この主人公はグリム童話の中では稀に見る魅力的な男性だ。魔法の輪をもつに相応しく、美しい姫と城を手に入れるに値する男だといえる。

(4) 五〇番（KHM50）「いばら姫（眠れる森の美女）」

（あらすじ）待ち望んだ姫の誕生を祝う宴に、王さまは不思議な力をもつ賢女たちを一二人招く。王国には賢女が一三人いるが、黄金の皿が一二枚しかないので、一二人しか招待されない。賢女たちは姫に様々な贈り物をする。一人目は気高い心を、二人目は美しさを、三人目は富を贈り、一一人目が贈り終わると、突然、招かれなかった一三人目の賢女が現れる。彼女は姫に、一五歳の年に紡錘にさされて死ぬという予言を贈る。一二人目の賢女が現れ、この予言を和らげ、死を百年の眠りに変える。王は国中の紡錘をすべて処分させる。一五歳の時、両親が外出すると、姫は城の古い塔に上り、紡錘を回す老婆に出会う。姫が紡錘に手をやると、魔法の呪いがかかり、指に針が刺さって深い眠りに落ちる。外出から帰ってきた両親も、家来も、動物も、城中のものが全て眠る。眠る姫の噂を聞いて、王子は城に入ろうとする。ちょうど百年目だったので、茨の垣根は道を開けて王子を通す。王子は塔に上り、眠っている姫を見るが、あまりに美しいので目をそらすことができず、思わずキスをする。そのとたん姫は目覚め、やさしく王子を見つめる。王と妃も目覚め、家来も馬も犬も城中がすべて目覚める。姫と王子は盛大に結婚式をあげ、二人は死ぬまで楽しく暮らす。(175)

この魔法の呪いは、姫を百年間眠らせる。一見、残酷な呪いのようだが、そのおかげで姫は勇敢で逞しい王子を夫にできたのだから、幸せをもたらしたとも考えられる。呪いを発したのは魔女ではなく、巫女的存在である賢女だ。一二人の賢女たちはそれぞれ姫に素晴らしい資質や富をプレゼントするが、一三番目の賢女だけは、姫に死の呪いを贈る。自分だけ宴に招待されず、除け者にされたからである。それも、彼女自身に非があったからではない。本人の全く預かり知らぬ事情で、すなわち、城に金の皿が一二枚しかないという、王家の内情による理由で、招待から外されたのだ。一三人の仲間から一人だけ外される辛さ、悲しさは相当のものであったろう。彼女のとった行動は、因果応報というものであろう。この場合、非は彼女にではなく、招待客の人数を決めた王にある。悪いのはこの賢女ではなく、王なのだ。姫の災難は、恨みを買う軽率な父王の行動が、引き起こしたものといえる。父の判断の間違いさえなければ、この賢女は悪意を持つこともなく、姫は災難に遭うこともなかったのだ。

賢女は、魔女とは異なり、人を困らせるような悪い魔術ではなく、人の為になる有益な魔術を使うといわれている。グリム兄弟はこの賢女という表現を好んで使う。この話でも決定版では「賢女」と表現されているが、これは第二版（一八一九年）からの表現で、初稿や初版には「妖精」と書かれている。語り手がマリー・ハッセンプフルークなので、フランス語の影響がそのまま残っている。ハッセンプフルーク家は当主が知事職につく名家だが、元々フランスから宗教迫害にあって、ドイツに逃れてきたユグノー（カルヴァン派を信じるフランス人）である。先祖がフランス人で、上流階級に属するとしたら、家庭内でフランス語が使われていたと考えて、まず、間違いはない。当時二一歳の知事令嬢マリー・ハッセンプフルークが語るメルヒェンには、フランス語の単語が多く混入している。

(5) 賢女（weise Frau）が現れる話

(1) 一三〇番（KHM130）「一つ目、二つ目、三つ目」

（あらすじ）　三人の娘のうち、長女は「一つ目」、次女は「二つ目」、三女は「三つ目」という名で、それぞれ名前通りの数の目を持つ。中でも次女は目の数が普通の人間と同じなので、「おまえなんか目が二つで卑しい庶民と同じじゃないか。うちのものなんかじゃない」と言って、姉と母からいじめられ、食べ物も満足にもらえない。二つ目が山羊の番をしながら、空腹のあまり道端で泣いていると、賢女のおばさんが現れ、いいことを教えてくれる。ごちそうが山盛りのテーブルを、好きなときに出したり仕舞ったりする言葉だ。お腹がすくと「メーと鳴け、子山羊、テーブル、支度を」で食事を出し、食べ終わると「メーと鳴け、子山羊、テーブル、引っ込め」で片付ける。御馳走のテーブルには白いクロスがかかり、ナイフとフォークと銀のスプーンまで添えてある。二つ目が家の食事に手をつけないので、母親は不審に思い、一つ目に見張らせる。一つ目は眠って失敗する。三つ目は眠らず、御馳走を出すテーブルのことを突き止め、母親に話す。母親は御馳走を食べる娘に嫉妬して、子山羊を殺してしまう。二つ目が悲しくて畑の畦で泣いていると、また、賢女が現れ、子山羊の内臓を扉の外に埋めるよう助言する。二つ目がそうすると、翌朝、そこに銀の葉と金の実をもった林檎の木が生える。若い素敵な騎士が通りかかり、一枝くれれば望みのものをやるという。一つ目と三つ目が枝を折ろうとするができず、二つ目が折って騎士に渡す。二つ目の美しさに驚きながら、騎士はお礼に何が欲しいと聞く。二つ目は、ここから連れ出してつらい毎日から救って欲しいという。騎士は二つ目を城に連れて帰り、愛しくてたまらなくなり、結婚する。ふしぎな木は二つ目を追いかけ、城の庭に立つ。しばらくして、二人の乞食女が城に来る。落ちぶれた姉妹の一つ目と三つ目だ。二つ目は二人を歓待する。二人は二つ目にした悪行を心から反省する。(176)

目が二つで並みの人間と同じだというだけで、この娘は一つ目と三つ目の姉妹や母親からひどくいじめられる。卑しい庶民（Volk）と同じだから我が家の者ではないとか、卑しい人間（Menschen）と同じように目が二つだから、騎士に目通りさせるわけにはいかないとか言われる。すると、この一家の者は人間以外の存在なのだろうか、それとも、卑しい（gemein）普通の人間ではなく、選ばれた特殊な人間なのだろうか。しかし、通りがかりの美しい騎士からみると、でき損ないのはずの二つ目は、飛びきりの美人である。要するに、二つ目はこの家族の中で、一人だけ社会規範に適合した美しさを持つ存在なのだ。そのことが、母親や姉妹の妬みをかい、いじめの対象とされる原因となっている。異なったものを認めない社会、同一性、均一性を重視する共同体社会においては、極端な「美」は、極端な「醜」と同様、同一性を揺るがし、均一性を破る要素として危険視される。それが、人間世界における通常の基準ではなく、逆の基準が使われているところに、メルヒェンの知恵と面白さが伺える。いじめられる二つ目に、援助の手を差しのべる賢女は、いつも道や畦などの境界域に出現する。まさに、彼岸と此岸を自由に行き来する「運命の女神」的存在である。飢えた娘に食事を与え、哀れな境遇から救い出すため、若くて美しい騎士との結婚を御膳立てする。娘はこの賢女から、素晴らしい運命を贈られたことになる。この賢女は、人を苦しめるのではなく、人に益する魔力を持つ、まさにグリムの説明通りの賢女と言える。[177]

二つ目をいじめた姉妹と母親に罰が与えられず、二つ目の親切に感動して心から悔い改めたので許されるという結末は、伝承された民衆社会のものではなく、キリスト教倫理観に基づいた一九世紀市民社会のもののような気がする。

この話の出典は、一八一六年ヨーハン・グスタフ・ビュッシングが編集した『中世の物語・芸術・学識の友への週間情報』に収められたテオドーア・ペシェックの「一つ目、二つ目、三つ目の話」であり、旧東ドイツ東部「オーバーラウジッツ地方の子供のメルヒェン」と記されている。[178]子供の教育を意識した「子どものメルヒェン」という概念自体が一九世紀のものだ。「子ども服」、「子ども部屋」と並んで「子どもの本」という概念は、子どもの人格に対する全く新しい見方を前提として生まれてきた一九世紀の概念である。[179]子どもが大人と同じ厳しい条件の下に置かれていた中世の価値観ではなく、暖かい家庭に守られ教育されるビーダーマイヤー期の市民的価値観の中で、この「子どものメルヒェン」の本は流布していたのだ。一九世紀市民道徳の香りがするのは当然だといえる。

(2)　一八一番（KHM181）「池にすむ水の精」［図22］

（あらすじ）　粉ひきが池の辺で暮らし向きが悪くなったと嘆いていると、水の精が出てきて、今家で生まれたものをくれたら、運にも金にも恵まれるようにしてやるという。粉ひきは犬か猫の子だと思って承知すると、男の子が生まれていた。粉ひきは暮らし向きがよくなったが、息子が水の精に連れ去られるのが心配で喜べない。息子は村の領主のおかかえ狩人になり、きれいで貞淑な娘と結婚する。あるとき、息子は鹿を仕留め、不用意にも池の水で血のついた手を洗ってしまう。すぐに水の精が現れて若者にしがみつき、水底に引きずり込む。妻は夫が帰ってこないのを心配して、池に捜しに行く。捜し疲れて眠ると夢を見る。岩を登り茨を越えて行くと、白髪の老婆が住む小屋に着く。老婆は不思議な力を持つ賢女で、夫を救う方法を教えてくれる。夢を信じて行動し、賢女から金の櫛をもらい、池の辺で髪をとかす。高波が来て、櫛をさらっていき、夫の頭を見せてくれる。二回目は横笛を吹いていると、高波が来て、夫の半身が現れる。三回目は黄金の紡ぎ車で亜麻を紡いでいると、高波が来て、夫の全身が現れ、夫は池から逃げ出す。二人一緒に逃げ出すと、池が追いかけてくる。最後の瞬間に、老婆に助けを求めると、二人はひきがえると蛙に変えられ、命拾いする。水が引いて、元の人間の姿にもどるが、二人は離れ離れになり、相手がどこにいるかわからない。二人とも見知らぬ土地でそれぞれ羊飼いになる。羊を追って、二人は偶然出会うが、お互い見分けがつかない。男が吹く笛の音を聞き、女が泣き、その理由を話す。二人は互いに夫婦だとわかり、抱き合って、キスをする。[180]

図22

ここでは、水の精に対抗魔術をかけるのが、賢女である。金と運を引換えに、息子をもらう約束をする水の精は、ここでは悪霊で、卑怯な手段を使って、粉ひきの息子を自分のものにしようとする。

息子が成人し、一人前の大人の男になるのを待ってから、池の自分の元に引き寄せるとは、水の精にとってこの息子は、配偶者のような大切な存在である。妻が夫を取り戻しにいくとき、櫛、横笛、紡ぎ車など、女性にとって大切な品々をおとりにして、水の精を呼び出す。何とも所帯じみていて面白い。賢女はそのことを知っており、水の精の魔力を避けるため、二人を一時ひきがえると蛙に変身させ、魔力が収まると、また元の人間の姿に戻す。二人が互いを見分けるには、相当の時間がかかる。賢女の魔力は強くなく、人間の努力が伴って初めて効力を発揮する。チャレンジする人を助け、後押しするのが、ここでは賢女の役割といえる。ただ、命を落としそうになるときは、変身魔術を使って助け船を出すが、それも最小限の援助である。要は、二人の努力次第だ。努力と苦労を重ねた結果、賢女に助けられ、この夫婦は互いを見い出して幸せになる。同時代の小説からとった賢女は、市民的価値を体現し、二人の人間が成長し、共に暮らす幸せを獲得できるよう、手助けするのである。

（2）魔女以外の魔術的存在についてのまとめ

(1)　魔女術を使う人

魔女以外で魔女術を使う人は、いずれも継母である。「白雪姫」では継母が毒の櫛を作るために使い、「子羊と小魚」では継母が継子たちを羊と魚に変身させるために使う。生物を殺す毒を作る力と、人を動物や魚に変身させる力が魔女術にはある。しかし、その毒の効力はそれほど強くはない。小人が櫛を抜きとると、姫は息を吹き返すというのだから、即死をもたらすほどの劇薬ではない。せいぜい、ショックで失神させる程度のものだ。林檎の毒の方もそうだ。口から毒林檎のかけらが出ると、息を吹き返すのだから、本当に毒なのだろうかと疑いたくなる。致死量を使っていないのかもしれないが、継母の使う毒薬は、白雪姫に死ぬほどのショックはもたらすが、決して本格的な死はもたらさない。救済者、すなわち理想の配偶者が来るまで、姫を眠らせておく力をもっていた程度だといえる。一方、継母が継子たちを羊と魚に変身させる術だが、これも強力なものではない。賢女が祝福の言葉をかけるだけで破れてしまうのだから。継子たちを別世界に追いやった罪は軽くはないが、それは継子がなつかない継母にとって、自分がこの家、この村、この世界に残るための、必要不可欠な決断だったのではないか。そう考えると、継母の使う魔女術に決定的な力はなく、中途半端な効力しかないことにも納得がいく。継母の継子への愛情と戸惑いのようなものがあるからだ。その感情の動きは、反抗期の子どもに対する実の母親の気持ちと、通底するところがある。愛情と憎悪が引き金となる魔女術に、恐怖よりもむしろ母の寂しさを感じてしまうのは、筆者のみなのだろうか。

(2) 女の魔術師

「ラプンツェル」の女の魔術師は、「大変な力を持ち、世間の人々から恐れられていた」そうだが、悪くはない。実際、この女の魔術師には「悪い」という形容詞は、一度も使われていない。代母(Gothel)や妖精(Fee)という呼びかけが使われ、運命の女神的要素が前面に押し出されている。ラプンツェルというサラダ菜の一種と引換えに子どもを要求するやり方は、確かに少々強引だが、母親のような愛情で大切に娘を育てるという約束は、律儀に守られる。

グリム兄弟が書き取ったとされるフリードリヒ・シュルツの原本（一七九〇年）によると、ラプンツェルという植物は当時はまだ非常に珍しく、園芸に命をかけるこの魔術師の菜園にだけ生える貴重な植物だったそうだ。(181) 彼女はラプンツェルをそれはそれは大切に育てており、子どものように慈しんでいたという。それを引き抜かれたのだから、怒るのも当然だ。子どもを交換条件にしたのは、同じくらい大切なものをという考えからであろう。

保護者として、一二歳という成人（当時は一五歳で成人）間際の娘を世間の荒波から守り、箱入り（塔入り）にするという教育方針は、一九世紀以前の西洋社会では珍しいものではない。娘の処女性は結婚するまで死守すべきものであり、結婚前に処女を喪失すると、娘はもう、共同体の一員としてまともな生活を送ることはできない。売春婦になるか、修道院に行くかどちらかである。そんな社会状況を前提にすれば、女の魔術師の教育方針は決して過酷なものではなく、むしろ的を射たものといえる。彼女の気持ちも知らないで、娘は彼女を裏切り、若い男性と性的関係をもち、妊娠までしてしまう（初版）。魔術師ではなく、母親でも激怒するところだ。親の目を盗んで、塔の自室で男と密会していたというだけでも、厳罰に値するのに、妊娠までするとは……。堕胎だけではなく、避妊も罪になる社会で、未婚の母への道は、娘にとって社会的死を意味する。女の魔術師は、代母として娘を懸命に育てていたのに、裏切られてしまう。

それでも、彼女は娘を見捨てない。森の奥で出産し、子どもと慎ましく暮らすことによって罪の償いをしたラプンツェルが、王子と再会したとき、彼女は二人が王子の国に帰れるよう、手筈をととのえてやる。グリム童話では、王子が自力で王国に帰るかのように表現されているが、グリム兄弟が参考にしたシュルツの原本では、女の魔術師が馬車で森に迎えに来て、二人を子ども共々王子の国まで送り届けてやると表現されている。[182]まさに、母親の愛情そのものではないか。ここでは女の魔術師は、母であり、女神である善なる存在といえる。

「ヨリンデとヨリンゲル」の女の魔術師は、最高位の魔術師である。処女ばかり集めて鳥に変身させ、籠に閉じ込めるという趣味を持つが、男性には全く興味がない。鳥は魂の象徴、人の霊の化身だというから、鳥に変身させることによって、娘たちを肉体を捨てた魂だけの存在にし、その処女性を結婚式の日まで守ろうとしたとも解釈できる。七千人もの娘を鳥に変えて安全な場所に保護したとすれば、まさに彼女は娘の守護神であり、「最高位の女の魔術師」である。

「六人の家来」の女の魔術師は、若い男性の命を奪うため、美人の娘を利用しているという。難題を吹っかけて、求婚者を試験し、落第したら男の命を奪う。一見、残酷なようだが、メルヒェンではよくあることだ。女の魔術師は、自慢の美しい娘に最高の配偶者を選ぼうと知恵を振り絞り、必死で対策を練る。強くて賢くて勇敢で忍耐力のある男性は、そうざらにいるものではない。自分の娘を理想の女性だと思うからこそ、理想の男性を捜し求めるのだ。難題をすべて解決した男が現れても、娘をやろうとしないこの女の魔術師は、娘離れができない母親といえる。母娘二人の家族によくみられる娘に依存する母親、パラサイトマザーだ。娘から離れて一人で生活できない母親、自立できない母親に酷似している。

「水晶玉」の女の魔術師は、三人の息子のうち、上の二人を鷲と鯨に変身させ、末の息子だけ残す。その結果、末息子は兄たちの協力を得て、「逆玉の輿」に乗り、城つきの姫と結婚し、法外な幸運を手にいれる。三人兄弟が争わず、協力して幸せになるからには、一人を中心にまとまり、他の二人は脇役に徹するという鉄則を、遵守させたからこそ得られた幸運だ。兄二人を一時、別の世界の住人にしたのは、家の再興を目論む母親の窮余の策だったと言えよう。

以上の四話に現れる女の魔術師は、いずれも母親かまたは母親に限りなく近い存在であり、子どもを保護し、よき配偶者に恵まれるよう力を尽くす。塔や籠に閉じ込めるという手荒い手段を取ったり、精魂傾けて花婿試験を準備したり、他の兄弟を排除したり、愛しい娘や息子のために、手段を選ばず応援する。要するに、彼女は不思議な魔力を行使して子どもを守る、守護母神的要素を持つ存在と言える。

(3)　男の魔術師

「歌うぴょんぴょん雲雀」の男の魔術師は何もしない。竜に変えられていた姫の父親であること以外何もわからない。姫が見つけてきた婚約者は実は既婚者で、妻が迎えにきて逃げ出すのだが、そのとき、姫の父の魔術師に見つかると怖いからといって、夜のうちに城を抜け出す。魔術師の父親は二人の逃亡を知ってか知らずか、全く妨害する気配はない。娘を瞞した男なのだから、成敗してもよさそうなものだが、干渉しない。静観している。つまり、この男の魔術師は、冷静な判断ができる立派な父親なのだ。

「ガラスの棺」の男の魔術師は、音楽の魔力を用いて娘に求婚するが断られ、その腹いせに娘の兄を大鹿に変える。怒った娘は銃で男を殺そうとするが失敗し、ガラスの棺に閉じ込められる。男の魔術師は、化け物とも黒魔術師とも表現されているが、最後は自分が牡牛に変身し、娘の兄の大鹿と闘って、逆に殺されてしまう。音楽の魔力で人の心を自在に操る魔術師は、鼠取りで有名なハーメルンの笛吹き男のように、流れ者の旅芸人かもしれない。求婚拒否の真意が、妹の兄への思いにあると直感した男は、直ちに兄を鹿に変える。兄妹の兄妹愛が近親相姦への道を辿るのは、時間の問題だと察知したからこそ、二人を隔離したとすれば、この魔術師の行動は、感謝されこそすれ、咎められるべきものではない。妹が生活の伴侶にしたかったのは、よそ者の男ではなく、気心の知れた同族の人であり、兄であったというのは、何だかわかるような気もする。仕立屋との結婚が決まると同時に、兄を鹿から人間の姿に戻すところをみると、この男の魔術師は、神的要素も兼ね備えた存在のようにも思える。

「水晶玉」の男の魔術師は、何の説明もなく突然出現し、自分の術を破った若者に城を託すという。美しい姫を老婆の姿に変えて城に閉じ込め、強く逞しい若者が来るまで保護するこの魔術師は、父親的要素のある保護神のようである。

「梁《うつばり》」の男の魔術師は、男の魔女とも言い換えられている。大衆の前で不思議な術を披露する大道芸人のような存在だ。小賢しい娘に術の種を明かされ、笑い者にされたのを根に持ち、魔術師は結婚式の日を狙って娘に復讐する。野原を川と錯覚した花嫁は、裾を不必要にからげて歩いたので、笑われ、罵られ、追い払われてしまう。ここでは魔術は一種の技術であり、職業である。その能力がけなされたとき、男の魔術師は逆上し、残酷無比な復讐をする。人々が娘の貞淑さを疑い、花嫁失格を宣言するようにしむける。要するに、この魔術師は心の狭い、小心者の芸人だといえる。

以上四話に現れる男の魔術師は、男の魔女と同義語として使われている場合を除いて、いずれも、娘を守る父親的要素を持つ、保護神的存在だ。あまり干渉せず、たいていのことは成り行きに任せているが、ここ一番というところで睨みを効かす。望ましい配偶者が見つかるまで、娘を隔離して保護し、見つかったら最後、潔く娘を送り出してやるという、現実の父親顔負けの、理想的父性愛を男の魔術師は持つ。

(4) その他の魔法を使う人

「黄金の鳥」の魔法は、狐にかけられている。不思議な力を持つ狐は、本当は王子で黄金城の姫の兄だという。魔法で狐に変身させられたというが、なぜ変身させられたのか、その理由は不明だ。狐のおかげで三つの課題が解決できた末息子は、狐の頼みに応じて狐を銃殺し、頭と前脚を切り離すると、魔法が解け、狐は元の人間の姿に戻る。しかし、この魔法は、誰がどういう理由でかけたのか、不明のままだ。

「蜜蜂の女王」の魔法は、城にかけられている。末息子が三つの謎を解くと、眠りの城にかけられている魔法の力が消え、すべてが眠りから目覚める。石になっていた者たちは、人間の姿に戻る。遊興に溺れ、石に変えられていた二人の兄たちも、同じように人間の姿に戻る。ここでも魔法は誰が、なぜかけたのかは不明だ。

「怖いものしらず王子」の魔法は二種類ある。力を与えてくれる腕輪の魔力と城にかけられている悪い魔法だ。腕輪の魔力は人に強い力と自信を与えてくれる肯定的なものだが、城の魔法は娘を黒くしたり、広間を悪霊の住家にしたり、否定的なものだ。この魔法も、誰がどういう理由でかけたのか、不明のままだ。

「いばら姫」の魔力は、姫にかけられた魔法の呪いだ。一五歳になった娘が、紡錘に手をやると魔法の呪いがかかり、指に針がささり、深い眠りに落ちる。城全体に広がるこの眠りは百年間続き、王子が来て娘にキスをするまで続く。キスで姫が眠りから目覚めると、城全体も同じように目覚める。この魔法の呪いは、招かれなかった一三人目の賢女がもたらしたものである。

魔法は主として城や姫にかけられ、城全体が眠らされる。勇敢な若者によって魔法は解かれるが、大抵の場合、三つの課題の達成が条件になっている。解放者は王子で、三人兄弟の末っ子が多い。怖いものしらずだったり、無鉄砲だったり、狐に変身していたりするが、いずれも変わり者の馬鹿な王子だ。キスで目覚めさせる王子もいるが、黙って暴力に耐え、忍耐強さで姫を救う王子もいる。共通しているのは、賢女の呪いと判明している「いばら姫」以外、誰が、いつ、なぜかけたのか、魔法に関する説明が、全くないということである。

(5)　賢女

「一つ目、二つ目、三つ目」の賢女は、道や畦などの境界に出現し、飢えた娘に食事を与え、哀れな境遇から救い出し、幸せな結婚をもたらす「運命の女神」だ。不当な扱いを受けている娘、親兄弟にいじめられている子どもを救う神である。

「池にすむ水の精」の賢女は、水の精に対抗魔術をかける。水の精に連れ去られた夫を取り戻すため、妻に協力する。賢女の魔力はそんなに強くなく、人間の努力が伴って初めて効力を発揮する。妻と夫が人間的に成長していくのを、賢女は手伝っている。

「いばら姫」の賢女は、招待からはずされた一三番目の賢女だ。彼女は悪い魔女ではない。姫に死の呪いを贈るが、それは彼女が受けた不当な扱いに対する復讐である。仲間の中で一人だけ招待されないことへ抗議なのだ。それも、彼女に非があるからではなく、金の皿が一二枚しかないという王家の内情によるものだから、なおさら心穏やかではない。不当な扱いを受ければ神様だって怒り出す、賢女が怒るのも無理はない。だが、この眠りのおかげで、姫は勇敢で逞しい王子に巡り逢い、結婚できるのである。要するに、賢女はどんなに悪がっていても、善良な運命の女神である。

「子羊と小魚」の賢女は、継母の魔女術から子どもを解放し、羊や魚に変身させられていたのを、元どおり人間の姿に戻すことができる。祝福の言葉を唱えることにより、魔女術を破る力がこの賢女にはある。

「六羽の白鳥」の賢女は、道に迷った王に、糸玉で正しい道を教える。その糸をたどって、王は森の中に隠した先妻の子どものところに行くことができる。賢女は死んだ母親の気持ちを代弁しているのであろうか。

「恋人ローラント」の賢女は、羊飼いの家の不思議な出来事は、魔法の力のせいだと見抜く。そして、その魔法を封じる方法を教えてやる。朝一番に動くものに白布を被せるという単純な方法だが、効果はてきめんで、動く花は娘の姿に戻る。家事をする娘の真の姿を見抜くとは、この賢女には母性的要素が濃厚に感じられる。

「キャベツろば」の賢女は醜い老婆で、若者に施しを求める。応じた若者は礼として、魔法のマントと金貨を出す鳥を入手する方法を教わる。両方手にいれた若者は、魔女の城で娘に恋をして、二つの宝を奪われてしまうが、最後には美人の魔女の娘と結婚する。賢女の贈り物は、結局、若者が素晴らしい配偶者を見つける道具になったといえる。

「泉のそばのガチョウ番の女」の賢女は、老婆で、魔女だと思われているが、善人だ。判断を誤って善良で美しい娘を追い出した王に代わり、森の中で娘を大切に守り育てる。そのうえ娘の夫捜しまでする。美しく優しい伯爵の青年に重い荷物を担がせたのも、見込んだ相手の体力と忍耐力を測るためだ。娘への躾もゆき届き、ガチョウ番として働かせ、醜い姥皮を被らせて、男の誘惑から身を守る方法を教え込む。娘の涙を真珠に変え、嫁ぐときには真珠と城という財産まで持たせるが、結婚後は、娘の幸せを見届けると、すぐ姿を消す。見事な引き際だ。実の両親より情が深く、母親を凌ぐ無償の愛を与えるこの賢女は、理想のパートナーをみつけてくれる「近代的な」保護母神である。

以上八話に現れる賢女は、母親的要素が強く、娘が最適の相手と結ばれるよう援助の手を差しのべる場合が一番多い。また、素晴らしい女性を妻にできるよう、若者に宝物を与えることもある。親に捨てられた娘を育て、玉の輿に乗せてやったり、貞淑な妻に浮気な夫を取り戻してやったり、道に迷った父親を子どものもとに送り届けてやったりする。魔女の魔法を破る力があり、対抗魔術で魔女の魔力を封印したりもする。悪人の魔女、善人の賢女というように、魔女と善悪を二分する存在として描かれている。確かに、悪い賢女はいないが、悪くない魔女は存在する。いくら書き変えても、魔女の悪に関しては徹底しないところが、また面白い。

(6) 全体として

グリム童話に描かれている魔女以外の魔術的存在は、いずれも慈しみ深い父母のような保護者的愛情を持っている。魔女術を使う継母でさえ、継子抹殺を目論むものの、実際には遂行できず、中途半端な結果に終わっている。愛情と憎悪が引き金となる魔女術には、怖さよりむしろ母の哀しさが見えてくる。女の魔術師は、子どもの幸せを願って保護し、説教しつつ援助するのだから、母親かまたは母親に限りなく近い存在である。一方、男の魔術師は、干渉せず遠くから娘を見守るという理想的父親像を具現している。また、賢女は、対抗魔術で魔術を破る善なる存在として描かれている。「魔女は悪、賢女は善」という善悪二元論に基づいた色分けが見える。この区分はグリム兄弟がより明確化したものだ。グリム兄弟は魔女ではなくて、魔女以外の魔術的存在に、より鮮明に、「豊饒神」や「大地母神」といった古代の神々の「命を恵み、育て、開花させる」役割を担わせている。

第II部　現実の歴史の中の魔女

第1章　古代の魔女信仰

歴史的事実から見た現実の魔女とは果たしてどのようなものだったのだろう。魔女の歴史は非常に古く、「すでに古石器時代の洞窟の壁画にその姿を現しており、青銅（器）時代に属するデンマークの〈魔女の墓〉からは、魔女が用いたさまざまな呪術用の小道具をおさめた壺が発見されている」[18]。呪術者であり、病を癒す者であり、産婆であり、薬草の知識にも長け、占星術もよくしたこれらの古代の魔女の姿は、古代文明社会の中で畏敬の念を持って崇められた数々の女神像と驚く程重なり合う。それらはエジプトのイシス神、ギリシャのアルテミス神、ローマのディアナ神などの大母神、地母神を奉る地中海世界の母性信仰や、ゲルマン・ケルト民族の神話・伝説の神々を崇める自然信仰、女神信仰などの神々である。キリスト教により異教として迫害され、悪の烙印を押されたこれらの神々は、父と子と聖霊を一身に帯びた唯一神を信仰するキリスト教という父性宗教に対して、収穫、出産の無事を祈る豊饒神を主として祭る母性宗教という特色を持つ。産む性である女性を尊ぶ異教に対して、キリスト教は父性崇拝を前面に出して対抗した。女性の出産を祝い、それに至る行為である性交を神聖視し、快楽の追求を謳歌する異教をキリスト教は厳しく批判し、出産を不浄とみなし、性交を罪悪視し、快楽を禁止し、専ら禁欲を奨励した。母性崇拝ではなく処女崇拝を掲げ、肉体に対する精神の優位、女性に対する男性の優位を声高に唱えた。その際、出産に立ち会う産婆、薬草や呪術で肉体を救う老婆、占星術で天候や収穫を予知する女性などが異教徒、魔術師として糾弾に晒されることもあった。それまで民衆に恐れと同時に喜びや憧れを与えてきた魔術師は、人々の信仰の対象でもあり、善と悪を併せ持つ魔女信仰として、庶民生活の中に根づいていた。それがキリスト教の導入により、異教の信仰、悪魔の信仰の烙印を押され、神的存在としての「畏敬の要素が抜き去られ、魔女は、恐怖、苦痛、狂乱、エロスのシンボルに替えられた[184]」。

確かに魔女弾圧は古代にもあり、紀元前一二世紀のエジプト、紀元前四世紀のギリシャ、四世紀のローマなどでも魔女が処刑されたという事実は存在する。しかしこれらの魔女は、魔術を行ったから裁かれたのではなく、魔術で人を殺したり農作物や家畜に害をもたらしたから罰せられたのだ。即ち魔女そのものに対する迫害ではなく、魔女の犯した刑事犯的行為に対する処罰に過ぎない。キリスト教に改宗したローマのコンスタンティヌス帝は四世紀に魔術禁止令を発布しながら、二年後には「病気をなおすため、あるいは雹や雪から農作物を防護するために行う呪術を禁ずることは皇帝の望むところにあらず」と布告している[185]。当時の人々がいかに魔術の力を信じ、病の治癒や作物の保護を司る魔女の善行を期待し歓迎していたかが想像できる。ゲルマン民族のフランク王国でも九世紀にカール大帝が魔女は死罪という法令を出すが、後に魔女焚殺を殺人罪として禁止している。[186] 善い魔女と悪い魔女の存在を認識し、魔術の効用を無視し得ないものと認めたからであろう。

中世の刑法においても、魔術は単なる「違反行為」を意味する犯罪にすぎず、与えた被害の大小に応じて罰金か死罪で処罰された。それが近世の魔女裁判になると魔女術には、即、異端と同様の処罰、すなわち火刑が適用されることになったのである。[187]

そもそも Hexe（魔女）という語は語源的には古高ドイツ語の hagzissa から来たもので、Hag（垣根）と tysja（＝Elfe 妖精）から成り立つ。「垣根に宿る妖精」で「Zaunreiterin（垣根の騎手）」の意味を持つ。[188] 要するに彼岸と此岸の境界（垣根）を飛び越えて自由に行き来できる妖精なのだ。あの世のことも知るので予知能力を持ち、人々の運命を予言することができる妖精、即ち、運命の女神でもある。豊かな恵みだけではなく、時には災いをもたらすこともあり、人々は恐れと同時に敬いの気持ちをこの女神、すなわち魔女に抱いていた。つまり古い時代の魔女は善悪両面を備えた存在として把握され、畏敬の念をもって人々に迎えられ頼られもするが、同時にまた恐れられ排除されもする存在であった。

第2章　近世の「新しい魔女」

しかしながら、このような古代の魔女は、魔女狩りが最高潮に達した一六世紀から一七世紀の近世の魔女と同様の存在と捉えることはできない。近世の魔女は善悪の二面性は問題にされず、魔女であるということ自体が最大の罪であるとされた。悪魔と結託する存在、異教を信じ布教する存在として魔女は特殊犯罪者であり、殊更厳しい拷問を加えて自白させ、火刑に処す必要があるとされた。そのうえ、刑事訴追では、かつての魔術の頃のように、個々のケースが問題なのではなく、魔女集団（悪魔信奉者）との戦いが問題とされた[189]。魔女裁判で魔女集会（Sabbat）に参加していた人々の名前を挙げるよう、審問官が執拗に質問するのはそのためである。

一旦魔女として告発されると、釈放されることはまずなく、筆舌に尽くしがたい残酷な拷問で自白を強要させ、魔女仲間の名前を言わされ、人前に晒されたあげく、苦しみ悶えながら焚死させられるのが常であった。その理論的根拠がアウグスティヌスの「悪魔との契約」理論と旧約聖書の「魔女（女呪術師、女占い師）は生かしてはならない」という言葉（『出エジプト記』二二・一七、『レビ記』二〇・六、『申命記』一八・一〇〜一四）に求められていたという[190]。旧約聖書に対する新解釈が続出し、上記の理論や言葉が疑問視され始めた頃、魔女狩りは収束に向かう。啓蒙思想の中で理論的根拠を失くしたことが、魔女狩り終結の一因でもある。

魔女裁判は一五世紀前半に始まり、異端審問官だけでなく、むしろ世俗裁判官の方が主になって行われた。一五世紀の魔女裁判はフランス南東部のサヴォアやブルゴーニュ、スイスのヴァリスでかなりの数が報告されている。ルツェルン、ベルン、ウリなどドイツ語圏のスイスを越えて、コンスタンツ司教領を経て、マインツ大司教領まで広がっていく。一五世紀の訴訟は、異端審問のやり方を継承したものであった。[191] 魔女裁判の被告も一五世紀には三分の二が男で、女は三分の一にすぎない。要するに一五世紀の魔女は専ら男であったといえる。[192] これを逆転させたのがドミニコ会の修道士たちである。彼らは魔女を嗅ぎ出すため審問官として国々をまわり、共同体の中で説教しながら、疑わしい人物を申し出るよう勧めた。[193] さらに自分たちの造った「新しい魔女概念」を普及させるため、彼らは書物を著して出版した。まず初めに、ドミニコ会士でバーゼルの修道院長であったヨーハン・ニーダーが一四三五年から三七年にかけて『蟻塚』を書き、魔女術による悪事を中心とする魔女の記録を紹介した。

「魔女（魔女魔術による悪事をなす者たち malefici）は呪文と犠牲《いけにえ》を使って悪魔を呼び出し、悪魔と私的に契約を結ぶだけでなく、ミサが始まる前の日曜日の教会で正式に入会式をやって魔女の宗派《ゼクト》に加入する。入会式では、人間の姿をした悪魔に神とキリスト教を捨て、悪魔に服従することを誓約する。そして、殺した赤子を煮て飲物と軟膏を作り、飲物を飲めば瞬時にして魔女魔術が可能となり、[194] 軟膏を塗れば瞬時にして飛行が可能となり、赤子殺し以下ありとあらゆる魔女魔術による悪事をやる。」

ここでは魔女は、害悪魔女で人々に被害を与えるということより、悪魔と契約して魔女宗派に入信し、神を裏切っているということが問題とされている。魔女宗派（Sekte）という言葉から、魔女は単独ではなく、キリスト教を離脱し造反する集団を形成していると理解されている。魔女集会（Sabbat）に関する描写はまだないが、神ではなく悪魔を主と崇める宗派への入会式の様子が詳しく述べられている。魔術と飛行のため赤子を殺す魔女は危険な背教者であり、特殊犯罪者として焚殺という極刑に処すべき重罪犯罪人であるというわけだ。しかしこの段階では、まだ、魔女と女性の関係についてはさほど強調されてはいない。

ニーダーの魔女像をさらに発展させ、魔女術による悪事を専ら女によるものとし、女の魔女像をヨーロッパに広めたのが、二人のドミニコ会士ハインリッヒ・インスティトーリスとヤーコプ・シュプレンガーというドイツ人だ。シュプレンガーはマインツ、トリーア、ケルンの大司教領の異端審問官に任命され、南ドイツの異端審問官インスティトーリスとともにライン地方の魔女狩りにあたった。しかし、聖俗両権力の反対が強く、魔女狩りは困難を極めた[195]。シュトラースブルクでも魔女狩りに失敗した彼らは、魔女が処罰されないので増え続けていると、直接ローマ教皇インノケンティウス八世に訴え、一四八四年に教皇より魔女狩りの全権を委任されたが、それでもなお魔女狩りは極めて困難な仕事であった。そこで、彼らは、発明されたばかりの印刷術を用いて、書物という手段を使って広く訴えることを考えた。その本が一四八七年に出版された『魔女の鉄槌』である[196]。主筆はインスティトーリスだが、シュプレンガーが手を加えて序文「弁明」を書き、二人の共著という形で出版されたこの本は「超ベストセラー」となり[197]、一四八七年から一六六九年までに三九版も増刷された。当時、一版当りの印刷部数は、千から千五百部といわれているので、約四万から五万部出回ったことになる。[198]当時の読書人口から考えると、この本は爆発的な売れ行きを誇ったと見ていいだろう。この本は魔女裁判のマニュアル書となり、各地の魔女裁判で活用されていく。シュプレンガーとインスティトーリスはこの本によって、専ら女を被告とする魔女裁判をライン地方と南ドイツに拡大し、『魔女の鉄槌』が描く悪い女の魔女像をヨーロッパ中に広める役割を果たしたのである。[199]

『魔女の鉄槌』は、「魔女は単に異端者（Ketzerinnen）というだけではなく、信仰から離脱した者（Abgefallene）である」と断定している。[200]即ち魔女とは異教徒ではなく、洗礼を受けたキリスト教徒でありながら、悪魔と契約し情交を交わすという最大の悪行、最大の冒瀆を行う者なのだ。単なる異端者より危険な存在、反逆者なのだ。それ故、普通の犯罪としてではなく例外犯として扱い、最大の刑罰（焚殺）を加えるべきだという論法だ。これによって異端裁判に端を発した魔女裁判は全く異なった様相を呈してくる。つまり、魔女罪とは近世につくられた「新しい犯罪」なのである。魔女罪の重点は魔術による被害にではなく、悪魔との契約による神への冒瀆罪が成立する事に置かれている。なかでも『魔女の鉄槌』がことのほか強調しているのは、女性に対する不信感と嫌悪感である。インスティトーリスとシュプレンガーは、性交によって身ごもる女性一般をエヴァとして徹底的に蔑視し、処女受胎した聖母マリアを熱烈に崇拝した。処女のまま受胎することなど、人間の女性には不可能である。この頃の処女マリア崇拝者の中には、性的要素がなく母性のみを持つ女性（人間を越える存在＝聖女）を崇拝することによって、逆に地上の人間である女性を蔑視する男性が多くいたという。『魔女の鉄槌』は全巻、女性蔑視に貫かれている。何度も繰り返されるその女性蔑視の一文を以下に紹介しておこう。

「七番目の説教師が語る女性、いまやその恐るべき数の魔女を憂慮して教会が悲嘆にくれる女性とはこのようなものである。すなわち、『私は女性は死よりも恐ろしいと思う。女性は猟師の罠である。女性の心は網、女性の両手は鎖である。神の心にかなう人間は女性を避けるであろう。しかし罪人は女性に捕らえられてしまうであろう。』女性は死よりも、すなわち悪魔よりも恐ろしい。ヨハネ黙示録六章には、彼女の名前は死であると述べられている。なぜなら、たとえ悪魔がエヴァを誘惑して罪を犯させたにしても、アダムを誘惑したのは、なんといってもエヴァである。もしもアダムがエヴァの誘惑にのらなかったならば、エヴァの罪がわれわれに肉体的な死や霊的な死をもたらすことはなかったはずだが、アダムを罪へと誘惑したのはエヴァであって、悪魔ではない。それゆえに、エヴァは死よりも恐ろしい。女性は死よりも何倍も恐ろしい。なぜなら、死は自然であり、肉体だけを滅ぼすが、しかし女性によってもたらされた罪は、恩寵を奪うことによって魂を殺し、罪への罰ゆえに肉体を殺すからである。女性は死よりも何倍も恐ろしい。なぜなら、肉体の死は恐るべき公然の敵であるが、しかし女性は隠れた、媚びへつらう敵であるからだ。」(201)

なんと凄まじい女性蔑視の思想であろう。彼らはこの思想を女性に対する個人的な悪意から導き出したのではなく、「正義を守ろうとするひたむきな善意」から人々に知らせなければという使命感につき動かされて表現したのである。その背景には、疫病、天候不順、異教徒の攻撃、異端の増加などから一四世紀以来知識人の間にも、民衆の間にも強烈な勢いで広まっていた終末論思想の影響がみられる。

終末論思想とは、「世界は終末を迎え、悪魔とそれに従う悪人の悪の軍団の力が頂点を迎え、外からはイスラム教のトルコの軍団がキリスト教世界に襲いかかり、内では異端、魔術師に続いて魔女がキリスト教世界に反旗をひるがえし、処罰しないのでますます増え続けている」[202]という思想である。要するに、悪魔が率いる魔女軍団に世界が制覇されるという思想である。

教皇直属の戦闘的な托鉢修道士であるドミニコ会士たちは、異端審問官としてイエス・キリストに従う聖人、すなわち「善の軍団」の兵士として終末戦争を戦っている、という強烈な使命感を持って任務遂行に邁進していた。

教皇インノケンティウス八世は、一四八四年出した魔女狩り教書「限りなき憂慮をもって臨む」で、ドイツにおける「性的不安病」の蔓延を憂いている。男たちの勃起不能により、女たちの不妊が続出した。このことは「悪魔らやインクブスに身を売ってしまい」、隣人たちを魔法にかけた魔女たちによるものと説明された。[203]事態を掌握するため教皇はインスティトーリスとシュプレンガーを派遣し、その調査の結果をもとにして著されたのが『魔女の鉄槌』である。しかしこの本の魔女像はまだ未熟なもので、サバトや悪魔との性交についての論述はほとんどない。『魔女の鉄槌』は女性が男性を招き寄せる「悪行」、とくに突然起こった性的災害に集中していた。インスティトーリスは女性が男性より魔術のとりこになりやすい、なぜなら女性は本質的に弱くて、誘惑に負けやすい不完全な被造物だからだと論じる。

「そして、最初の女が造られたとき欠陥があったということが銘記されるべきである。なぜなら、彼女は曲がった肋骨から造られたからである。つまり、胸の肋骨からであり、それはいわば男に逆らう方向へ曲がっているのだ。この欠陥ゆえに女は不完全な動物なのであるから、女は常に欺くのである。……女が疑い深くて神の言葉を信じないということは、また語源学的にも証明できる。というのは、「フェミーナ（Femina＝女）」は「フェ（fe＝fides＝信仰）」と「ミヌス（minus＝マイナス）」に由来するからである。だから女は、信仰を保持することにおいて常に弱く、しかも（邪教を）信じこみやすい傾向がある。その結果が（神の）恩寵と彼女の性質に現れているのだ。[204]」

『魔女の鉄槌』に書かれたこの考えは、女性を自然における「奇形」だと決めつけたアウグスティヌス（三五四〜四三〇年）や、女はすべて「欠陥のある男性」だとしたトーマス・アクィナス[205]（一二二五〜一二七四年）などキリスト教神学の理論的指導者と言われる人々の見解を踏襲したものである。神の命に背いて林檎をとった罪の結果、人は欲情に苦しむことになるという原罪の教えは、理性を失わせるセックスそのものを本質的な罪とみなす。したがって、セックスは人を人間以下のもの（野獣）にする活動で、真の愛とは両立しないものと考えられていた[206]。要するに、セックスは悪魔が人間の男女を支配するために用いる手段なのである[207]。誘惑に負けやすく不完全な存在である女は肉欲に走りやすく、悪魔の誘いにも乗りやすい。男を欲情させる女は、すべて悪女であり、悪魔の手先、魔女であるということになる。『魔女の鉄槌』の表現を借りると、「すべての魔法は肉の欲に由来する。女性においてはそれは飽くことのないものである。……それゆえ彼女らは肉欲を満たすために、悪魔らとさえ交わるのだ[208]」となる。

『魔女の鉄槌』によって普及した専ら女を魔女とする魔女像に基づいて、魔女狩りが頂点を迎える一六世紀から一七世紀にかけて、次のような魔女神話が体系化された。「女たちは—男もいるが、専ら女である――金や快楽や復讐やその他の約束とひきかえに悪魔の誘惑にのり、神とキリスト教を捨て、悪魔に服従するという契約を結ぶ（但し、一五世紀では魔女は専ら男であった）。契約とともに、悪魔はしばしば魔女の体のどこかに爪でもって印をつける（悪魔の印で、針で刺しても痛くない所とされる）。服従の誓いによって、魔女はたえず悪魔と性交をしなければならない。悪魔は何故かここでは不自然な悪徳を嫌って、女の魔女には男魔（incubus）となり、男の魔女には女魔（succubus）となって交わる。悪魔の体は氷のように冷たく、性交は何の快楽もないばかりか、激しく痛い（一五世紀までは魔女は悪魔との性交で快楽を手にいれていた）。悪魔との性交によって子供が生まれるかどうかについては論争が続いたが生まれるとする説が主流であった。[209]」

魔女は富や快楽を得るのではなく、悪魔の助力で魔女術による悪事を行う力を得る。女たちは自分を捨てた男を不能にしたり、その妻や恋人を不妊にしたりする。情欲にかられた女は、意中の男に自分に対する愛情を起こさせ、その妻を憎悪させる。憎しみにかられた女は、憎い隣人を病気にしたり、殺したりする。あるいは隣人の牛の乳を盗んだり、家畜を病気にして殺したり、嵐を起こして農作物を駄目にしたりする。また、赤子を殺して食べるだけでなく、それを材料にして空を飛ぶための軟膏を作る。魔女は毎週木曜日に、夜間飛行をしてサバトに行き、悪魔を礼拝し、仲間と会食し乱交パーティーをする。[210]

サバトを主宰するのはサタン（悪魔の親分）で、雄山羊の顔をした黒い大男だ。魔女たちはサタンの前にひざまずき、その尻にキスをして服従を誓う。聖餐式の御馳走は赤子の死体の料理と腐ったワインだが、塩抜きなので味がしない。最後は楽器に合わせて踊り、悪魔、親子、兄弟姉妹入り乱れての近親相姦のオルギー（乱交パーティー）で終わる。[211]

こうして魔女は、魔女術によって多くの犯罪を犯す世俗の犯罪者であるだけでなく、キリスト教徒でありながら神を裏切り悪魔の軍団に下った異端、すなわち背教者という教会の犯罪者でもあり、[212]聖俗両界の罪を担う二重の犯罪人として魔女狩りの対象となる。

第3章　魔女狩りの犠牲者

（1）概況

魔女狩りの犠牲者の数については数百万人という説もあるが、それは一九世紀の歴史家の推測であり、数に関する調査研究がまだなされていない頃の数値である。最近の地域実証研究のおかげで、魔女狩りの犠牲者数は現在ではかなり正確にわかってきた。その数はヨーロッパ全体で約十万人だそうだ。(213)そのうちの八割が女性であるから、魔女狩りで殺された女性の数は約八万人ということになる。

魔女術や魔術は近世では嬰児殺しと同様、女性を主たる被告人とする犯罪であるが、刑事訴訟全体からみると魔女裁判の件数はそう多くはない。一六世紀から一七世紀にかけて死刑が執行された犯罪の殆どは、殺人、強盗、泥棒であり、魔女罪ではない。死刑者全体の中で魔女が占める割合は決して高くはない。とくに大都市では魔女裁判は、全刑事訴訟の約一割にすぎないといわれている。(214)しかし問題は量的なものにではなく、質的なものにある。つまり魔女罪がもつ特異性にある。魔女罪は例外犯として扱われ、必ず火刑という極刑に処される。そのうえ魔女罪は個人犯罪ではなく集団犯罪とみなされる。すなわち魔女は悪魔の軍団である魔女宗派に属し、神の国であるキリスト教徒の国を滅ぼそうとしていると信じられていた。だからこそ被告人には自白だけでなく、必ず仲間の名を挙げるまで拷問が加えられたのだ。魔女宗派に属する人々を全てを焚殺し、キリスト教徒の国の安泰を保つ必要があったからである。

魔女狩りの最盛期は、一五六〇年、一六三〇年、一六五〇年、一六七〇年と言われており、一八世紀に入ると魔女裁判は極端に減少する。最後の魔女狩りは、西ヨーロッパではスイスのグラールスで一七八二年に、ヨーロッパ全体ではポーランドで一七九三年に行われたといわれている。[215]

一六二七年にニュルンベルクで印刷された「魔女新聞（Druten Zeitung）」は、フランケン、バンベルク、ヴュルツブルクで処刑された多くの魔女の身の毛もよだつような残虐行為を描き出し、敬虔なキリスト教徒に対して、この「有害動物（Ungeziefer）」に注意するよう警告している。[216]

ここでは魔女はヘクセ（Hexe）ではなく、ドゥルーテ（Drute）と表現されている。ドゥルーテ（Drute）というのはドゥルーデ（Drude）またはトゥルーデ（Trude）のことで、夢魔の一種である。ヨーロッパには古くから夢魔信仰があり、動物や人間の姿をした圧迫霊が眠っている人の胸に座って、呼吸困難や不安などを起こさせると信じられていた。この夢魔のエロティックな夢が、悪魔学（デモノロジー）によってインクブス（男魔）スクブス（女魔）とされたのである。一般の民衆には魔女は、ヘクセではなくドゥルーデまたはドゥルーテとして通用していたようだ。[217]

グリム童話「ホレおばさん（KHM24）」には冥界の女神ホルダ（ギリシアのヘカテに相当）が登場するが、ドゥルーデというのはその従者の一人である。死霊を率いて現れ、人間を罰したり守ったりするゲルマンの守護神「ホルダ」は、善悪両面を持つ女神だ。その一味が伝承の中で悪霊視され、「魔女」

用語として定着したのだ。グリム童話の中の「トゥルーデおばさん（KHM43）」では、トゥルーデが魔女であり、女悪魔であると明確に表現されている。

「ヘクセ（Hexe）という言葉がドイツ語圏に定着したのは、裁判用語になってからだ。ヘクセは「一四一九年に初めてルツェルン市の世俗裁判所の刑事訴訟に現れ、バーゼル公会議（一四三一〜三七年）で公式用語になっている」[218]。要するにヘクセという言葉は、魔女裁判と結びついた比較的新しい用語といえる。

この当時一般に流布していた魔女像は、魔女を裁く識字階層（法律家・聖職者など学識者）が持つ悪魔学の魔女像と民間の魔女像が混ざり合ったものであった。しかし、村落共同体に住む人々は、知的エリートである学識法曹たちの説く悪魔学理論を理解していたわけではなかった。[219]教会は魔女を「神の敵」と捉えて恐れたが、共同体の人々は主に「害悪をもたらす女」として恐れた。[219]共同体の中の魔女は隣人の健康、命、財産を脅かす存在であった。魔女が魔術で害を与えるという考えは、共同体の中における魔術（Magie）の役割と関係している。すなわち、命と実りと財産を守るために魔術（Magie）が用いられたのだから、逆に、病気や死や不幸もまた魔術（Magie）の影響だとする見方である。[220]

宗教改革の指導者であるマルティン・ルターは一五二二年に、一般に流布していた魔女の悪事について次のように書いている。「魔女は悪い悪魔の淫婦で、牛乳を盗み、天候を左右し、山羊や帚に乗り、マントにのって飛び、人々を撃ち、麻痺させ、枯死させる。揺り籠の子供を苦しめ、夫婦の四肢に魔法をかけ、例えば、事物を異なった姿にすることができる。つまり、本当は人間なのに、雌牛や雄牛と思わせることができる。そして、人々に悪魔との愛や情交を何度も強要する。[221]」

ルターは悪魔学を踏襲しながら、カトリック教義が生み出した上記のような魔女像を塗り変えたといわれる。つまり魔女像の核心を山羊や帚に乗った空飛ぶ悪党にではなく、呪文、占い、祈禱をする魔術師に置いたのだ。すなわち今まで無害として見逃してきた「白魔術」を扱う「賢女」をも背教者として弾圧したのだ。ルターは女性結社としての魔女崇拝もサバトも信じなかった。北ヨーロッパの魔女が、南欧のように集団的なものではなく、個々の孤独な老女であったのはそのせいだといえる。要するにルターの魔女理論では、あらゆる迷信が邪信として犯罪の対象となったのである。[222]

そもそもプロテスタントは脱呪術を唱えて、カトリックの儀式を攻撃したのである。カルヴァンはカトリックのミサで、パンとワインがキリストの体と血だとされること自体が呪術的だと攻撃した。[223]プロテスタントのこの見解は悪魔学の「悪行」の観念を変えていった。「悪行」は一般に「損害を与える魔女」という意味だが、プロテスタントは「天候魔女」を認めなかった。自然災害は神の摂理であるからというのがその理由だ。こうして不幸、病気、不作はもはや魔女がもたらした「悪行」ではなく、神が与えた試練と読み変えられた。[224]しかしながら一方、プロテスタントは魔女狩りを過酷なものの残酷なものにしていった。彼らは悪行が起こらなくても、意思が堕落し不道徳であるというだけの理由で魔女を処刑した。悪が内面的倫理の中でとらえられ、自白で犯意の有無が確認され、それによって処罰されるので悲劇はますます拡大していった。すなわち悪魔に献身し、他人に害を与えようとする意思を罰することになり、心を裁く過酷な「心情裁判」になっていったのである。[225]

(2) 現実の魔女被告人――マールブルクでの裁判例――

一六五六年七月一〇日、マールブルクで、七二歳のカタリーナ・シュタウディンガーは市参事会員や牧師の前で魔女罪を自白した。彼女は鍛冶屋であった夫ハインリッヒ・シュタウディンガーの寡婦で、ヴェッター小路に住んでいた。彼女は、魔術（Zauberkunst）で人や家畜を病気にしたり、麻痺させたり、殺したりしたことを認めた。「二〇年以上前、鍛冶屋ベネディクト・グートの当時三歳の息子に魔術をかけ、病気にして殺した。隣の商人マルティン・ディーフェンバッハの妻の母乳に魔法をかけて、二歳の息子を殺した。一七歳の少女エリーザベト・ハウクが麻痺したのも、薬屋マティアス・シュロットの一一歳の娘が激痛と高熱に襲われたのも、パン屋の息子ハンス・ペーター・シュミットの足が変形したのも自分が魔女術（Hexerei）をかけたからだ。隣の仕立屋の親方アルノルトの子牛を魔術で殺した。また市職員の妻が作るバターに魔法をかけて牛乳から乳脂を盗み取ったこともあると、多くの罪を次々に自白した。ひき起こした悪事について心から悔いている、だから神は、自分の罪をお赦しくださるだろうと確信している」と彼女は言った。(226) さらに彼女は拷問を逃れるために、裁判官に要求されるまま、魔女（Hexe）と悪魔との契約や魔女集会（Hexenrotte）についても語った。「魔術は悪魔から習った。悪魔は三〇年以上前、夫が亡くなり自分と子どもが置き去りにされたときやって来た。悪魔は夜に夫の姿になってベッドに現れ、自分と一緒に寝た。悪魔は自分を慰め、子供と一緒に養ってやるから安心しろ、そのかわり命令することは何でもしろと言ったので承諾した。でも後になって悪魔から逃れようとしたが、うまくいかなかった。長年の間、悪魔は自分に魔術で隣人に損害を与えるよう命令した。損害については先ほど数例報告したようなものだ。悪魔と魔女とのダンスや宴会には、病気がちであったので、めったに参加しなかった」[227]と彼女は言った。続いて、魔女集会の王と王女は誰だったかと質問されると、バールフューサー通りのパン屋とその妻だったと、彼女は名指しで答えた。それからさらに、魔女集会の参加者として、多くのマールブルク市民の女たちの名前を挙げた。悪魔がくれた膏薬を塗って煙突から飛び出し、醜い角を持つ黒い雄山羊に乗って集会に行った。そこで雄山羊の尻にキスをした。彼とも数回寝たが痛くて苦しかった。というのは彼の「もの」は黒くて醜くてまるで木のように硬かったからだ。[228]

ドイツで本格的な魔女裁判が始動するのは一六五〇年以降であるといわれている。[229] 一六五六年のこの裁判は、したがってドイツの魔女裁判の典型的な一例と言える。

一七世紀後半、すなわち魔女狩りが始まってから二〇〇年経って初めて、魔女は上記のような決められた姿に固定されていく。そしてこの時期になって初めて、ヘクセ（Hexe）という言葉がドイツ語圏で一般に用いられるようになった。それ以前は böse Weiber（悪い女）、Unholden（妖怪）、Druden（夢魔）、Zaubersche（魔術師）、Teufelshuren（悪魔の淫婦）Ketzerische Huren（異端の淫婦）、Feindinnen Gottes（神の敵）などと様々な表現が魔女に対して使われていた。[230]

マールブルクはフィリップ伯爵（一五〇四〜六七年）の統治時代、一五二六年に宗教改革が導入され、一五二七年に最初のプロテスタントの大学が設立された町だ。ヘッセン国に属し、ルター派と改革派（カルヴァン派）が地域の説教を分けあっていた典型的なプロテスタントの町といえる。この町の大学で一九世紀初頭グリム兄弟は学んだのである。

上記の告白にはさすがに「天候魔女」は出てこない。ルターの見解どおり、天変地災に関することは神の摂理であり、魔女の悪行ではないからである。しかし、人や家畜の病気や死、牛乳やバター作りの失敗は、神の試練ではなく、魔女の害悪魔術のせいにされている。サバトではなく魔女集会(Hexenrotte)と表現されているが、これはサバトに他ならない。またサバト参加者の名前を聞き出すのは、魔女を個人犯罪ではなく、集団犯罪だと捉えているからである。ルターは魔女宗派(Sekte)もサバトも信じない独自の魔女理論を展開して、カトリックの魔女像を塗り変えようとしたが、裁判する側の人々は、彼の魔女理論ではなく、むしろ、従来のカトリック教義に基づいた魔女像に左右されていたように思える。

魔女は嫉妬、嫌悪、復讐心の強い女性で、隣人にいいことをもたらさない。彼女は隣人に病気や死をもたらし、その家畜を殺し、収穫物を駄目にし、食料を盗むという強い思い込みが人々にはあった。(231) 高齢の老婆で寡婦であるカタリーナ・シュタウディンガーはマールブルク出身ではなく、田舎からマールブルクに女中奉公にきて、鍛冶屋の親方と結婚した女性であった。つまり彼女は土地の「うちの者」ではなく、他の土地からやって来た「よそ者」だったのだ。(232) 土地の人間でないよそ者に対して隣人は不信感を持つ。貧しいよそ者が職人の親方と結婚した場合、それは一種の玉の輿であり、許せないという感情を隣人たちは抱く。いわゆる嫉妬である。カタリーナ・シュタウディンガーは「高齢の老婆、寡婦、よそ者に加えて隣人の嫉妬」という、隣人側の告発条件を全て兼ね備えた、典型的な魔女狩りの犠牲者といえる。

彼女の他に一体、どのような女性たちが魔女として告訴され処刑されたのであろうか。一つの町や村で殺された魔女被疑者は何人くらいで、どのような人々だったのだろうか。この疑問に答えるため、ここではドイツの最新の博士論文を取り上げながら、その実態に迫っていく。この論文はホルン市の裁判資料を丁寧に掘り起こしながら、一六世紀後半から一七世紀にかけて、ドイツの小都市で処刑された魔女被疑者の姿を鮮明に浮かび上がらせた優れた論文だ。地味な地域実証研究を重ね、方言で書かれた資料を一〇年以上の歳月をかけて読み解いていったアーレント・シュルテは、子育てを終えた時期からこの博士論文に取り組んだ中高年の女性だ。地位や名誉のためではなく、魔女狩りの実態を探って公表することは、女性として避けて通れない大切な義務であるという思いに突き動かされて、敢えて困難なテーマの博士論文に取り組んだという。綿密な地域実証研究に基づいた貴重な博士論文の内容を次章で詳しく紹介しながら、一つの地域における魔女狩りの実態を正確に把握していこう。

(3)　魔女狩りの実態——ホルン市の場合——

(1)　ホルン市（一五五四年～一六〇三年）の概況

アーレント＝シュルテの博士論文「ホルン市における魔女」(233)にそって、まずホルン市の場合を見ていこう。ホルン市はリッペ伯爵領にある町で、一六世紀末の人口は一六〇〇人である。宗教はルター派中心のプロテスタントで、ノルトライン＝ヴェストファーレン州の魔女狩りの中心地の一つとして、主に女性に魔女判決を下した町である。(234)

一五五四年から一六〇三年の間にホルン市では二〇人の女性が魔女として告発された。そのうちの一七人が刑に処され、一人は獄死し、二人は自白しなかったので釈放された。被告人から同罪者として名前を挙げられたうち、一三人が嫌疑事実不十分で不起訴処分となった。そのなかには男性一人と子ども二人が含まれていた。他に捜査手続きが開始されるや否や、町から脱出した女性が一人いた。(23) 処刑された者はすべて女性で全員火刑、男性と子供の被疑者は不起訴処分止まりという事実は、ジェンダー問題でなくてなんであろう。魔女や害悪魔術を女性のものと捉える共同体のコンセンサスがあったからこそではないのか。

(2)　害悪魔術で告訴された魔女被疑者

ホルン市に残っている最も初期の裁判記録は一五五四年一〇月一七日のグレーテ・ムラーの裁判である。彼女は左官ザンダー・ムラーの寡婦で、息子二人は共に結婚して同市在住であった。年齢不詳だが、息子の歳から見て、少なくとも四〇歳以上であったと思われる。裁判当日、彼女は閉じ込められていた城塔の牢獄から中央広場まで、粉屋の車に乗せられて連行された。粉屋は自殺者を初め不名誉な行為をした人の運搬人と決められていた。魔女は地面に触れると不幸を招くと信じられていたので、必ず粉屋の車で市中引き回しの上、裁判場に運ばれた。彼女は自分の罪状（害悪魔術で人や家畜を病気にしたり、殺したりした）を否定せず全て認め、悪魔のインスピレーションによって悪事を働かされる羽目に陥ったと主張する。制御力に欠ける「女性の弱点」と「罪深さ」を強調することによって、自分が犯した罪を悪魔に仕組まれた「罠」とし、温情判決を期待した。火刑ではなく、追放刑を望んだ故の罪状認定であった。しかし、悪魔との関わりを持ち出しての弁論は説得力に欠け、結局、魔女と化した体は灰にして甦りを断つ意味でも火刑が相応であるという判決が下された。[236] 身に覚えのない罪を認め、焚殺を逃れるため必死の弁明を試みたにもかかわらず、グレーテ・ムラーは火刑に処された。罪状を否認し、自白を拒否しても、拷問による自白が強いられ、どのみち火刑に処される運命にあるのなら、拷問で痛めつけられなかっただけ、まだ幸せだったのかもしれない。

一五八七年、アンナ・シュトルクは夫に対して不貞を働き魔女として訴えられた。彼女は罪を認め、グレーテ同様女性の弱さ、罪深さから悪魔の誘惑に負けて姦通を犯したと主張して温情判決を待った。期待どおり彼女は悪魔の誘惑の犠牲者と認定され、魔女罪ではなく姦通罪が適用された。グレーテの場合との相違は、アンナが犯した罪は姦通であり、害悪魔術ではないということだ。それがこの場合、判決の明暗を決したといえる。[237]

一六〇三年一二月二二日、寡婦アンネッケ・グローネが害悪魔術で人を病気にした罪で火刑に処された。訴えたのは墓掘人リヒトで、彼の妻イルゼ・リヒト（三〇歳代）を中傷し、病気にした罪で告訴したのである。イルゼは自分の病は魔女アンネッケを処刑しなければ治らないと確信し、彼女を処刑して病と貧困から解放されることを切望する。当局は真偽の鑑定をマールブルク大学法学部に依頼し、自白が必要という鑑定結果を得る。[238] 拷問器具を見せられると、アンネッケは怯えて罪を告白し、害悪魔術行使による魔女罪が確定する。

害悪魔術とはいかなるものかというと、人や家畜に病気、怪我、死をもたらす魔術、嵐、雹、水害などの災害を呼び、作物に害を与える魔術、夫婦に不和、不能、不妊、貧困をもたらす魔術をさす。害悪魔術に使う秘薬の作製と使用法に関しては、被告人プラスグレーテが詳述している。魔術の秘薬は「薬草にイモリと蛇とひき蛙を焼いて粉末にしたものを入れて作り、この秘薬を穀倉や家に投げ入れたり、牛の餌や水に混入したり、人が飲むビールの中に入れたり」するそうだ。そうして病気や死や貧困を招くのだという[239]。

　プラスグレーテは、一五六三年七月一二日、市の財務部長ニーペッカーにより、彼の妻が病気になったのは彼女の魔術のせいだと告訴された。反論しても無駄で、彼女は捕縛され監獄に拘置された。裁判のとき彼女は起訴事実を認めようとしなかったが、拷問器具を見せられると恐くなり、害悪魔術の使用を認めた。彼女は魔女仲間の名前を四人挙げ、魔術を習ったのはこの人々からだと言い張った。彼女の挙げた名前はポイゼンダール家の女性たちで、市参事会員を務める名門一家の女性たちであった。町の噂に詳しいプラスグレーテはエリーザベト・ポイゼンダール（六〇～七〇歳）を魔術の先生として告発した。エリーザベトには次のような魔女の噂が立っていた。エリーザベトの娘が結婚した相手は、妻の死後一八週間しか経っていないのに再婚した。これは死後六ケ月後という規定を無視している。彼の前妻が死んだのは、実はエリーザベトが彼を娘の婿にするため、前妻の死を願ったからだ。他にも、伯爵の犬がエリーザベトの犬を襲ったとき、伯爵に呪いの言葉を吐いた。伯爵が死んだのは彼女の呪いのせいである、というような噂である[240]。

　この告発で、裁判は一挙に、町の上層部を巻き込んだ政争がらみの誣告《ぶこく》へと発展する様相を呈し始めた。ポイゼンダール家側は有能な弁護士を雇って、必死の弁論作戦に出た。弁論が功を奏し、害悪魔術による被害が具体的に挙がっていないとの理由でエリーザベトには釈放の判決が出される。市の有力者であり富裕層の女性と、貧しい下層の女性に対する裁判所の扱いの相違に憤ったプラスグレーテは、火刑台の上から裁判の不平等を声高に訴えて果てたという(241)。

プラスグレーテは記録に名がなく、姓のみの記載で済まされている。彼女の出自に関する記録はなく、姓から推測すると、近郊の村から女中奉公のため町に来た貧しい下層農民出身と思われる。家族や親戚関係に関する記述もない。結婚経験の有無も不明で、告訴時点では一人暮らしであった。魔女であるという噂が町に広まっており、過去に魔女裁判で告訴された経験があるという、魔女の典型ともいえる条件を備えていた(242)。なぜなら「魔女罪を決定する最も重要な判断の基準は、魔女被疑者の素姓であった(243)」からだ。

(3)　害悪魔術は女性の間で伝達される技

過去に親戚関係から魔女被告が出ている場合、告発されると裁判で火刑を免れることはまずありえなかった。というのは、魔術は女性から女性へ伝達される、という共通認識があったからだ。主に家の中で伝えられ、血縁関係がない姑から嫁への伝達もあるし、母から娘、孫、姪などへの伝達もある。秘薬の作り方を見てもわかるように、一種の職人技で、魔術が技術として認識されており、家計に寄与するという役割も担っていた。主婦と魔女は共通の能力を持つ。煮る、醸造する、保存するなど、料理は変化させるという点で、魔術と似通っている。牛乳からバターへ、パンからビールへ、生から煮物へ、腐敗食品から保存食品への変化は一種の魔術である。また、女性の体液は変化や腐敗を阻止する能力があるとされ、現実にも女性の体は変化を遂行する容器になったり（妊娠）、食料そのものになったり（授乳）する。変化を引き起こし、調節する女性の能力が、魔力を引き起こす[244]、と考えられたのだ。

この頃の女性は料理だけではなく、食料の生産、管理全般に携わっていた。女性の仕事は多岐にわたり、馬以外の家畜の世話、乳絞り、餌付け、放牧、家畜小屋の掃除、バターやチーズなど乳製品の生産、販売（市場で）、菜園作りと野菜の販売（市場で）、家畜取引などだ。市場での販売活動で収入がある女性は、家庭経済において重要な役割を演じ、その労働力は家計を支えるうえで不可欠なものとみなされていた[245]。

ビールやバターなど女性の製造品は、主として家族の需要を満たすためのものであったが、市場での販売は黙認されていた。女性の生産技術は次第に向上し、職人並みの腕前の者も出現し、技術の細やかさで男性を上回る者も現れた。市場で売られる商品に人気が集まると、商店の品物の売れ行きが落ち、売上が減少する。思わぬライバルの出現に、男性の職人は身構え、女性が職人の世界に参入することを拒否し、競争から締め出そうと躍起になった。そこから、女性が醸造したビールを飲むと病気になったり、死んだりする、魔術で毒を混入しているからだ、というステレオタイプの非難が繰り返されることになる。これはビール醸造業ツンフトが、競争相手である女性を中傷したものと解釈できる[246]。

一四世紀頃、人口に占める女性比が過剰となると扶養問題が起き、女性は手に職を持つようになった。紡績業を初め多くの職業に女性が就き、女性マイスターまで出現し、ツンフトも女性を受け入れた。染物業、仕立て業、木材業、金属業、小売り業（バター、チーズ、牛乳、卵、鶏、果物など）、教育、音楽、医療など各分野に女性が進出した。それが一五世紀に入ると早々に、女性は公的領域から締め出された。女性に脅威を感じた男性たちが女性の職業活動を制限し、マイスターやツンフトから女性を締め出してしまう。不況を迎え、女性によって男性の経済利益が侵害されることを恐れたのだ。女性の労働を制限する法律が増え、一六〇〇年頃には女性はほぼ完全に職業生活から姿を消してしまったという。[247]

ホルン市の場合、労働市場からの女性の締め出しは一六世紀半ばに起こっており、ドイツ全土で一五世紀から一七世紀にかけて展開された運動と時期的にも合致している。女性の労働制限が法制化されていく流れのなかで、魔女罪という汚名を着せて女性を抹殺するという卑劣な手段で、経済活動から女性を締め出そうとしたものとも考えられる。

(4)　男の暴力、女の魔術

女性の協力の有無が即、家計の命運につながるとの認識は、アーデルハイト・シュテッカーの裁判事例に端的に現れている。一五七二年四月、夫ヨーハンは二度目の妻であるアーデルハイトを魔女罪で告訴する。彼はビール醸造者で、一五五八年まで市参事会員を務めていた。すなわち当時六〇歳ぐらいの夫ヨーハンは市の有力者であった。逮捕される前、彼女は夫を見捨てており、夫から殴られたと市議会に訴えた。夫を「見捨てたという悪行」は噂となり、「婚姻の破綻は神の秩序に対する造反を意味する」と告発された。教会長老会が動き、婚姻破綻に関して夫が事情聴取された。彼は、ビール醸造のとき妻は協力を拒否し、共に働くという夫婦間の経済協力が成立しないと主張した。彼が鶏に穀物を与えたとき、餌の与え方が不適切で穀物を無駄にしたこと、妻の領域の仕事に割り込んできたこと、妻が集めた薪に火をつけたことなどについて妻が激しく非難し、呪いの言葉を吐いた。それで妻を殴ったのだ。妻は家から逃げ出し、「日の光のなかでゴミのように死ね」と再び呪いの言葉を吐いたと陳述した。妻は捕らえられ、裁判の結果、婚姻破棄だけではなく、呪いの言葉が害悪魔術と判断され、魔女罪が確定して火刑に処された。(248)

互いの仕事領域を侵すことや、仕事上の協力が得られないことは夫婦間の不和、喧嘩の原因となり、婚姻破棄を導くことにもなる。夫の領域侵犯を怒った妻が、仕事の協力を拒否したことから夫婦不和が始まり、夫の暴力、妻の暴言、妻の家出に発展する。裁判では夫の暴力は不問に付され、妻の家出と暴言のみが重視される。体力的に弱く暴力で刃向かえない女性は、しばしば夫の暴力に対して、言葉による応酬を行う。それを「呪い」と読み換えて、(249)責任のすべてを女性に転嫁してしまう。夫婦の不和や不妊は魔術の結果であると信じられていた社会ならではの論理である。そして、すべては「呪い」という害悪魔術のせいにし、魔女を火刑に処すことで決着をみる。

呪いの魔術を行使した廉で魔女罪に問われた女性は、この他にも多数いる。寡婦カトリーネ・アッシャーハイデは一五八三年、害悪魔術行使の罪で告訴された。彼女はヨーハン・ホルテノッセンが結婚の約束を破棄して、他の女と結婚したのを怒り、結婚式の夜、新郎新婦の部屋に投石して窓を壊した。この行為が魔術での仕返しと認定され、「魔術の石」を入れて、不能、不妊、不和になるよう呪ったと解釈された。新郎は怒って、斧を持って彼女を追いかけたが、追いつけなかった。[250]

一般に、ワインに毒を入れると不作、不妊を、家に物を投げ込むと不能、夫婦喧嘩、不和を引き起こすと信じられていた。[251]婚約破棄をした男を魔法で復讐した女性は他にも多くいたようだ。名誉を傷付けられたとき、男性は武器をとって暴力に訴えるが、女性は見えない魔術で攻撃する。

(5)　魔女罪確定で損する女、得する男

一五七九年から一五八〇年にかけて、リッペ領は凶作によりひどいインフレとなり、スケープゴートを処罰する必要がでてくる。そこで、金貸しの女性がそのターゲットにされた。

一五八三年ベレケ・ミュンステリングは市参事会員ジーモン・フォン・デア・リッペに一〇〇ターラーの金を六パーセントの利子で貸すが、返却を巡って争いが生じた。利子を受け取りにきたとき、彼は支払えず、延期を申し出た。怒った彼女は公道で大声で彼の不払いをなじり、害悪魔術で脅した。彼女を殴ろうと彼が帚を持つと、彼女は通りに逃げ、大声で彼を呪った。彼の娘と牛が死んだため、彼女は捕らえられ、魔女として処刑された。ジーモンの牛が死んだのはベレケの呪いのせいで、娘が死んだのはベレケが毒を盛ったからだ、というのが判決理由である。[252]ベレケが魔女罪で処刑されたので、ジーモンの多額の借金は返済義務を免れ、棒引きになった。金を貸して返済を迫った女性は魔女として処刑され、借りて返済もせず、利子も払わず、暴力で追い返した男は、逆に被害者として扱わ

れ、お咎めなしのうえ、借金も帳消しとなる。男性にとってなんとも都合がいい話ではないか。ジーモン・フォン・デア・リッペは伯爵の前秘書官長の息子で、リッペ伯爵の非嫡出子でもある。ペレケはハインリッヒ・レムケの妻で、金持ちではあるが、夫の職業は不明だ。市参事会員など市の有力者でなかったことは確かだ。(253)この家柄の相違もまた、彼女の判決に影響を与えた。素姓の違いという社会的ヒエラルヒーと性別によるヒエラルヒーという二重のヒエラルヒーの、彼女は犠牲者と言えよう。特筆すべきは、係争中妻の弁護を全くしなかった夫が、処刑後「自分の」金を取り戻すため、公に交渉を開始したということである。だが、結局それは、魔術で殺された牛の弁済金として相殺されてしまう。(254)

これに味をしめ、町の有力者たちは金持ちの寡婦から借金を重ねる。アンナ・ロッテルダムの一件も同様の経過を辿る。アンナは靴職人の寡婦で、彼女の夫は市の有力者で、市参事会員でもあった。市参事会員ヴィネケ・バックハウスは彼女から借金して、一七年間返済もしなければ、利子も未払いであった。他の三人も彼女から金を借りたが、元金も利子も返済していない。返済を巡って、彼女は四人と争うことになり、逆に彼女が魔女罪で訴えられてしまう。(255)借金の棒引きを狙う魔女誣告では、地位ある男性が金持ちの寡婦を告訴するというパターンが一般的だ。手工業の世界から締め出された女性が、遺産を元手に細々と営んでいた金貸し業は、寡婦たちにとっては限られた生活の手段、職業でもあった。その成立を危うくするということは、零細金融業の世界からも女性の締め出しが計られ、女性の自立の道がますます狭められたということである。

要するに、金貸し、遺産相続、結婚など重要な事項に関して、女性が自分の利益、関心、意思を貫くことは、以前より困難になったといえる。

(6) 隣人愛に満ちた町や村、家族愛に満ちた大家族という幻想

他人に無関心でドライな人間関係を形成する現代の都市住民のなかには、隣人愛に満ちた「古き良き時代」の村落共同体の生活に、憧れと郷愁のようなものを抱く人がいる。その際、「古き良き時代」とはいつを指すのか、具体的に時期を特定することはない。ただ、漠然と「昔は」という言葉で把握される「古き良き時代」なのである。その昔の一例として、一六世紀後半のホルン市の生活を具体的に見てみよう。

一五六六年にインフレとペストがホルン市を襲う。一五七九年にはさらに極端なインフレが起こり、貧乏人と金持ちの反目が激しくなる。りんご、ホップ泥棒が多発し、他人の草原に家畜を放牧したり、他人の牛の乳を無断で絞って盗む者が続出し、隣人に対する不信感が生まれる(256)。家畜や家族が死ぬと、隣人の呪いと考える者が跡を絶たない。前述の話でも、一〇〇ターラーの借金を返さない市参事会員ジーモンが、返済を迫った寡婦を逆に魔女として告訴したのは、自分の娘と牛が死んだからである。困ったときに金を貸してくれた隣人に感謝するどころか、逆恨みをし、魔女の罪を着せて殺してしまうとは、なんと「美しき隣人愛」であろう。墓掘人リヒトの妻は自分の病気は隣人の寡婦が自分と喧嘩したとき呪ったからだ、と確信する。そして寡婦を魔女罪で処刑するよう要求する。瓶を盗んだと隣人を非難しただけで魔女にされたり、雄豚の背を撫でて豚を病気にしたと魔女告発されたり(257)、まさ

に壮絶な隣人関係が展開する。

豚殺しで訴えられた女性は、仕立屋ガブリエル・トゥレマイヤーの妻だ。しかし記録書には彼女は姓名ではなく、「シュタインハウアーシェ（石工の妻）」という呼称で記載されている。証人に立った隣人も皆、「石工の妻」という呼称で呼びかけている。彼女が再婚で、亡き前夫が領内の他の町で石工として働いていたからだ。仕立屋の夫と再婚したのが一六年以上前で、その後ずっとホルンに住んでいるにもかかわらずである。彼女はリッペ領内ではなく、パーダーボルン司教領ノイエンヘールゼ村出身のよそ者で、しかも再婚者である。ホルンの町の住民にとって、彼女は二重の意味でよそ者であった。別の領地とは別の王国、すなわち外国に当る。彼女は外国人で、再婚というマイナス要素を二つも持っていたのだ。一六年以上も住みながら、姓名はおろか、現夫の職業名ですら呼ばれず、亡くなった前夫の職業名で呼ばれるということは、隣人がよそ者である彼女を受け入れず、差別していたことを端的に物語っている。彼女は一六〇三年一二月六日に拘束され、一二日に処刑された。(208)その審議の迅速さと、記載名の異常さに、よそ者に対する隣人の冷酷さが痛切に感じられる。

夫婦間の不和や喧嘩から妻を魔女として訴えた夫が多数いたことは、既述の魔女告訴でも明らかだ。アンナ・シュトルクの夫は姦通した妻を、アーデルハイト・シュテッカーの夫は暴力から逃げ出した不従順な妻を魔女罪で訴えた。夫婦間だけではなく、親子、兄弟、親戚などの間でも争いは絶えなかった。遺産相続を巡る係争でアガタ・ムラーは義理の兄の妻から魔女として告訴される（一五八四年）。自分の夫の死は彼女の害悪魔術のせいだというのがその理由だ。アガタ・ムラーは二度結婚しており、最初の夫は以前、魔女罪で処刑されたグレーテ・ムラーの息子であった。夫の死後、現夫ヘルマン・

ジーレマンと再婚した。彼は父が市参事会員を務めたほどの名門の出で、市の役人である。彼女の条件の良い玉の輿的再婚は、前夫の親戚縁者に不審感を抱かせる。嫉妬と猜疑心から、彼女が相続した前夫の財産を前夫の兄弟が取り戻そうとしたというのが真相であろう。(259) 夫婦のみならず兄弟との間も愛憎半ばする複雑な感情が渦巻いているのがわかる。母親が魔女で捕まっても、釈放しようと奔走する子供は稀で、裁判経費を抑えるため、早期の処刑を望む場合が多い。魔女裁判の経費負担は余裕のない大多数の家族にとって、経済的破綻を意味したからだ。母親救済に走る美しい親子愛が感じられる行動は稀で、経費の支払いに窮々とする夫と息子の姿のみが浮きたつ。そもそも、「子供はやさしく育てられていないので、両親に対して愛情を感じないし、また、兄弟や異母異父兄弟に対しても、兄弟としての連帯感より、むしろ競争相手という気持ちを持つ。」

要するに、我々が知っている「家族間の愛情や精神的結束は、通常ない」とコッペンヘーファーは分析する。(260)

「古き良き時代」の美しい家族愛や隣人愛はいったいどこにあるのだろう。それは、ただ現代人の心の中にのみに存在する幻想ではないのか。

(7)　結論

アガタ・ムラーが魔女罪で殺されてから、現夫は役人として順調に昇進し、市参事会員に並ぶ町の特権階級にまで上り詰める。家族の中で魔女が出ても、男性の人生に支障をもたらすことはないが、女性の家族はその後、告発の不安に悩まされる。すでに述べたように魔術は女性によって家族の間で伝達されるものという一般認識があったからだ。「石工の妻」も姑から魔術を習ったという。秘密の術で家計を安定させることができると説得されたそうだ。[261] 夫の稼ぎを補うため、姑から嫁へと秘術が伝授される。血縁ではなく、性別によって魔術は家庭内で伝達される。そのなかには有益魔術も含まれていたが、次第に害悪魔術のみに焦点が当てられ、女の魔術、すなわち害悪魔術というステレオタイプの捉え方が、男性支配を強めていく社会で一般化される。魔女裁判の初期には、魔術の道具や毒の作り方や使用法が詳述されていたが、一六世紀後半になると女の魔術の先生が、悪魔との接触を謀る仲介者の役割をはたすというパターンに移行する。女性が家計の安定を図るために、熟練技術を獲得しても職人として稼げない社会では、女性の経済力の源として、悪魔との結託が想定される。悪魔は立派な服装をした男で、結婚仲介人または売春仲介人として娘の前に現れるなどとされるのである。[262]

魔女が女性である理由は二つある。女性の生活圏が魔法を使う魔術と密接な関係にあったことと、害悪魔術迫害に対する住民と当局相互の関心が一致したということである。かくして、病気、死、貧困、夫婦の不和に対して、女性が全責任を問われることになるのである。[263]

一五八〇年頃、インフレと疫病が発生し、市参事官層が困窮し、市の権力層から脱落する男たちが多数出現した。そこから上部指導層の入れ替わりが起こり、没落した一族が紛糾を引き起こした。魔女訴訟件数が危機的な時期に多くなるのは、地位や食料を巡る戦いに女性が積極的に参加したことを示している。[264]

男性の性交能力への不安や役割の境界侵犯に対する批判など、夫婦関係の葛藤や主導権争いが魔女告発を誘発したというヴンダーの指摘は的を射ている。プロイセンを中心に北部ドイツでの実証研究を踏まえた結論と、ノルトライン・ヴェストファーレンの小都市ホルンでの実証研究を経た結論とが図らずも一致したことになる。また、コッペンヘーファーもヘッセンでの実証研究から、魔女狩りの犠牲者には産婆の例は一件もなく、産婆＝魔女のステレオタイプは、近世初期の魔女狩りメカニズムの犠牲者の姿ではないこと、キリスト教以前の宗教儀式に関する供述が、サバト（魔女集会）以外皆無であることなどを明らかにしている。[265] また、魔女罪を決定する最も重要な判断基準は、被疑者の素姓であるという彼女の指摘は、[266] ホルン市のデータからもその正当性が立証されている。さらに、暴力を振るう夫が妻と息子から「人狼」として告発されたが、却下された判例を挙げ、男の被疑者は扱いが甘く、処刑されにくいということを証明している。[267]

家族からの魔女告発は、夫か息子から告発されるパターンが一般的である。娘からの告発はないというのは母親が告発されると、娘も無事ではいられないからである。家庭経済のなかで魔術を獲得することは、性別に結びついていた。復讐したい隣人の家畜の餌に毒を入れた女性は、魔女パラダイムを持ち出して、火刑に処されたのに、暴力を振るって女性に負傷させた男性は、罰金刑で済んだ。不平等な話である。しかしそこには目に見える「暴力」よりも目に見えない「呪い」の方を、より大きな「悪」として恐れおののく西洋近世の価値観がうかがわれる。「暴力を言葉より悪」とみなす現代の価値観とは別の、「呪いを信じかつ恐れる」近世の価値観である。価値観とは絶対的なものではなく、時代によって、社会によって変わる相対的なものである。絶対に正しいと思っていること、こうあるべきと思っていることも、案外、ただ社会一般の価値観に支配されているだけかもしれない。

社会が揺れると価値観が揺れる。男女の性別役割分担もまたその揺れに敏感に反応する。

害悪魔術がそのよい例だ。それは男ではなく専ら女の仕業（仕事）として認知されていた。男性の魔術使用は女性の害悪魔術とは対照的に、魔女とは結びつかない。男性の魔術は神に反する行為、死に値する行為とは見做されなかったからだ。[268] それをいいことに、祝福者、治癒者といった男性の魔術師は、子供や牛の病気回復祈願に失敗すると、別の女の害悪魔術のせいにして、彼女を魔女として告発し、責任を逃れるという姑息な手段を取った。[269] 男性の魔術師対女性の魔女、有益魔術対害悪魔術という構図は、同じ魔術を行使しても性別によって、一方は善、一方は悪という、ジェンダーによる明確なダブルスタンダードが存在することを立証している。

ホルン市で魔女罪で告訴された女性で身元が分かっている者三七人の内訳は、妻二六人、寡婦八人、子供三人である。[270] ホルン市でのように初期の魔女裁判では、魔女は毒混入や死亡魔術のエキスパートとして罰せられたが、『魔女の鉄槌』では魔女の犯罪は害悪魔術、性愛魔術、豊饒魔術に向けられている。[271] 害悪魔術は家の中で女性間で伝達されるという共通認識があったので、男性は嫌疑を受けない。だが、サバトでの魔女の踊りへの参加については男性も嫌疑を受けた。この性別ステレオタイプの思考が、犠牲者の女性への集中をもたらしたのである。そして疫病、天災、不作、不況などからくる社会問題や経済問題を害悪魔術に起因するものとみなし、女性迫害を断行した。

要するに、初期の魔女裁判における女性に対する偏見は、性別ステレオタイプの思考の結果であり、[272] 社会構造上の産物といえる。つまり、呪術を信じる共同体の民衆とキリスト教悪魔学を信じる裁く側の学識法曹の人々が、ともに魔女と害悪魔術をなくすことで、社会の災害や不幸など悪の根を断ち切ろうとしたのである。魔女を手先とする悪魔の軍団にキリスト教世界が脅かされることがないよう、その兆候が軽いうちに被疑者である魔女を焼き殺し、社会を悪の支配から守ろうとした。その際、彼らは焚殺することによって、魔女の体を灰にしてその甦りを断ち、魔女本人をも悪魔の手から救ってやるのだという使命感にもえて、処刑に臨んだのである。個人的な悪意や嫌悪からではなかったというところに、魔女狩りの恐ろしさがある。

善悪両面を持つ古代の魔女信仰の魔女は、近世の共同体の中では「害悪」をもたらす悪い魔女として、全く異なったコンテクストの中で理解されていく。魔術、呪術による治療や占いを信じる気持ちは民衆の中にまだ根強く残っていたものの、近世の「新しい魔女」すなわち「魔女狩りの犠牲者たち」は、古代の巫女的存在でも、薬草で治癒する「賢女」でも、直感力に富む「占い師」でもなかった。彼女たちはどこにでもいるごく普通の人間であった。要するに近世社会では誰もが害悪魔術の疑いをかけられ、魔女告発される潜在的可能性をもっていたのである。わずかな「差異」への強烈な不安が引き金となり、集団的恐怖状態を引き起こし、住民が組織する「魔女委員会」が作動し、悪魔学を知る支配者層を巻き込んで魔女裁判が開廷する。悪魔学の知識もない被告人が、サバトや悪魔について裁判官の望むまま供述し、仲間を名指しして果てていく。壮絶な歴史の一コマである。

第4章　害悪魔術を使う魔女

(1)　牛乳魔女

低地ドイツやオランダ語圏では、一六世紀半ばまで魔女といえば牛乳魔女のことをさすといわれるほど、(273)牛乳魔女としての告訴は多い。牛乳泥棒と乳脂肪泥棒の嫌疑で訴えられる魔女だ。乳脂肪泥棒とは、牛乳から乳脂肪を盗んでバター作りを失敗させるバター魔術をさす。魔女の害悪魔術の中で群を抜いて多いのがこの牛乳魔女だという。

近世の村落共同体の生活は決して楽なものではなかった。人々は豚や牛を飼い、乳製品を作り、穀物を育てながらかろうじて生計を維持していた。牛が急に死んだり、乳を出さなくなると、ただちに生存が脅かされる状況に陥る。隣の牛は乳が多く出るのに、自分の牛だけ何故出ないのか。隣の魔女が害悪魔術で乳を盗んでいるからだ、というのが告訴の理由だ。数多い告発例の中からその一部を紹介しよう。

一六五七年にチューリンゲンのノイシュタット（ヘッセンとの国境に近い町）で、マルガレーテ・ミュラーが隣人のシュルツ夫妻によって牛乳魔術で損害を与えられたと訴えられた。夫のファルク・シュルッは指物職人で、妻のアポロニアは雑貨販売の行商人だ。彼らがこれまで飼った牛は、いつもすぐ病気になって死ぬか、乳を出さないかのどちらかで不運の連続であった。度重なる災難に納得がいかず、魔術をかけられているのではないかと感じた夫婦は、「賢男（weiser Mann）」に原因究明を依頼した。予想通り、牛乳魔術の疑いが指摘されたので、夫婦は隣人マルガレーテ・ミュラーを魔女罪で告訴した。(274)

図23

牛乳盗みの実態については、ガイラー・フォン・カイザースベルクの教理問答集『エマイス（蟻塚）』一五一六年版に添えられた木版画が有名だ。この絵は当時の人々が持つ牛乳魔術のイメージを具体化したものである。魔女が家の柱に斧を突き立て、その柄を搾って牛乳を大桶に流し込んでいる。斧を牛の乳房とみなし、搾乳動作を繰り返しながら、隣家の牛の乳を盗み取る様子が生き生きと描かれている。(275)［図23］

一五六五年ハーナウで、アンナ・ゲルラッハが四人の女性と一緒に魔女として捕まった。彼女は悪霊によって夜、他人の家畜小屋に連れて行かれ、乳を搾らなければならなかったと供述した。要するに牛乳魔術とは隠れて他人の牛を搾り、乳を盗むことなのだ。被告人の供述には「丸い木の筒」で乳を搾ったという表現が多い。[276] これは類感魔術といい、丸い木を乳房に見立てて搾る行為で、本当の現象を起こそうとする魔術である。

近世の人々は、「財は常にその総量が一定である」という考え方をする。ある牛の乳の量が増えると、別の牛の乳の量が減ることを意味する。[277] 牛乳泥棒という発想が生まれる背景には、現代的な意味の「うらやむだけの嫉妬」ではなく、近世社会固有の思考法がもたらす「総量一定の法則に基づいた嫉妬」という要素があることも見逃せない。

なお、牛乳魔女は牛乳だけではなく、バターやチーズなど乳製品全てに魔術をかける。バター魔術とは、バター作りの際、牛乳から乳脂肪を取り除いてバターを作れなくする魔術のことだ。

前述のマルガレーテ・ミュラーはバター魔術の嫌疑も受けた。隣人たちの中で一番多くのバターを売ったのが、魔女疑惑を呼んだのだ。隣のアポロニア・シュルツェは牛乳がほとんど取れず、牛乳も作れない状態だというのに、彼女の方は豊かな牛乳に恵まれ、乳脂肪も上質で、バター作りにも成功していた。マルガレーテの「幸運」は、アポロニアの「不運」からくるという近世的思考法からの魔女告訴だ。[278] つまり「ある人が豊かになるということは、別の人が貧しくなることを意味する」。ドイツ語の諺で「Schadenfreude ist die beste Freude」と表現がある。これは直訳すると「人の不幸を喜ぶことは、最高の喜びである」という意味で、意訳すると「他人の不幸は蜜の味」というところだ。人間のもつ感情の嫌な部分を見据えたドイツ語独特の言い回しに、ドイツ人の冷徹さと率直さを見ることもできるが、案外これは近世的思考法から生まれてきた表現なのかもしれない。

前述のカタリーナ・シュタウディンガーは、このバター魔術でも訴えられている。彼女のことはマールブルクの裁判例のところ〔第II部第3章(2)〕で詳しく紹介したが、彼女は隣人の牛乳から乳脂肪を盗んだ件でも告訴されていた。隣人は四週間の間バター作りに失敗したのに、彼女は常にバター作りに成功していたからだ。

近世の社会では馬以外の家畜の世話はすべて女の仕事である。家畜小屋の掃除、放牧、餌づけ、乳搾りを始め、バターやチーズなど乳製品の生産、自家用ビールの醸造など女性は家政のうえで重要な経済的役割を担っていた。(279) 食品の加工を受け持つのも女性の仕事だ。食品は加工することによってダイナミックな変化を遂げる。牛乳がバターやチーズに、パンがビールに、果物がジャムに変化する。この変化は見方によっては魔法のような現象とも受け取れる。牛乳魔術で訴えられたのが女性に集中したのは、それが女性の仕事であったからだ。男性の牛乳泥棒がいないのは、それが男の仕事ではなかったからだ。

(2) 病気や死を呼ぶ魔女

一六〇二年、ホルン市で墓掘人リヒトは、寡婦アンネッケ・グローネが害悪魔術によって妻のイルゼを病気にしたと訴えた。三〇代のイルゼが洗濯物を干しに外に出ると、寡婦グローネが通りすぎた。イルゼがドアを開けておくために敷居に石を置いているのを見ると、グローネは引き返して来て、「この恥知らずめ!」と叫びながら、彼女に唾を吐きかけた。その途端、イルゼは腕が萎え、抱えていた洗濯物を落としてしまった。それから彼女は体の左半分を「何か」が走り抜けるのを感じた。この瞬間から彼女は体の痛みと耳が聞こえない病に苦しめられ、その状態が一年間も続いた。これは寡婦グローネが魔術をかけたに相違ない、彼女を処刑して自分をぜひ病から解放して欲しい、とイルゼは市の参事会で力説した。グローネの方は一連の出来事を全く異なったふうに解釈していた。イルゼがヨーハン・トイトマンと姦通していると思っていたから、罵りの言葉と唾で彼女を非難したつもりだった。イルゼに起きた現象は、いわゆるぎっくり腰の一種であろう。今日でもぎっくり腰のことをドイツ語で「Hexenschuß（魔女の一撃）」と表現するが、それは突然の痛みに襲われて歩けなくなる現象に魔女術を見た名残りと言える[280]。当局はこの一件をマールブルク大学法学部に送って真偽の鑑定を依頼し、自白が必要という鑑定結果を得た。寡婦グローネは拷問器具を見ただけで怯え、罪を告白した。害悪魔術行使による魔女罪が確定し、彼女は一六〇三年一二月二二日に火刑に処された[281]。

魔女が人を矢で射たり、麻痺させたり、腐敗させたりするというのは、魔女が魔術で人の生命力を奪うと考えるからである。その意味では、病気魔術も牛乳魔術と同様、一種の泥棒と考えることができる。

前述のカタリーナ・シュタウディンガーの魔術で[282]、一七歳のエリーザベト・ハウクの脚を麻痺させたというのも同様の病気魔術だ。落ちている果実を拾わせてくれるというので、一緒に町外れの菜園について行った少女は、菜園に着くとまず老婆の頭の蚤取りを命じられた。彼女が蚤取りをしている間、老婆の手はずっと少女の腰に置かれていた。しばらくして少女の腰に激痛が走り、脚が麻痺した[283]。また、パン屋の息子ハンス・シュミットの足が奇形になったのも、ハンスが彼女の手を引いてやったのが原因とされた。彼女に触れた途端、ハンスの脚に激痛と麻痺が起きたからだ。薬局のマティアス・シュロットの娘も道で転びかけた老婆に腕をつかまれた夜、腕に激痛が走り発熱した。そこで両親がカタリーナの魔女術を確信して訴えたのだ。転びかけたというのは、娘に危害を加えるための陰険な口実にすぎないと両親は申し立てた(284)。

麻痺が起こると魔術を疑うという社会では、夫が妻を魔女だと思い込むこともある。一五九一年五月二五日、ナッサウ伯爵領シェーンバッハで寡婦アンナ・ホインが魔女として告発された。彼女の夫が死ぬ間際まで、妻が自分を麻痺させ、老人でもないのに杖なしでは歩けない体にしてしまったと訴えていたという理由で、息子の嫁が彼女を魔女として告訴した。つまり気の合わない姑を嫁が魔女として告発したのだ(285)。

村社会の暗く陰険な人間関係は、家族間の告発だけではなく、使用人による主人への魔女告発をも誘発する。一五七二年、ホルツハウゼン出身の女中アンナは、ノイマイヤー家の敷居をまたいだ途端、突然脚に痛みが走り倒れてしまった。そのあと歩行障害に見舞われ、満足に歩けない状態が続いているとアンナは証言した。女主人のノイマイヤーは部屋の掃除をしてから敷居にゴミを置いたままにしていた。それで悪霊を呼び寄せたようとしたので、自分は悪霊の攻撃にあったのだという女中の主張は、敷居魔術の行使を訴えているのだ。敷居の下に魔術の鍋を埋めたり、ゴミや液体を敷居に撒いたりして引き起こす魔術である。女中のアンナはノイマイヤー家をやめて、ユンカー（地方貴族）のブルック家で働いていたが、この日は荷物を取りに戻ったのだ。女主人はお別れに温かいビールを勧めたが、アンナは辞退した。奉公をやめたことに良心の呵責を感じており、女主人の復讐を恐れたからだ(286)。条件のよい職場への転職は、アンナに元の雇用主への負い目と恐れを感じさせ、ストレスが引き金となって病気を誘発した、というのが真相ではないだろうか。

一五六七年、ヒルデスハイムの魔女被告人の自白に、ニワトコの葉の煮汁と雌鶏の血を隣家の扉の前に撒いて、その家の子どもを病気にしたというのがある。最初に敷居を跨いだ者に災難が降りかかる敷居魔術である。(287)

敷居魔術は害悪をもたらす魔術とされているが、元々は善悪両用のものであり、家と家族を守ってくれる善良な守護霊を呼ぶ魔術でもあった。戸口に蹄鉄をかけたり、枝や葉で作った輪（リース）をかけるのも、敷居を守る魔術の一種といえる。(288)

一五二三年のヴィンターベルクでの訴訟では、殺そうと思う人の家の敷居に豚毛と人骨を埋めろと悪魔が教えてくれた、と二人の魔女被告人が証言している。(289)

魔女が接触や呪文や呪物によって人や家畜に被害を及ぼすという考え方は、接触や祝福や聖物で治す治療魔術の逆の論理である。つまり治療と害悪は同じものの表裏をなしているのである。

本来、魔術は善悪両面を持つ両義性を含む技であった。それが、善と悪を二つに分けるキリスト教神学の善悪二元論によって、すなわちアウグスティヌスの神の国と悪魔の国の二項対立論によって、彼の善霊の持つ両義性、魔術の持つ両義性が否定されたのである。印刷術や大学制度の発達によって彼の著作が普及し始め、学識法曹と呼ばれる人々が神学理論を深く身につけていたからこその魔術の否定である。最高学府で学んだ人ほど悪魔学に通じていて、悪魔と同盟を結ぶ魔女を排除しなければならないという意識は高かったといえる。しかし、魔女狩りを実際に押し進めたのは支配者当局ではなく、共同体の民衆の方であった。悪魔学の知識からではなく、災害、疫病、天候不順、戦争などによって疲弊と窮乏の中で生活していた民衆が、生存意欲を失わないために、あるいは自己弁護のために魔女告訴に走ったのだ。自己嫌悪に陥ることから何とか立ち直ろうと、不幸の原因を他人に求め、それを取り除くことにより未来の自分の幸せを願う、哀しくも残酷な民衆の知恵と信仰の結果でもある。

両義性はしばしば言語にもあらわれる。ギフト（Gift）という語は英語では「贈り物」をさすが、同じゲルマン語のドイツ語では「毒」を意味する。しかし語源的にはこの言葉は元来、贈り物（Gabe）を表わす語だ。フランス語の「毒（poison）」が本来、ラテン語の飲み物（potio）から発生したものであることを考えると、「贈り物」と「毒」の関連が暗示されているように思える。[290] 恋人への贈り物が、逆に恋人を殺す毒となってしまう。ギフトの両義性は恋人の間で最も顕著に現れるといえる。ドイツ語のミットギフト（Mitgift）という単語は「結婚の贈り物」という意味だが、ミット（共に）とギフト「毒」という語から成り立つ合成語で、本来「毒と共に」という意味から成る単語だ。贈り物には本来、必ず毒が含まれていた。とくに愛情がらみの場合は「毒」と直結する。

その代表が林檎である。恋の魔術に使われる贈り物「林檎」は、原罪の象徴である。それを食べた結果、人間は不死の命を失い、死すべき存在にされてしまったのだから「死」をも意味する。白雪姫の継母が姫に与える贈り物として有名だが、林檎は害悪魔術をもたらす道具としてよく使われた。子どもに林檎を与えることは、したがって女性にとって危険を伴うことであった。子どもの麻痺や盲目や死などは、とりわけ低地ドイツ語地域では女性からもらった林檎を食べたせいにされた。[291]「贈り物」は「毒」と表裏一体をなす言葉である。とくに愛情がらみの場合は、「毒」と直結するということを肝に銘じるべきである。

(3)　子どもを食べる魔女

メルヒェンの魔女だけでなく、魔女狩りで迫害された人々もまた子どもを食べる魔女像と結びつけられている。乳飲み子を火にかけた釜の中に放り込む女性や小さな子どもを直接火の中に投げ込む女性の姿が、魔女に関する論文の表紙絵にされている。[292] 一四八七年の『魔女の鉄槌』では産婆が想定されており、洗礼前の新生児を悪魔に手渡し、殺した子どもから軟膏を作り、そのうえ子どもを食べるとされている。また一六二七年の『魔女新聞』にはフロイデンベルク出身の産婆が新生児を殺して釜に入れ、水煮にして悪魔と共に食したというフランケン地方の魔女審問の内容が報告されている。その際、産婆は母親に自分の子供の代わりに悪魔の子を「取り替え子」として揺り籠に置いていく。[293] さらに、産婆は子どもを煮た汁を路地や敷居に撒いて人々に麻痺を起こさせたりする。

子殺しの儀式は古く、キリスト教や異端のテンペル派やカタリ派、ユダヤ教にまで見られる。ユダヤ教のサバトの概念を魔女に転用し、取り替え子の話のような古い神話を挿入して、子どもの敵である魔女、子どもを食べる魔女の概念が成立した。[294]

前述のフロイデンベルク出身の産婆は、不器用で赤子を取り出す際に頭を強く押しつけて圧死させてしまったことが数回ある。それで魔女として告訴されたのだが、現実には産婆が魔女として告訴される例は極めて少ない。[295] 極端に多くの赤子を職業上の過失で産婆が殺してしまった場合に限られる。生命を取り出す重要な仕事に携わる産婆は、社会にとって必要不可欠な存在であり、一般に尊敬されこそすれ、迫害されることはなかった。産婦と接触があった他の女性たち、すなわち産辱奉公人や近隣の婦人たちが、赤子が死ぬと魔術で殺したのではないかと疑われ、魔女として告発されたのである。(296)

マルガレーテ・ミュラーは、一六五七年に生後六週間の隣家の嬰児を魔術で殺した罪で告訴された。彼女はハンス・ミュラーの妻で、隣人ラントフェルデンの妻が出産したので、産後の見舞いに二回隣家を訪れて乳飲み子を抱き上げた。一回目は洗礼の二日前にやってきて揺り籠から赤子を抱き上げると、赤子が泣いたので口にキスをした。するとその後赤子は何も飲まなくなった。おそらくマルガレーテが口にキスしたので赤子の口が「閉じられた」のだろう。洗礼後赤子は回復し再び元気になった。二回目は一週間後にマルガレーテが再度やってきた時である。義理の父が隣家の祖母を草刈り人として雇いたがっているということを伝えるために来たのだが、彼女は赤子に会いたがり、揺り籠の被いを取って「可愛い子だね」と言いながら頬を軽く叩いて愛撫した。その後、乳飲み子は再び病気になり、しばらくして死んでしまった。これによってマルガレーテが赤子に「吸い取るものか蝕むもの」を与えたという嫌疑がかけられた。(297)マルガレーテが触れる度に赤子は病気になった。一度目は洗礼の後回復したが、それは神の力によって悪魔の力が打ち負かされたので害悪魔術が封じられたと解釈された。しかし二度目の時は、神の力や祈りという対抗魔術がなかったので、魔女の害悪魔術にかかって赤子は死んでしまったというのが告発の理由だ。(298)

実際、衛生状態が良くなかった当時の生活では、新生児の口にキスをしたり抱擁したりする行為は病原菌を移す可能性があり、慎むべき行為であった。しかし、隣人との人間関係が良好なものであれば、抱き上げたりキスしたりする行為は愛情表現と受け取られるだけで、病気の原因、すなわち死に導く魔術の行使などとは解釈されるはずがない。隣人関係に摩擦や紛争が存在しているからこその告訴である。当時の村落共同体では、隣人と行動を共にしなければならない場合が頻繁にあった。近世ヨーロッパでは産婦は産後六週間は赤子と共に自宅で静養し、近隣の女たちの訪問を受ける習慣があった。見舞いや挨拶や世話をうけながら六週間後に、産婦は産後初めて外出し、教会で自らの浄めと赤子の洗礼を受ける。教会への外出は通常、近隣の女たちに伴われて行われたし、また女同士の相互扶助の場である産婦の部屋は、噂話の花が咲く社交場でもあった。(299) マルガレーテに対する魔女疑惑は、噂話で彼女に牛乳魔術の嫌疑がかかっていることを知った人々によって、ますます強められていった。

一六六九年アウクスブルクで産辱奉公人アンナ・エベラーが、魔女として告発され処刑された。絵入りのビラによると、彼女が働いていた多くの家で生後六週間の赤子が乳を飲まないという奇妙な病気にかかり死んでしまったそうだ。(300)

乳飲み子が乳を飲まなくなるということは、病気で体力が弱ってきたからと思われるが、それがここでは産辱奉公人や隣人の魔術のせいにされた。新生児の扱いに慣れない母親のせいかもしれないし、衛生状態が悪い環境のせいかもしれない。赤子は抵抗力がないのですぐに病気に感染しやすい。それを魔女が生気を吸い取ったと解釈された。そう思い込むことで、親は子を亡くした悲しみに打ち勝つ力が湧くのであろうか、ステレオタイプの告発が繰り返された。

魔女による嬰児殺しは、しかしながらいわゆる嬰児殺しの犯罪とは異なるものである。一六世紀半ばから一八世紀半ばまで都市部を中心に多発した嬰児殺し裁判は、「主として奉公人の女性と手工業職人や雇い主ないしその息子との間に生まれた子が問題となっている。ここにはいわゆる愛の魔術が入り込む余地はなく、妊娠して捨てられ、出産したら解雇されるという追い詰められた状況にあった女性がおこなうものであり、愛の魔術を使って魔女として告発されるというほどのゆとりもないのである。魔女裁判と嬰児殺し裁判はまったく別のカテゴリーに属するものだった」[301]。害悪魔術での嬰児殺しは通常、他人の子どもに行使されるが、嬰児殺しでは未婚の母が不義の子である自分の子を自ら始末するところが、両者における重要な相違点である。いずれも同時期に多発した女性による犯罪の典型であるが、裁判において両者が混同されることはまずなかった。女性犯罪の件数が最も多かったのは、むしろ嬰児殺しの方であった。同様に極刑に処せられたが、嬰児殺しには生き埋めと溺殺、斬首が用いられ、魔女罪には火刑が適用された。公権力による刑罰強化と摘発の増加、および[302]社会構造の変化と婚姻外妊娠への不寛容が、この時期に嬰児殺し犯罪の増加を招いたと考えられている。

図24

(4)　性愛魔術

『魔女の鉄槌』が害悪魔術として真っ先にあげているのが、この性愛魔術である。男を不能にし、女を不妊にして、夫婦の営みを妨げる魔術、男の性器を取り去る魔術、愛情や憎悪を起こさせる魔術、動物への変身の魔術などを性愛がらみの魔術として厳しく弾劾している。[303]［図24］魔女は悪霊の力を借りて男性性器を取り去るという主張は、性的能力を喪失した夫たちの妄想、独身を強いられた聖職者の妄想ではないかと勘繰りたくなるほどである。だが、妄想として片付けてしまうには強すぎる思い込みがそこには存在している。性愛魔術が民間で行われていたことは、一一世紀に作られたヴォルムスの司教ブルヒャルトの贖罪規定書を見てもわかる。「汝は汝の悪魔的な謀り事の力を借り、汝の夫の愛をより一層強めるため、夫の精液を飲んだか……汝は一部の女たちがよくやるようなことをしたか。それらの女どもは生きた魚を自分の秘部の中に押し込み、魚が死ぬまでそうしておいて、然る後魚を焼くかして、自分の配偶者に食べさせる。それは夫の愛を一層燃え上がらせるためである……汝は一部の女たちがよくやるようなことをしたか。それらの女どもは前屈みになって、脇腹を剝き出しにしてから、裸の背中の上でパンを捏ねさせる。それを焼いて自分の夫に食べさせるのだ。その女どもは夫の愛を一層燃え上がらせるためにそうしたことをする。[304]」この他、自分の経血を採り、料理や飲み物に混ぜて夫に食べさせることによって夫の愛の力を強めようとしたことや、恋人が他の女と結婚して自分から離れようとしているのを知ると、魔術で男の情欲を消し、新妻と性交ができないようにしたことなどが罪として挙げられている。[305] これにより中世には少なくとも民間の性愛魔術が存在したことがわかる。女性は男性の性的能力や愛情を自在に操る術を使うことができると思われていたのだ。

性愛魔術での告訴例としては、ホルン市のところで述べたカトリーネ・アッシャーハイデの事例が当てはまる。一五八三年の夏の終わり、寡婦カトリーネ・アッシャーハイデは恋人ヨーハン・ホルテノッセンが結婚の約束を破棄し、より条件のよい他の女と結婚したのを怒り、結婚式の夜に新郎新婦の部屋に石を投げて窓を壊した。この行為が魔術での報復と認定され、「魔術の石」を入れて不能、不妊、不和をもたらしたとして、性愛魔術の疑いで告発された。(306) 結婚を約束して裏切られた女性の哀しさ悔しさに対する配慮は全くなく、打算により女を捨てた薄情な男性の性障害にのみ同情をよせた裁きを、被害者と加害者が逆転していると感じるのは、現代の視点から判断するからであろうか。結婚は愛情によってするものではなく、地位や持参金を考慮の上決定する一種の商取引のようなものであった近世においては、男の打算による結婚は社会規範に適合したものであり、咎められるべき行為ではなかった。とはいうものの女を捨てたことに対する良心の苛責が男を悩ませ、新妻との交わりに支障を来す場合が多かった。結婚がらみの苦情や問題では被害者である女の復讐を恐れる男は、相手を魔女として告発し、女が焚殺されて初めて男は安堵したのだ。

結婚がらみの告発は前述のホルン市でもう一件ある。一五六三年七月に告訴されたエリーザベト・ポイゼンダールの事例だ。彼女はヘルマン・ロセの妻イルゼを魔術で病気にして殺した罪で逮捕された。ヘルマンは元々エリーザベトの娘アネケとの結婚を望んだのだが、家族に反対されたのでイルゼと結婚することにした。結婚後イルゼは病にかかって死ぬ。イルゼの死後一八週間しか経っていないのにヘルマンはアネケと再婚した。これは死後六ヶ月後という規定を無視していた。人々はアネケの母エリーザベトが娘をヘルマンと結婚させるため、前妻イルゼを魔術で呪い殺したのだと噂した。噂により告発されたエリーザベトはポイゼンダール家という名家に属していた。(307) 一家は有能な弁護士を雇って必死の弁論作戦を展開したので、結局彼女は証拠不十分で釈放された。

一六二九年バイエルンのライヒャースホーフェンでバーバラ・クルツハルスが次のように自白した。彼女は最初の夫ミヒャエル・ロイターともう一人の男ヴォルフ・ヴィットマンの男性性器を奪い取った。悪魔からもらった軟膏を手に塗り、「二度と私とできないように悪魔の名においておまえのおちんちんを取る」と言いながら、夫の「もの」を掴んで取り去った。数日後彼女は夫の性器をイルム川に投げ込んだ。彼女のこの自白は審問の際、男たちに無理に言わされたものか、あるいは嫌な夫の性器を魔術で防ぐため、彼女の想像力が生み出したものとも解釈できる。(308)

魔女像の性的要素は今日では専ら男性の想像力によるものか、あるいは精神分析学的には男性の去勢恐怖に対する表現として解釈される傾向がある。それは一九世紀に成立した妖婦（Vamp）という見解、すなわち男性を誘惑して食いつくす魔女には当てはまるかもしれない。しかし近世初期の魔女が「夫婦間の下肢」に魔法をかけ情交を迫る能力を持っていたとしたら、それは自在に快楽と欲求を起こさせたり取り去ったりする女性の力に対する男性の恐怖心として、安易に片付けることはできない。あらゆる害悪魔術の概念と同様に、男性の性的能力を奪い去る魔女像は、現実を象徴的かつ具体的に表現したものである。というのは、魔女がもたらす害悪は、食料の損失、生命力の奪取、豊饒の剥奪を意味しているからである。魔女は牛から乳を盗み、女性の乳房から母乳を干上がらせ、血液や精液といった液体と考えられていた生命力を枯渇させた。魔女は産み出す力を奪い去るという概念が、これら一連の行為には共通する。魔女が男性と女性の実りを取り去る、つまり不妊にすることができるのは、動物や畑を不毛にするのと同じことだ。男性性器の喪失は生産力の損失を象徴しているといえる。(309)

性愛魔術は主として妻によって行使された。夫の愛や欲求を確実なものにするため、彼を自分にしっかり結びつけ、他の女のところに行かせないようにするものである。すなわち男たちを他の女に対して不能にするため、魔術が使われたのだ(310)。

リッペ伯爵領アトム・プロンベルク出身の羊飼いドロテーアは性愛魔術の専門家であった。一五六一年に行われた彼女の魔女裁判では、彼女から薬草や小枝をもらい、相手の女のベッドに置いておくように言われた、と証人が陳述している。魔術の道具は男がこの女性との性交が成就しないようにすることと、正式な花嫁として彼が自分を欲するように仕向けるためのものであった(311)。

一五八四年、ホルン市でマリー・ローゼラーは町の秘書官である義理の兄が市参事会員であるヘレン家のアンナと結婚したことが許せなかった。だから彼女はアンナ・フォン・ヘレンに重い月経障害を起こさせる飲み物を与えた。それによってアンナは妻の務めを果たす能力が減退し、妊娠も危ぶまれる状態に陥った(312)。

「大婦間の下肢」に魔法をかけたり、人々に性交を強要する性愛魔女は、男性性器を鳥の巣に集めて要求に応じて配布するという滑稽な行為もする。しかしまた、結婚の約束が破棄され社会的地位や経済的保証を失った女性が、生存権を脅かされた場合、性愛魔女は威嚇的な力を行使したりもする(313)。

(5)　天候魔女

これまで紹介した魔女は個人が個人を脅かすものだが、天候魔女は数人の個人集団が大集団を脅かすものであり、多くの人に不幸をもたらす犯罪である。つまり天候を左右するために多くの魔女が共に行動したのだ。悪天候は国全体に不毛をもたらすので、天候魔女は特別に危険な存在とされた。従って一旦嫌疑を受けると、その女性の家族は何世代にもわたって迫害を受けることになった。天候を左右する女性という概念は元来魔女信仰の一部であった。魔女裁判では天候魔女の訴追は一定の地域に限られていた。天候魔術は南ドイツとアルプス地方では魔女罪による告訴のステレオタイプ的罪状であったが、北ドイツでは例外的罪状であった。とくにブドウや果物を栽培する地域、すなわち天候依存度が高い文化圏で天候魔術は恐れられた。雹に叩き付けられたり、霜にやられたりすると収穫物が壊滅状態になる。借金と経済的破綻はとくに零細農家を脅やかす。ワイン醸造や果物栽培で生計を立てている人々にとって天候魔女は、経済的不安をもたらし、生存権を侵害する存在であった。天候魔術が告発された魔女裁判は、不作続きの結果、経済危機と社会的緊張が頂点に達した時期に多い。[10]

以上の地域が宗教的にもカトリックとプロテスタントに分かれていることにも注目したい。南のカトリック地域では天候魔女の告発は多いが、北のプロテスタントの地域では殆どない。すでに述べたように天候は神の意思によるものであって、魔女が左右できるものではないというプロテスタントの教義に基づいた論理からである。

天候魔女は一体どのような姿をしているのだろう。一四九〇年にウルムで印刷されたウルリッヒ・モリトールが著した小冊子に挿入された木版画「魔女と呼ばれる悪い女たち」は、天候魔女の姿を詳細に描き出している［図25］。無名の版画家によるものだが、雹を製造する二人の魔女の姿が、普通の主婦となんら変わらない姿で描かれている。頭にスカーフを巻き鍵束を腰紐にぶら下げるといった、主婦の地位を象徴する印まで明瞭に描き出されている。これによってすべての女性が魔女になることができるということと、外見だけで魔女を見分けることは不可能であると言うことがわかる。次の上

図 25

にいる雄鶏と蛇は、伝統的に魔術に使われる動物であるが、同時にまた豊饒と変化の象徴でもある。旧約聖書にも現れている蛇はまた悪魔でもある。壺から立ち昇る煙は雲を作り、その雲が雹を降らせる。この絵は雹の製造に関して一般に流布していた概念を具体化したものである[315]。

一五六五年ハーナウで、マルガ・ブレーゲルとアンナ・ゲルラッハが魔女罪で告訴された。彼女たちは一五六四年四月に悪魔にそそのかされて、エルス・ゴットとアンナ・ゴットと共に天候魔術を行使し、それによってブドウ畑が寒害を受けたというのだ。アンナ・ゲルラッハが言うには、小枝に火を付けて木や葉を燃やしたら、その煙がブドウ畑や他の果樹園にまで広がっていったそうだ。マルガ・ブレーゲルが壺の中で何かを火で焙って製造し、それによって悪天候が生じたと陳述した。天候魔術は火の回りでの踊りを伴う。その間に液体の入った壺が覆されて魔術が効き始める[316]。

一六二九年、バイエルンのライヒャースホーフェンでバーバラ・クルツハルジンが告発された。彼女は他の女性たちと一緒に悪魔にもらった粉末と軟膏を、悪魔の誓いを唱えながら火の中に投げ込んだ。その結果、空から雹が降ってきた。収穫物を壊滅状態にする霜も他の方法で作り出した。魔女の尿もまた雹の製造に使用された。尿と水を混ぜて壺の中で調合して製造された[317]。

雹の製造方法を描写する魔女の陳述は、雹祭りの儀式に基づいたものである。雹祭りでは作物を雹の被害から守るため、火を炊いてその煙で悪天候や悪霊を追い払おうとする。神に田畑の実りを祈願する「天候警鐘」が、天候魔女や天候悪霊を追い払い、悪天候や被害を避けようとするのと同様に、雹祭りも雹を避ける一種の「対抗魔術」である。民間信仰としての天候祈願の儀式は、魔女が行う害悪魔術と表裏一体の関係にある。つまり悪天候を避ける「祈願」が、そのままの形式で「魔女術」になっている。魔女被告人たちは魔女術とは「祝福」の逆、つまり「災い」であるということを熟知していたのだ(318)。

一五二三年ヴィンタープルク出身のアーデルハイト・エッピングホーフェンはゲルトルート・ハスケンとカタリーナ・ヘルデと共に、日照り続きだったので大雨を降らせようとしたと白状した。それはいかなる被害ももたらさなかった。彼女たちを魔女として処刑するには、この儀式を魔女罪のステレオタイプである悪魔との結託に結びつけた自白が必要であった。そこで彼女たちは、魔女の踊りを悪魔と一緒に執り行ったと陳述させられたのである(319)。

豊饒儀式と雨乞い魔術は農民社会の伝統儀式であった。キリスト教以前からのこの儀式は、中世にキリスト教教会によって迷信または異端として禁止された。前述のヴォルムスの司教ブルヒャルトによる贖罪規定書（一一世紀）に魔術に関するものがある。それは未婚の若い女性の集団から一人の少女を選び出し、裸にして小川まで連れていき、若枝で水面を叩いて少女に水をかけたら罰せられるという規定だ(320)。

キリスト教教会が厳格な規定を設けて禁止しなければならないほど、魔術や呪術に頼る信仰は、風習として民間の中で深く息づいていた。だが、知識階層の人々はこのことを苦々しく思っていた。シュトラースブルク大聖堂の説教者、ガイラー・フォン・カイザースベルクは一五一六年に出版した教理問答集で、四旬節の特別説教として次のように述べている。魔女は小川の中に入り、バケツの水を頭から空中に投げることによって悪天候を作り出すというが[321]、「バケツの水を後ろに投げて呪いを唱えても雹が生じるのではなく、この儀式を見ている悪魔がやって来るだけだ」と。学識者たちは魔女の中に、魔術の力を確信して害悪を呼ぶ儀式を執り行う女性たちの姿を見ていたのだ[322]。

西洋近世の社会では作物の実りと人や動物の命を育む豊饒信仰は、キリスト教導入後も根強く人々の中で息づいていた。豊饒信仰の神々は産む存在である女性と結びついた女神たちであることから、女性は男性から畏敬の念を込めて見られていた。乳産品などの食料の増減、病気や怪我や死などに対する影響力、性欲を自在に操る力、天候を左右する力などに女性が絡んでいるとみられるのは、キリスト教以前の豊饒神である大地母神への信仰からである。キリスト教側がいくらそれを迷信であり悪であると主張しても、民衆の伝統や風習の中に溶け込んでおり、容易に排除できるものではなかった。豊饒儀式そのものを悪として叩くのではなく、豊饒儀式を悪魔が魔女を通じて行わせる害悪魔術であると位置づけ、人々の不幸の源としてそれを行う魔女の排除を呼びかけたのである。古代の豊饒信仰の頃には専門の魔術師によってなされていた儀式が、近世の魔女狩りでは全ての人（主に女性）が魔女として儀式（魔術）を行い得るという確信のもとに、犯人捜しが村をあげて行われた。噂が噂を呼び、疑惑に嫉妬と不安が加わることによって確信に変わり、特定の女性、すなわち社会的弱者であるよそ者、寡婦、老婆、貧民などの要素を備えた女性が魔女として告発された。そこには災害や障害や不幸の原因である魔女を処刑することによって、ようやく安堵の胸をなで下ろす人々の姿があった。裁判ではキリスト教の善悪二元論が持ち出されて魔女が断罪された。神の国を滅ぼそうと企む悪の軍団は、神の国を滅ぼし悪魔の国の樹立を願っている。その手先が魔女であるという神学理論は学識法曹たちの心をとらえ、魔女迫害をエスカレートさせた。一方、神学理論に疎い一般民衆は、降りかかる災難や災害に不安を感じ、怯えからその原因を慣れ親しんできた呪術に求め、魔女迫害に走ったのである。近世初期の西洋キリスト教社会の魔女狩りは、知識人と民衆がキリスト教社会と生存権を守るため、一団となって取り組んだ現象といえる。

第III部　グリム童話の魔女と魔女狩りの魔女被告

(1)　牛乳魔女

現実の魔女告発の中では、牛乳と結びついたものが最も多いのに、グリム童話の中では牛乳魔女は出現しない。ただ、牛乳が貴重な食料品であるということがわかる表現は多い。「マリアの子(KHM3)」では、「天国で娘は結構な暮らしをした。クッキーを食べて甘い牛乳を飲んだ」と書かれている[323]し、「ヘンゼルとグレーテル(KHM15)」では魔女の老婆は子どもを家に招き入れると、「牛乳に砂糖入りのパンケーキ、林檎にクルミという上等の御馳走」でもてなした[324]。牛乳は当時の人々にとっては、貴重な食物であり、御馳走だったのだ。とくに牛乳を白パンと一緒に食べるのは贅沢で、人々の憧れでもあった。「狐のかみさんの結婚(KHM38)」では狼が寡婦の狐に求婚にきて、女中の猫にごちそうは何と聞くと、「白パンをくだいて牛乳に入れている」と答える[325]し、「森の中の老婆(KHM123)」では、盗賊に襲われて飢死しそうになっていた女中に、鳩は鍵を渡して、その木を開けるとごちそうが入っているという。開けると中には「小さな鉢に入った牛乳と、その中に砕いていれる白パンも添えてあった」と表現されている[326]。さらに「嫁とりハンス(KHM84)」でも、金持ちの嫁を世話してやろうとして叔父は、ヘラー銅貨をハンスに握らせ白パンを牛乳の中に入れていろと命令する。となり村の金持ちは「そいつは物持ちかい？　牛乳の中にちぎっていれるパンはあるかい？」と聞く。[327] つまりここでは、白パンと牛乳を毎日食べられるかどうかということが、金持ちであるかどうかの判断の基準になっている。総じて貧しい暮らしをしていた庶民にとって、白パンと牛乳は貴重な食べ物であり、容易に口にできるものではなかった。そのことが明確に表現されているのが「やせのリーゼ（KHM168）」である。ここでは、もしお金があったら牝牛を買う、「そうしたらいくらでも乳を飲んで疲れをふっとばすんだが」と夫が言うと、「おまえさんが飲む乳なんかないよ」と妻のリーゼは言う。乳は子牛に飲ませて太らせて高く売るという妻に、「でも、ほんの少しならどうってことないだろうよ」と夫が言う。「おまえさん、どこで牝牛の扱いを習ったんだい。どうってことあろうがなかろうが、わたしはそんなことさせないよ。おまえさんなんかには逆立ちしたって、牛乳なんて一滴もやらないからね」と言って妻は怒る。[328] 貴重な牛乳を夫に飲ませないという妻は、牛の飼い方もわからないくせにと夫をなじる。馬以外の家畜の世話は妻の仕事だったから、牛の世話も乳搾りも妻の仕事領域に属する。乳の配分は妻が行うことで、夫の権限が及ぶところではない。貴重な牛乳の使い道は、一家の家政に重要な意味を持つ。夫といえども容易に消費させるわけにはいかないという妻の剣幕は、役割分担の厳しさを伺わせる。牛の世話も牛乳の管理も妻の仕事領域に属することだったのだ。

牛乳魔女ではないが、牛と悪霊の関係を暗示するエピソードが「親指小僧（KHM37）」にある。牛に飲み込まれた親指小僧が叫ぶと、乳を搾っていた女中は牛が口を利いたと思って大慌てで牧師を呼びに行き、悪霊がとりついたと思って牛を殺す[329]。貴重な牛は悪霊に取りつかれやすく、魔女にも狙われやすい。西洋近世の庶民生活にとってそれだけ守らねばならない財産であったのだ。

(2) 病気や死を呼ぶ魔女

病気や死をもたらす魔女はグリム童話の中では二話にしか現れない。「兄と妹（KHM11）」と「白い花嫁と黒い花嫁（KHM135）」だ。

「兄と妹」では、お妃が可愛い王子を産んだとき、王様はちょうど狩りに出かけて留守だった。老婆の魔女は腰元になりすまして、お妃が寝ている部屋に入り込み、「おいでください、お風呂の支度ができました。お風呂は体にいいし、力が出てきますよ。冷めないうちに、早く入ってください」と言う。そして体の弱った妃を、実の娘と二人で湯船に入れ、火をどんどん焚きつけて熱気で殺す[330]。この魔女は継娘が妃に出世し、実の娘が良縁に恵まれないのを不憫に思い、継娘を殺して、実の娘と入れ替えてしまう。

「白い花嫁と黒い花嫁」では、老婆の魔女は魔女術で御者の目を半分盲目にし、継娘の耳を聞こえにくくする。そして衣服を取り替えて白く美しい継娘ではなく、黒く醜い実の娘を王の花嫁として差し出す。王は怒って御者を蛇の穴蔵に閉じ込めるが、魔女が魔術で王の目を半分見えなくしたので、気にならなくなり、黒い娘を花嫁にする[331]。

殺人を犯す魔女はいずれも継母で、殺すのは継子だ。運のない実子に比べて、玉の輿の結婚をした継子が妬ましく、その運を実子の方に向けるため、継子殺しを断行する。害悪魔術で人や家畜を病気にしたと告訴された魔女裁判の被告人とは全く異なる。

病気や死をもたらすのは、グリム童話では魔女ではなく神だ。死神や聖者の場合もあるが、神が最も多い。「死に装束（KHM109）」では七歳のかわいい男の子が「急に病気になり、神様にひきとられた」とあるし[332]、「わがままな子（KHM117）」でも、母のいうことは何一つきかないわがままな子を神様はよく思わず、病気にさせて死なせてしまう[333]。人の生死は神により決定されるものであるから、よい子も悪い子もいずれも神に召されてしまう。痩せた聖母子像に心を痛め、毎日聖母に自分の食事を半分届けた男の子も、その善行のために神に召され「永遠の婚礼」に連なる（「天国の婚礼（KHM209）」）[334]。

生死を操る神の力は絶大で、ときには死人を甦らせることもできる。「焼きを入れて若返った男（KHM147）」では、神様が病気の老人を火の中に入れて焼いてから、水の中に入れて祝福を与えると、老人は若者になって甦った[335]。そんな神の力を代行する存在が、聖ペテロである。聖ペテロにも病気を治す力があり、ぬり薬で病人を治してしまうし、死人を生き返らせることもできる（「うかれ大将（KHM81）」）[336]。

神様と聖者以外で、生死を決定するのは死神だ。死神が病人の枕もとに立つと治り、足元に立つと死ぬということを知っている男が、名医としてもてはやされる話が二話ある。「名付け親（KHM42）」と「死神の名付け親（KHM44）」だ。また、死神は迎えに行く前[337]、熱や震えや頭痛や耳鳴りによって、死が近づく信号を本人に送っているという（「死神の使い（KHM177）」）。

人に病気をもたらして生死を左右する魔女狩りの魔女は、グリム童話には出現しない。命を救う方法は、山に生える木の根だと野兎が知っていたり（「二人兄弟（KHM60）」）[338]、黄金の百合の様子で人の生死を判断したり（「黄金の子ども（KHM85）」）する[339]。また、老婆より男の老人のほうが治療薬に詳しく、王の病を治す命の水の在処を知るのは老人だ（「命の水（KHM97）」）[340]。薬草や水が生命を取り戻す力を与えるという発想は同時に、奪うということにもつながるが、ここでは奪う方は現れない。

ただ毒薬は魔女との関連であらわれる場合が多い。魔女が作った毒薬に触れて馬が死に、馬肉を食べたカラスが死に[341]、カラスを食べた人々が魔女を含めて全員死ぬ（「なぞなぞ（KHM22）」）という頓馬な魔女の話もある[342]。また、魔女ではないが魔女術を使う白雪姫の継母は、毒の櫛を作って白雪姫を殺そうとする。また「ヨリンデとヨリンゲル（KHM69）」[343]では女魔術師が、屋敷に侵入してきたヨリンゲルを見つけると、怒って唾や毒を吐きかけてくる。しかし魔女の毒は本当に殺すまでにはいたらない。白雪姫の場合は毒の櫛や林檎で姫は死んだようになって倒れるが、必ず回復する。ヨリンゲルでは女魔術師の吐く毒は彼に届かないし、「なぞなぞ」では魔女の毒は回り回って、結局魔女自身を殺すことになってしまう。なんとも間抜けな話だ。

人を盲目にするのも魔女被告人の仕業とされたが、グリム童話では性悪の靴屋だったり（「二人の旅職人（KHM107）」）[344]、大男だったり（「恐いもの知らずの王子（KHM121）」）[345]する。ただし盲目ではないが、視力を減退させ見分けにくくする力を発揮する魔女はいる。「白い花嫁と黒い花嫁（KHM135）」の御婆の魔女は、魔女術で御者と王を半分盲目にして、人を正しく見分けられなくする。人を完全に盲目にする力は神のもので、意地悪をした罰として「灰かぶり（KHM21）」の継姉さんたちに与えられる[346]。

また、「ラプンツェル（KHN12）」で王子が塔から身を投げ、茨で目を刺して盲目になったのも[347]、女魔術師のせいではなく、神の思し召しと考えられる。魔女は麻痺や盲目をもたらすという魔女裁判での陳述内容は、グリム童話では見当らない。ただ、一方は足をひきずり、もう一方は盲目だという表現は馬と人とによく使われている[348]。麻痺と盲目は人目を引く病気であったことが伺われるが、魔女によってもたらされる病というわけではない。

一方、魔女裁判の陳述に現れる敷居魔術は、グリム童話にも出現する。例えば「森の中の三人の小人（KHM13）」では、アヒルに変身させられた妃が小僧に、「王様のところに行って、剣を持って敷居に立ち、私の頭の上で三度振ってくださいと伝えてちょうだい」と言う。王様がそうするとアヒルはもとの妃の姿を取り戻す[349]。また「三羽の小鳥（KHM96）」でも老婆は妹に鞭を渡すと、敷居のところに鞭を置いて歩いて行き、城の裏手の井戸からコップ一杯の水と鳥籠を取ってきて、敷居のところで再び鞭を拾いあげ、それで犬を打つようにと教える。そのとおりすると犬は王子に変身し、魔法が解けて皆が幸せになる[350]。また「子羊と小魚（KHM141）」でも、子羊を刺し殺すため、料理人が敷居で包丁を研ぎ始めると、小魚が流し口までやって来て、殺される悲しさを訴えるので子羊は命拾いをする[351]。要するにグリム童話の敷居魔術は、魔術の呪いを取り払ったり、命を救ったりする祝福をもたらす魔術、いわゆる治癒魔術である。人を病気にしたり、人に危害を加えたする害悪魔術、すなわち魔女裁判の原告側が主張するような魔女術としての魔術ではなく、古代の豊饒祈願の一貫として、人々の生活の中に根差した民間信仰としての敷居魔術なのである。

(3) 子どもを食べる魔女

子どもを殺して食べようとする魔女は三話に出現する。「ヘンゼルとグレーテル（KHM15）」と「めっけどり（KHM51）」と「子羊と小魚（KHM141）」だ。三話に共通しているのは、いずれも魔女が実際に子どもを食べるわけではなく、未遂に終わっているということだ。未遂どころか逆に魔女が殺されることもある。「ヘンゼルとグレーテル」の魔女は、グレーテルに突き飛ばされ、パン焼き釜の中で焼き殺される。[352] 魔女ではないが魔女術を使う「白雪姫（KHM53）」の継母は、継娘を殺して内臓を食べようとするがすり替えられ、実際に食べたのは猪の内臓だ。[353] 同様に「子羊と小魚」でも継母は継子を子羊に変身させ、それを殺して料理するよう命じるが、すり替えられて別の子羊を食べさせられる。[354] さらに山番の料理女である魔女も、拾い子を煮て食べようとするが逃げられる（「めっけどり」）[355]。子を殺して食べようとする魔女は、実際に成功した試しがない。一方、盗賊や大男は実際に人間を食べる。「盗賊の花婿（KHM40）」[356] では盗賊は若い娘を誘惑し、ワインで酔わせてから殺し、切り刻んだ体に塩をかけて食べてしまう。青髭と同じように、盗賊は見知らぬ金持ちの姿で家に現れ、娘に求婚する。金に目がくらんだ親はしぶる娘を説得し、無理やり嫁がせて、娘は殺されてしまう。青髭はグリム童話では「フィッチャー鳥（KHM46）」に男の魔女として登場し、婚約者として連れてきた若い娘がタブーを破ると殺すという残酷な男として描かれている。[357] 魔女裁判では他人の赤子を食べたとして老婆が告訴されているが、グリム童話では若い処女を食べる男性が、男の魔女や盗賊の姿で描き出されている。処女を「食べる」という表現は、おそらく「犯す」ということを象徴的に表現したものであろう。

この他に実際に人を食べるのは森に住む大男だ。彼は人食いで通りがかる人間をすべて食べてしまう（「太鼓たたき（KHM193）」）。[358] 母親が赤子を食べたという訴えはすべて濡れ衣で、実際は聖母マリアが赤子を取り上げていたり（「マリアの子ども（KHM3）」）、[359] 姑が気に入らない嫁を追い払うため赤子を隠し、嫁に子殺しの罪をきせようとしたにすぎない（「六羽の白鳥（KHM49）」）。[360] 魔女神話の赤子を食べる魔女は、グリム童話では見当らない。赤子が死んだのを隣人の魔女術にせいにする告発は、魔女裁判のステレオタイプだが、グリム童話では登場しない。

ただし、取り替え子は現れる。子供が悪魔にさらわれ、かわりに取り替え子が残されたという陳述が民衆の告発の中に見られるが、グリム童話の中にも現れる。「手なし娘（KHM31）」では、妃が玉のような男の子を産んだと書いた手紙が悪魔にすり変えられ、取り替え子を産んだと書かれた手紙が王に届く。[361] また「小人たち（三）（KHM39）」では、揺り籠の赤ん坊がさらわれ、代わりに頭でっかちでぎょろ目の取り替え子が置かれていた。そこで母親は隣家の女に相談する。彼女は卵の殻で湯を沸かして、取り替え子を笑わせると縁切りできると教えてくれる。教えられた通りにして取り替え子を笑わせると、小人がぞろぞろ現れ、自分の赤子を揺り籠に戻し、取り替え子を連れ去ってしまう。[362] 取り替え子の伝承は古く、奇形児が生まれると、本当の子どもの代わりに、ツヴェルクやアルプと呼ばれる小人が産婦のところに連れてきたと考えたようだ。[363]

グリム童話の中の取り替え子の話はそのような民間伝承に基づいたものといえる。しかしまた、魔女裁判での原告陳述からも同様の民間伝承を信じる人々の姿が浮かび上がってくる。しかしこの場合、取り替え子を連れて来るのは小人ではなく、悪魔の手先である魔女である。その結果、隣人や産辱卒公人や日頃から敵対している女性などに疑惑の目が向けられ、無実の人々が魔女として告発されるのである。

(4) 性愛魔術

グリム童話の中に現れる性愛魔術は、婚約者または妻がありながら、他の女と結婚しようとする男性に対して使われる。例えば「恋人ローラント(KHM56)」では、ローラントは継娘と婚約していたのに、結婚式の相談をするため実家に戻ると、「他の女の罠にかかって、娘のことをすっかり忘れてしまった」[364]。この罠がいわゆる「恋の魔術」である。女は魔術を使って男を恋に陥れる。愛情や憎悪を起こさせる魔術は『魔女の鉄槌』でも魔女による性愛魔術の一つとされている。

「鉄のストーブ(KHM127)」でも、王子は婚約者である姫のことを忘れ、別の女と結婚式を挙げる寸前であった。王子は姫が死んだものと思い込んでいた。だが、花嫁の差し出すワインを飲まず、眠らずに姫の訴えを聞いているうちに、王子は姫が本当の花嫁であることを思い出し、にせの花嫁のもとから逃げ出してしまう[365]。現代人の目からみれば、手前勝手で調子のいい男のように思えるが、愛情を左右する力は男ではなく、女が握っていると信じる世界では、浮気をする男にではなく、浮気をさせてしまう女に非があることになる。しかしここでは婚約者の存在を知らなかったのだから、花婿誘惑の罪を花嫁に負わすのは理に合わない。そこでこの花嫁はドレス欲しさに、夫と同床する権利を他の女に譲ったことにされる。つまり彼女は欲が深く貞操心のない女として描かれている。「歌うぴょんぴょん雲雀（KHM88）」でも同様に、王は「よその王女が私に魔法をかけて、あなたのことをを忘れさせたしまった」と妻にいう。(366)嫌がる夫を無理やり実家に連れて行き、危険な目に遭わせた罪が妻にはあるが、その後の妻の艱難辛苦はそれを補って余りある。よその女はここでも衣装欲が強く、ドレスと交換に元妻に夫と同床する機会を与える。こうして悪いのは浮気をした男ではなく誘惑した女だということにされる。性的魅力のある女が、恋の魔術で男の心をたぶらかしたのだという。

魔女は男の心を虜にする力がある。「キャベツろば（KHM122）」では魔女は自分の美しい娘に、宝の品を持っている若者を誘惑するよう命じる。案の定、若者は美人の娘に恋をして、宝物を巻き上げられてしまう。(367)「六人の家来（KHM134）」では美人の娘をおとりにして、魔女は若い男の命を取る。美しい娘に求婚する多くの若者に難題を出し、解決できない場合、魔女は若者の命を奪う。(368)美しい娘に恋をする若者は、分別をなくし、命がけで恋を遂げようとする。その激情の背後に人々は、魔女による恋愛魔術の行使を見たのである。

「太鼓たたき（KHM193）」でも王子は、王女が禁じたにもかかわらず、両親の右頬にキスをし、婚約者である王女のことを忘れ、母親の選んだ女性と結婚しようとする。王女はここでも、美しいドレスで王子と同床する権利を花嫁から買い取り、王子に自分の存在を思い出させる。王子は王女を本当の花嫁として両親に紹介し、自分がタブーを破って両親の右頬にキスをしたため、王女のことを忘れてしまったと反省する。(369)これは男性である王子が自らその非を認める画期的な行動だ。また、花嫁にはお詫びのしるしに三枚のドレスを与えて納得してもらったという表現まである。このメルヒェンはドイツ文学者カール・ゲデケの叔母が、廃品回収人シュテフェンが所有するデリクセンにある製紙工場で見つけたものだ。このことは一八三八年一二月一五日、ヤーコプ・グリムにあてたゲデケの手紙に記されている。「たとえ新しい民俗的要素が混入されているにしても不快なものではないし、なんといってもこのメルヒェンは古いものだと思われる」とゲデケは述べている。ヤーコプ・グリムはこれを一八四三年出版の第五版からグリム童話集に収録している。[370]

ゲデケの言う新しい民俗的要素の一つに、浮気の原因を男性の軽率な行動によるものと認める男の言葉が挙げられる。ここには啓蒙期以降の合理的思考法に基づいた判断が見られる。男の浮気を女性の性愛魔術の結果とみなした頃とは異なる視線が、このメルヒェンにはある。魔女狩りが啓蒙期に消滅に向かうのも、恋愛を左右するのは女性だけでなく、男女双方の感情の共鳴によるものであるという認識が生まれるからである。

(5) 天候魔女

グリム童話の中で天気を知らせるのはもっぱらおんどりの役目だ。「ブレーメンの音楽隊（KHM27）」では、おんどりが鳴いて「今日は天気がいいぞと知らせて」くれるし[371]、また、「幸運な三人の子ども（KHM70）」では「おんどりが昼間鳴いたら、天気が変わるから用心したほうがいい」と[372]も書かれている。おんどりは天気を知らせてくれる存在として、民衆に重宝されていたことがわかる。

天候魔術ではないが、ワインを出す井戸が干上がった原因が、ひき蛙（Kröte）にあるという話が「金の毛が三本ある悪魔（KHM29）」にある。井戸の底の石の下にいるひき蛙を殺すともとどおりワインが出る。[373] 井戸に魔術をかけて、ワインが湧き出さないようにする力を持つのは、ここでは魔女ではなくひき蛙である。ひき蛙は他の話、たとえば「三枚の羽根（KHM63）」では、害悪ではなく恵みをもたらす。馬鹿な三男が望むと、ひき蛙は素晴らしい絨毯や指輪を出してくれたうえ、美人の姫まで与えてくれる。[374] また「鉄のストーブ（KHM127）」では、森の中の一軒家に住んでいるひき蛙たちは、姫に食事や寝床を提供し、姫が目的を達成するのに必要な魔法の小道具まで与える。人に恵みをもたらすひき蛙は、同時に罰も与える。「親不孝な息子（KHM145）」では、鶏の丸焼きを老いた父親に一口もやらず、夫婦二人だけで食べようとした息子の顔に、丸焼きがひき蛙になってくっ付き、そのまま離れなくなる。[375] 善悪両面の顔を持つひき蛙は、キリスト教以前の豊饒信仰の神々の姿と重なり合う。実りを左右する力はひき蛙だけではなく、鼠も持つ。前述の「金の毛が三本ある悪魔（KHM29）」で、林檎の木に黄金の実がならないのは、鼠が根をかじっているからだという表現がある。[376] ここでは鼠が黄金の林檎の実りを左右しているのだ。ワイン醸造や果樹の実りを左右するのは、グリム童話ではひき蛙や鼠といった動物たちなのだ。

魔女裁判の陳述に現れるような天候を左右する魔女は、グリム童話には現れない。ヘッセンを中心に収集され、天候の影響を受けやすいブドウや果樹栽培地域のメルヒェンが収録されていないからなのか、プロテスタント地域のものが多いからなのか、その理由は定かではないが、いずれにしろ天候魔女は、グリムのメルヒェン集には全く現れない。

(6) まとめ

グリム童話の中の魔女は、魔女狩りの魔女被告とは異なった存在である。そこには牛乳魔女も病気や死を呼ぶ魔女も、天候魔女も出現しない。子どもを食べる魔女も実際に食べるわけではなく、企て未遂だ。人を実際に食べるのは女の魔女ではなく、男の魔女や盗賊だ。金持ちの男性が若い娘を誘拐して、実際に食べてしまう話もある。男が娘を食べるとは、おそらく犯すことを意味しているのであろう。グリム童話の男の魔女は未婚の男性だが、魔女裁判で魔女として処刑された男性は、主として妻帯者か妻帯経験者であった。多彩な女性関係を持つ好色な男性が、魔女として処刑されたのに対して、グリム童話では伴侶に相応しい貞淑な女性を求めて、四苦八苦する独身男性が魔女として描かれている。金持ちだが不気味な男、盗賊や青髭といった女性にもてないタイプの男性が、女性を求めて魔女化している。

赤子を殺して膏薬を作ったり、その肉を食べたりする魔女裁判でのステレオタイプの魔女はグリム童話には現れない。性愛魔術をかけて、男性を不能に、女性を不妊にする魔女もいない。ただ男が恋に陥るのは、女の魔術のせいだという見方は随所にみられる。愛情や憎悪を起こさせる性愛魔術は女の専売特許なのだ。したがって男の浮気は自分のせいではなく、女の魔術のせいということになる。婚約者がありながら、別の女を花嫁にする男は、自分が悪いのではない。花嫁の性愛魔術にかかって、過去の女を忘れさせられたにすぎないと主張する。悪いのは男ではなく、男に浮気心を起こさせた別の女性だというわけだ。禁欲を奨励し、性交を罪悪視するキリスト教社会では、男性の性的欲望を駆りたてる女性は、何もしなくても、ただ存在しているだけで「罪深い」ということになる。

魔女は性愛魔術で、男性性器を鳥の巣に集めるといわれているが、グリム童話では逆に、処女の娘を鳥籠に集めている。「ヨリンデとヨリンゲル（KHM69）」に出現する魔術だが、この場合老婆は、魔女（Hexe）ではなく女大魔術師（Erzzauberin）と表現されている。

性愛魔術は不妊を招くが、グリム童話の「いばら姫（KHM50）」では蛙が妊娠を予言したり、「二人の旅職人（KHM107）」ではこうのとりが赤子を運んできたりする。妊娠を性交という行為の結果ではなく、神や神的存在がもたらした恵みであると表現している。神的な力は、動物に限らず、杜松《ねず》やはしばみの木といった植物も持っているし、また血液そのものに付与されている。とくに母親の血は子供を授けたり、保護したりする力を持っている。「白雪姫（KHM53）」では、指を針で刺し、雪の中に血が三滴したたるのを見て妃が、「雪のように白く、血のように赤く、窓枠の黒檀のように黒い子が授かればいいのに」と言うと、願いが実現し、妃は望み通りの美しい女の子を産む[377]。「杜松の木（KHM47）」でも林檎の皮をむくとき指を切り、血が雪の中に滴り落ちるのを見ながら妻は、血のように赤く、雪のように白い子を望むが、同じく希望がかなえられ、男の子を授かる[378]。さらに「泉のそばのガチョウ番の娘（KHM179）」では、母の血を三滴たらした布を持っている間は娘は無事だったのに、それを川に落とした途端、侍女に裏切られ、不幸になってしまう[379]。母の血は子どもを授ける力と守る力を持ち、母親の身代わりであるといえる。

さらに蛇もグリム童話では、善悪両用の役割を演じている。「三枚の蛇の葉（KHM16）」では死人の命を甦らせる働きをするが、「蛇と鈴蛙の話（KHM105）」では子供の命を取る働きをする。蛇はキリト教徒にとっては、エヴァを原罪へと導く悪の象徴であるが、グリム童話では「死と再生」の両方を司る善悪両用の神として登場している。さらに「白蛇（KHM17）」では、白蛇を食べた家来は、あらゆる動物の言葉が理解できるようになる。命の果実を食べるようにそそのかし、人に知恵と罪をもたらした旧約聖書の蛇とこの白蛇は、一見似通った存在のように思われる。しかし聖書の蛇が人を罪と破滅に追いやるのに対して、この白蛇は若者に役に立つ知恵と幸せをもたらしてくれる。つまり両者は全く異なった存在とみなすべきだろう。

グリム童話集の最後の一〇話に収められた「子どものための聖者伝」では、蛇は二話に現れる。「森の聖ヨゼフ（KHM201）」では、蛇はトカゲと一緒になって心がけの悪い娘と母親の足を刺し、「はしばみの枝（KHM210）」では、毒蛇は幼子キリストに襲いかかる。すると聖母は幼子を抱いて、はしばみの木に隠れて難を逃れる。蛇や毒蛇から身を守るには、「大昔からはしばみの枝ほど確かなものはない」という言葉で締めくくられている。害虫としての蛇と魔除けとしてのはしばみは、民間伝承に基づいた知恵であろう。

(6) まとめ

『魔女の鉄槌』の中では、動物への変身魔術も性愛魔術の一つとされている。現実の魔女裁判では、動物への変身魔術で告訴される例は少ないが、グリム童話の中では多い。魔女が使う害悪魔術で最も頻度が高いのが、人を動物や植物や石に変える変身魔術だ。主として男性にかける魔術で、王子を蛙や白鳥に、兄を鹿や魚に変身させ、場合によっては、木や石に変身させる場合もある。男性を動物に変身させるのは、性欲を制御できる存在からできない存在へ変えることによって、欲望のままに生きる男を象徴的に表現しているのだろうか。魔女によって蛙に変身させられたと王子は言うが、その理由は「蛙の王様（KHM1）」のテクストでは述べられていない。蛙という性的象徴に変身させられたのだから、性欲がらみの事情であろうと想像を逞しくするしかない。「六羽の白鳥（KHM49）」では六人の王子は継母である魔女によって、シャツの魔術で白鳥に変えられるが、妹の王女だけはシャツも与えられず、変身もさせられない。一体、何故なのだろう。民間伝承では「男が娘にシャツを作ってくれと頼むことは（少なくとも中世以降では）、結婚してくれと頼むことと同義」だと言われている。「娘がシャツを作れば、彼女は男を受け入れたことになる。[380]」

この場合、六人息子たちにシャツを作り与えた継母は、受け取った息子たちを白鳥に変えたという。これは性行為を象徴的に表現した性愛魔術と読めなくもない。グリム童話の中では、性行為は象徴的に語られる。これは「子どもと家庭のメルヒェン集」と銘打ったグリム兄弟の意図的な改筆もあるが、メルヒェンという文学様式自体が持つ特徴とも言える。

一方、女性は花に変身させられる場合が多い。「なでしこ（KHM76）」では王子は娘をなでしこに変身させ、ポケットに入れて持っていく。娘の美しさがなでしこの花の美しさに呼応するようである。なでしこは「キリスト教徒の間では結婚と純愛を意味する[381]」というから、王子は変わらぬ愛を誓って、娘をなでしこに変身させたのである。また「恋人ローラント（KHM56）」では娘は自ら花に変身して、恋人を待つ。「なぞなぞ話（KHM160）」では三人の女が花に変えられて、野原に咲いてる。夫はその中から自分の妻を探し出して、連れて帰った。三本の花は同じなのに、どうして妻を見分けることができたのかというのがなぞなぞだ。妻は夜は家に帰ってきていたので、露が落ちていなかった。それで見分けられたのだというのが答えである。[382]露に濡れていない花だけを妻として連れ帰るという表現は、性行為のメタファーのようにも受け取れる。このようにグリム童話における性愛魔術は、メタファーやシンボルを多用した間接表現による暗示に留められている。

ただ、魔女狩りの頃、共同体の住民が見せた貧しい老婆に対する冷たい視線は、グリム童話の中でも感じとれる。「乞食ばあさん（KHM150）」では乞食のばあさんが物乞いにやって来て、火に当たらせてもらう。ところが火に近づき過ぎて服が燃えてしまう。そばで見ていた男の子は、消さなくてはいけないと思う。もし、水がなかったら、体中のありったけの水を、両目から流して消すのが当り前だと思う。だが、実際は消さなかったので、乞食の老婆は焼け死んでしまう。[383] 心が寒くなる話ではあるが、そこに魔女狩りの時代の住民感情の一部が垣間見えるような気がする。

魔女として現れるのは、たいていの場合、一人暮らしの貧しい老婆だという点が、グリム童話と現実の魔女裁判の共通するところだ。老婆の外観はグリム童話でも具体的描写が少ないが、描かれている場合は、目が赤く、臭覚が鋭いよぼよぼの醜い老婆とされている。現実の魔女裁判では、特別な外観の人が狙われたというわけではなく、貧しい老婆でよそ者で寡婦という社会的弱者、社会規範を犯した人、人々が不運なのに自分だけ幸運な人、玉の輿的結婚をして人々の嫉妬を買った人などが、魔女として住民から告発されている。被告人は、皆一様に魔女であることを否認するが、拷問を恐れて心ならずも自白してしまう。魔女であるはずがない人が、魔女として告発され、処刑されていく。そこがグリム童話の魔女と異なるところだ。グリム童話では魔女は自ら魔女という自覚がある。ただし、害悪魔術を使う、悪魔と結託した『魔女の鉄槌』の魔女ではない。変身魔術を得意とするが、脅されると元の姿に戻してしまったり、子どもを殺そうとして逆に焼き殺されたり、継子を殺そうとして、逆に実の娘を殺してしまったり、慌て者で頓馬な魔女が多い。キリスト教徒の「神の国」を滅ぼし、「悪の国」樹立を目指す「悪の軍団の一味である魔女」の姿はそこにはない。

裁判に携わる知識人男性（学識法曹）たちが抱いていた魔女像の一つ、男性を性的に誘惑して罪に引きずり込む美女の姿は、創作文学や絵画には見られるが、グリム童話には見られない。さらにまた、魔女狩りの後期に処刑された人々には、政治闘争、経済闘争、相続争いに巻き込まれた男性たちや裕福な女性たちが数多くいたが、それらの犠牲者の姿もまた、グリム童話には出現しない。

要するに、グリム童話の中の魔女は若い美女ではなく、醜い老婆なのだ。その魔女は「悪い」とレッテルを貼られ、「善良な賢女」と区別されているが、実際はたいして悪くはない。「悪い魔女」と連発されているが、どのように悪いのかは不明である。「悪い魔女」が王子を蛙に変身させたり、鉄のストーブに閉じ込めたりしたと書かれているだけである。変身魔術をかけることが悪い行為だというのなら、賢女も神も悪い存在になってしまう。ヘンゼルとグレーテルは一目見ただけで、老婆のことを「悪い魔女」だと思い込む。村外れの森に一人住んでいる貧しい老婆の姿は、現実の魔女裁判で住民から「悪い魔女」として訴えられ、身に覚えのない罪をきせられて処刑された魔女被告人の姿と見事に重なり合う。村の魔女狩りで魔女として訴えられた男性は、家族と共に暮らしていた人が多いのに、女性は過半数が一人暮らしの老婆であった。ザール地方では物乞い状態の貧民層の八四パーセントは女性であったという(384)。一人暮らしの貧しい老婆を「悪い魔女」と決めつけ、人々がその処刑を望んだという点では、グリム童話の魔女は、魔女狩りの魔女被告人と重なり合う。

その他、グリム童話では毒の混入に魔女が絡んでいる場合が多いが、これも現実の魔女裁判の告発事項と一致する。害毒使用で訴えられる女性が多いのは、その生活領域が食品の調理や加工で、女性が多くの薬草の使用に慣れ親しんでいたからである。そのため魔女と毒薬は老婆の魔女と深く結びついた形で、グリム童話でも度々出現している。

興味深いのは料理上手と魔女との関連である。男の料理人より上手に作る女性を「魔女」として非難する男性がグリム童話に現れる（「千枚皮（KHM65）」）が、これはホルン市の魔女狩りでよく似た実例があげられている。すなわち、男性職人より上手にチーズやビールを作る女性を、魔女として訴えて商品市場から排除し、男性の経済利益を守ろうとしたのである。[38]

また、性愛魔術そのものはグリム童話には現れないが、浮気する男がその罪を浮気相手の女の罠や魔術のせいにしている。男が性的な罪を犯すのは、女の誘惑のせいであるという見方は、魔女裁判に携わった学識法曹たちと同じ論理である。キリスト教の女性嫌悪（ミソジニー）の見方が、民間伝承にも魔女裁判にも影響を与えていることがわかる。

(6)　まとめ

つまり、グリム童話には、天候魔女や牛乳魔女といった近世の魔女裁判でのステレオタイプの魔女像こそ現れないが、一人暮らしの老婆や寡婦やよそ者といった社会的弱者に対する敵意が、「悪い魔女」に対する冷たい眼差しとして描かれており、それは魔女狩りを推し進めた民衆の気持ちと通底しているといえる。

おわりに

グリム童話の中の魔女を調べてみると、「悪い」という言葉が頻発されるが、実はたいして悪くはない。孤独な老婆の姿で現れる魔女は、「悪行」を企んだと言われるが、殆どの場合未遂に終わっている。それなのに、魔女は火刑に処されてしまう。火焙りの刑に処せられる継母は一人なのに、魔女は三人、いや竈で焼き殺された魔女も含めると四人にもなる。一方、五話に登場する男の魔女は、殆どが魔術という技術を身につけた職人で、魔女というより魔術師である。ただ一話、処女を誘拐して禁止事項を課し、破るとその娘を殺す男の魔女は、「悪い奴」であり、家に火を放たれて焼き殺されてしまう。

もしかしてこれらは、現実に行われた魔女狩りでの魔女火刑を反映したものなのだろうか。グリム童話の魔女の姿と、歴史上の魔女裁判で処刑された犠牲者の姿とはどう重なるのだろう。

一般に、伝承文学であるメルヒェンは、伝説のように史実に基づいたものではないと言われている。語り手の夢や希望を織り込みながら、想像力に任せて語られたものとみなされている。しかし、その中に出てくる魔女は、民衆の想像力の産物であり、事実とは無縁の存在だと言い切ることはできない。メルヒェンがどこまで史実を反映したものなのか、魔女に焦点を当てて、一度、詳しく調査する必要がある。それにはまず、魔女を歴史的コンテクストの中で把握しなければならない。そのような思いに突き動かされて、筆者は西洋近世の魔女裁判の世界に足を踏み入れたのである。

いやはや、ものすごい世界である。殺された女性の数の多さに圧倒されたのではなく、正義のために魔女処刑を断行した知識人男性の執念に圧倒されたのだ。政治や宗教の指導者である学識法曹と呼ばれる男性たちは、決して悪い人々ではない。人類の幸福を願って、キリスト教徒の住む「神の国」を、「悪の軍団」から守るため、よかれと思って魔女を処刑したのだ。魔女を火刑に処すのは、蘇りを断つためであって、彼らの悪意ではなく、「善意」の結果である。魔女が悪魔の手に落ちるのを救う、窮余の策だという。その背景には、キリスト教の終末論思想が色濃く現れている。

一四世紀に黒死病が広まると終末論幻想が高まり、まず、大規模なユダヤ人虐殺が行われた。その後、一五世紀に、二人のドイツ人によって出版された『魔女の鉄槌』が、空前のベストセラーになると、天候異変、不作、疫病など人々に不幸をもたらす原因は、全て魔女のせいにされた。世界は終末を迎え、悪魔と悪魔の軍団がやって来る。外からはイスラム教徒が、内からは魔女がキリスト教世界に反旗をひるがえしている。処罰しなければ神の造り賜うたこの世界が滅ぼされる、とばかりに魔女処刑に血道を上げた学識法曹たちは、「善の軍団」の一員として全力で終末戦争を戦っていたのだ。悪魔は魔女を使って、この世界を滅ぼそうとしている、と本気で信じる世界がそこにはあった。どこかで聞いたような台詞だが、誤解しないでほしい。これは現在の諸相を論じているのではない。一六世紀から一七世紀にかけて、西洋キリスト教地域で行われた魔女狩りのことをいっているのである。

西洋近世の魔女狩りでは、女性だけでなく、男性も子どもも魔女として処刑されたが、魔女裁判のマニュアル書である『魔女の鉄槌』では、魔女は女と決めつけて、次のように断罪している。要約を紹介しよう。

女性は死よりも、悪魔よりも恐ろしい。なぜなら、悪魔はエヴァを誘惑したが、アダムはエヴァに誘惑されたからだ。すなわち、男性を罪へと誘惑したのは女性であって、悪魔ではない。だから女性は悪魔より恐ろしいのだ。女性は死よりも何倍も恐ろしい。なぜなら、死は肉体を滅ぼすだけだが、女性は魂をも滅ぼすからである。肉体の死は恐ろしい公然の敵だが、女性は媚びへつらう隠れた敵である。(386)

この凄まじい女性蔑視の思想は、キリスト教の原罪思想から来たものである。つまり、神の命に背いて林檎を取った罪の結果、人は欲情に苦しみ、死すべき運命を持つことになった。原罪の教えは、理性を失わせるセックスそのものを本質的な罪とみなす。

男性は神の似姿に従って造られたが、女性は男性の曲がった肋骨から造られたので、元々不完全な動物である。従って女性は理性が乏しく、感情に支配されやすいので、性的誘惑に負けやすい。一方、男性は理性的存在であるから、感情を理性で制御でき、性的誘惑に打ち勝つという。

セックスは悪魔が人間の男女を支配するために用いる手段であるから、誘惑に負けやすく不完全な女性は、肉欲に走りやすく、悪魔の誘いに乗りやすい。男を欲情させる女は、すべて悪女であり、悪の手先、魔女であるということになる。

制御できる理性を持つ男性は、悪魔の誘惑に負けないならば、魔女として告発されるはずがない。しかし、現実には魔女罪で裁かれた人の約二割は男性である。これらの男性は、神から与えられた理性をどこに置き忘れたのだろう。

グリム童話の中で浮気する男性は、自分の罪を認めず、相手の女のせいにして、「悪い女の罠にかかって」などと公言するが、これは上記の原罪思想の影響であろう。

『魔女の鉄槌』の見解は、女性を自然における「奇形」だと決めつけたアウグスティヌスや、女はすべて「欠陥のある男性」だとしたトーマス・アクィナスなどのキリスト教神学の理論的指導者たちの意見を踏襲したものに他ならない。六世紀のマコーンの宗教会議では、女性に魂があるかどうかで激論が戦わされた。結局、結論が出ず、投票で決定されたそうだ(387)。多数決で「魂がある」と決まったというから、多数決も捨てたものではない。

セックスを罪悪視するキリスト教は、セックス抜きの女性マリアを聖母として崇拝した。処女でありながら母であることは、突然変異でないかぎり、自然界ではあり得ない。自然の存在である女性、産む性である女性は、マリア崇拝が高まるほど蔑視されていく。女性と自然は、キリスト教ではいずれも制御されねばならない存在となる。女性は金や快楽と引き替えに、神とキリスト教を捨て、悪魔と契約するという魔女神話が、魔女狩りが頂点を迎えた一六、一七世紀に体系化される。

「魔女は悪い悪魔の淫婦で、牛乳を盗み、天候を左右し、山羊や帚に乗り、マントに乗って飛び、人々を撃ち、麻痺させ、枯死させる。揺り籠の子供を苦しめ、夫婦の四肢に魔法をかけ、例えば物事を異なった姿にすることができる。つまり本当は人間なのに、雌牛や雄牛と思わせることができる。そして、人々に悪魔との愛や情交を何度も強要する(388)。」

これは巷に流布していた魔女神話について、マルティン・ルターが書き留めたものだ。牛乳魔女やバター魔女、天候魔女や性愛魔女、人や家畜を病気にする魔女、これらの魔女たちが、グリム童話の世界ではなく、現実の世界に現れるのだ。学識法曹と呼ばれる知識人たちだけでなく、一般民衆もまた、害悪魔術を使う魔女の存在を信じていたのだ。

自分の牛は乳を出さないのに、隣の牛は豊かに乳を出す。自分の畑は不作なのに、隣の畑は豊作だ。自分の赤子が病気になったのは、隣の女が赤子に触れたからだ。隣の女は害悪魔術をかけて、牛乳や穀物や赤子の命を盗んでいる。自分の足が麻痺したのは、老婆の悪態のせいだ。害悪魔術で病気にされたのだ。突然、病に襲われた女中は、条件のいい奉公先に移った自分を、元の女主人が恨んで魔術で復讐したのだと信じた。持参金の多い女と結婚するため、婚約者を捨てた男は、妻との性交に失敗すると、捨てた女に魔術をかけられたと確信する。女中も男も良心の呵責に悩まされていたのだろう。相手の女性が、魔女として処刑されると、女中の病も、男の不能も共に治ったという。

民衆の生活における魔女告発は、被害や損害の原因を魔女の害悪魔術に見るもので、悪魔と契約する魔女、学識法曹たちの信じる悪の軍団の一味としての魔女ではない。

他人の幸福を羨み、自分の不幸を嘆くだけならまだしも、自分の不幸は他人の幸福のせいであると信じる世界がそこにはある。その際、他人とは、関係が近いほど嫉妬が強く、隣人、親戚、兄弟、恋人、夫婦といった人々が、互いに相手を告発し合う。

社会的弱者である貧しい老婆が、魔女として告発される例が多いのは、グリム童話の中の魔女が主として老婆であるのと似通っている。一人暮らしの貧しい老婆に対する共同体の視線は、童話の世界でも、現実の世界でも決して暖かいものではなかったのだ。

民衆が村落共同体の中で伝えてきた敷居魔術や天候魔術は、害悪魔術とされているが、本来は祝福をもたらす治癒魔術であった。現代でもおなじみのリース、すなわち、戸口に枝や葉で作った輪をかけるのは、家族を守ってくれる善良な守護霊を呼ぶ敷居を守る魔術の一種なのだ。

ここには、神は善、悪魔は悪とする、善悪二元論に基づいたキリスト教の世界観ではなく、善悪両面をもつ豊饒の神々の世界がある。グリム童話では白と黒、善と悪の善悪二元論的表現がグリム兄弟によって強調されている。魔女に関してもそうだ。同じ魔術を使っても、人々のためになる良い魔術を使う女性を「賢女」、害悪をもたらす魔術を使う女性を「魔女」として、言葉の上の使い分けをしている。しかし、その「悪い魔女」も、実際はたいして悪くはない。殺人する魔女はたいてい継母で、継子の幸せを実子に分け与えようとして殺してしまう。子を想う母の盲目の愛である。魔女の悪行は主として変身魔術だ。人を動物や石などに変えてしまう。その場合、変身させられるのはたいてい若い男性だ。変身魔術はしかしながら、魔女裁判では人々の妄想だとされていた。牛乳魔術や性愛魔術、天候魔術や病気魔術は、魔女裁判でその存在が信じられていたが、変身魔術だけは妄想だとみなされていた。しかし、グリム童話は逆に変身魔術だけを強調する。法学者であるグリム兄弟が、敢えて近世の魔女裁判で知識人たちが持っていた魔女像を避けたのであろう。

グリム兄弟、とくに兄のヤーコプ・グリムは古代に造詣が深かった。古代を理想視すらしていた。そして「金の時代」（ヤーコプ）の息吹と捉えていた。(389) だからこそグリム兄弟はメルヒェン集の魔女像から近世の魔女裁判における被告人のイメージ（牛乳魔女、天候魔女など）を敢えて消し、古代の豊饒の神に近い魔女像を混入しようとしたと思われる。その際、彼らは本来、善悪両面を持つ魔女像を、善悪二元論に基づいて分割し、善い魔女を「賢女」、悪い魔女を「魔女」として二分したのだ。

後から分けた言葉の上での分割であるから、魔女をいくら「悪い」と強調しても、迫力にも説得力にも欠けてしまう。グリム童話の魔女が、変身魔術と殺人未遂を繰り返す気弱で慌て者の「独自の魔女」になっているのはそのせいである。

グリム童話の中の魔術は、善悪両面を持つものが多い。敷居魔術が呪いを払い、命を救う治癒魔術として現れているし、ブドウや林檎など果樹の実りを左右するのは、ひき蛙や鼠である。ここでは動物が、収穫を左右する神的存在として登場している。そこには善悪両面を持つ豊饒信仰の神々が息づいており、善と悪を区別する善悪二元論に基づいたキリスト教世界観とは別の世界観が存在する。

魔女処刑を断行した知識人たちは、善悪二元論に縛られ、善なる神の世界を守るため、悪である魔女を処刑する。そこでは善悪が明確に分けられていたので、躊躇なく残虐な刑罰を課したのである。グリム童話の魔女は悪魔の一味としての魔女ではない。ただ、言葉のうえで「悪い」とされた気弱で哀れな老婆である。魔女狩りの魔女被告とグリム童話の魔女の姿は、「悪い」とされた老婆だという点において重なる。一人暮らしの貧しい寡婦やよそ者である老婆は、村落共同体の中で差別される「哀れな存在」であり、魔女裁判で魔女として告発されることが多かった。魔女裁判の犠牲者の大半は、無実の罪で告発され、魔女として火刑に処せれた「悪い」とされた老婆たちだった。グリム童話の魔女も実際はたいして悪くないのに、「悪い」とされた老婆たちだ。共通しているのは、貧しい老婆に対する人々の冷酷な視線だ。異なるところは、現実の魔女被告人は無実の罪で殺されたのに、グリム童話の魔女は無実ではない。彼女たちは悪いことを企てるが、いつも失敗する。未遂なので、結果的にはたいして悪くない存在といえるが、無実の人と同じではない。

グリム童話の魔女は、魔女裁判の時代に禁欲を強いられた学識法曹たちが持っていた魔女像、近世の「新しい魔女像」に基づいたものではない。すなわち、絵画や文学で描かれる「男性を性的誘惑に引きずり込む美女」ではない。知識階層のエリート男性が抱く妄想とは別に、若い美女が魔女として処刑された例は、実際の魔女裁判では少数であり、大多数は、社会的弱者である貧しく孤独な老婆であった。学識法曹が抱く魔女像とは異なるが、魔女狩り旋風が吹き荒れた頃の代表的被告人の姿と、伝承文学であるグリム童話の中の魔女の姿は、一人暮らしの貧しい老婆という点において重なるのである。

注

はじめに

（1）吉城寺尚子「魔女イメージの変奏」『美術とジェンダー』所収、ブリュッケ、一九九七年、二〇五頁。
（2）同、二〇九頁、二一四頁。
（3）女性だけでなく男性にも魔女罪（Hexendelikt）を宣告された。Hexer, Hexenmeister という男性を表す言葉がでてくるが、これらは男の魔女と訳しておく。
（4）吉城寺尚子、前掲書、注1、二〇七頁。コンスタンツ大学法学教授ウルリッヒ・モリトールの著書『女の妖術師と予言者について』に入れられた六枚の挿絵版画のうち一枚が〈男の魔女〉。
（5）同、二〇九～二一一頁。
（6）牟田和男『魔女裁判―魔術と民衆のドイツ史』、吉川弘文館、二〇〇〇年、三三～三六頁。
（7）Sprenger, Jakob und Heinrich Institoris: Der Hexenhammer. 11. Aufl. München (Deutscher Taschenbuch Verlag = dtv) 1993 (1. Aufl. 1982).
（8）池上俊一『魔女と聖女』講談社、一九九二年、一三三頁。
（9）Hexer, Hexenmeister を男の魔女と訳しておく。
（10）ノーマン・コーン（山本通訳）『魔女狩りの社会史―ヨーロッパの内なる悪霊』岩波書店、一九八三年、三五二頁。
（11）Klaits, Joseph: Servants of Satan. Indiana University Press 1985, p. 52.
（12）『グリム童話集』の正式名称は Kinder-und Hausmärchen gesammelt durch die Brüder Grimm（グリム兄弟によって収集された子供と家庭のメルヒェン集）である。

一八五七年に出た第七版が決定版として一般に普及している。メルヒェン（Märchen）というのはドイツ語で、これに最も近い日本語は「昔話」に当る。童話という訳語は厳密には不適切だと思われるが、日本語では『グリム童話集』という訳語が定着しているので、ここでも使用することにする。しかし、より正確に表現したいときには“Märchen”というドイツ語をそのまま日本語読みにして、「メルヒェン」と表示している。

（13）上山安敏『魔女とキリスト教』人文書院、一九九三年、三五九頁。上山安敏／牟田和男編著『魔女狩りと悪魔学』人文書院、一九九七年、七頁。

（14）Hauptstaatsarchiv Wiesbaden (Handschriftliche Quellen), Bestand 369, Nr 8. In: Koppenhöfer, Johanna: Die mitleidlose Gesellschaft. Frankfurt a. M. (Peter Lang) 1995, S. 13.

（15）Ebd. S. 15.

（16）Ebd. S. 15.

（17）Schmölzer, Hildegard: Phänomen Hexe—Wahn und Wirklichkeit im Lauf der Jahrhunderte. Wien (Herold) 1986. 邦訳本、ヒルデガルト・シュメルツァー著、進藤美知訳『魔女現象』白水社、一九九三年、一八九～一九〇頁。

（18）同一九〇頁。

（19）同二〇九～二一一頁。森島恒雄『魔女狩り』岩波書店、一九七〇年、二〇一頁。

第Ⅰ部／第1章

（20）『グリム童話集』にはメルヒェン二〇〇話と子供聖者伝説一〇話の計二一〇話が収められているが、一五一番が重複して二話入っているので、正確には全二一一話となる。

（21）『グリム童話集』（Kinder-und Hausmärchen）は KHM と略記し、その後に決定版の番号を記入して表示する。

（22）Brüder Grimm: Kinder-und Hausmärchen. 3 Bde. Hrsg. v. Heinz Rölleke. Stuttgart (Reclam) 1980, Bd. 1, S. 29-33.（決定版）

（23）Ebd. S. 32.

（24） 一八一〇年グリム兄弟がクレメンス・ブレンターノに送ったメルヒェン集の手書き原稿（全五四話、一部未保存）。初稿またはHs. と略記し番号を記入。Röllke, Heinz: Die älteste Märchensammlung der Brüder Grimm. Cologny-Genève (Bodmer) 1975, S. 244-252.（初稿）

（25） グリムのメルヒェン集の各版は下記のテキストを使用。

初稿（一八一〇） Röllke, Heinz: Die älteste Märchensammlung der Brüder Grimm. Cologny-Genève (Bodmer) 1975.

初版（一八一二／一五） Brüder Grimm: Kinder-und Hausmärchen der Brüder Grimm. Vollständige Ausgabe in der Urfassung. Hrsg. v. Friedrich Panzer, Wiesbaden (Vollmer) 1953.

2版（一八一九） Brüder Grimm: Kinder-und Hausmärchen. Hrsg. v. Heinz Rölleke. 2 Bde. Köln (Diederichs) 1982.

3版（一八三七） Kinder-und Hausmärchen gesammelt durch die Brüder Grimm. Hrsg. v. Heinz Rölleke. Frankfurt a. M. (Deutscher Klassiker) 1983.

4版（一八四〇） Kinder-und Hausmärchen gesammelt durch die Brüder Grimm. 2Bde. Göttingen (Dieterichs) 1840.（Berlin Staatsbibliothek 所蔵）

5版（一八四三） Kinder-und Hausmärchen gesammelt durch die Brüder Grimm. 2Bde. Göttingen (Dieterichs) 1843.（Göttingen Seminar Bibliothek 所蔵）

6版（一八五〇） Kinder-und Hausmärchen gesammelt durch die Brüder Grimm. 2Bde. Göttingen (Dieterichs) 1850.（Gießen Uni. Bibliothek 所蔵）

7版（一八五七決定版） Brüder Grimm: Kinder-und Hausmärchen. 3 Bde. Hrsg. v. Heinz Rölleke. Stuttgart (Reclam) 1980.

（26） Bolte, Johannes und Georg Polivka: Anmerkungen zu den Kinder-und Hausmärchen der Brüder Grimm. Bd. I, 3. Aufl. Hildesheim・New York (Olms) 1982, S. 2f.
ベーケンドルフ在住のハクストハウゼン家の人々が語ったパーダーボルン地方の類話。

(27) Ebd. S. 5.
(28) de Vries, Ad: Dictionary of Symbols and Imagery. Amsterdam/London (North-Holland) 1974. アト・ド・フリース著、山下主一郎他訳『イメージ・シンボル事典』大修館書店、一九八四年、二六七〜二六九頁、五六二〜五六八頁。
(29) Bolte, Vgl. Anm. 26, Bd. I, S. 9.
(30) Grimm, KHM, Vgl. Anm. 22, Bd. 3, S. 5., S. 442.
(31) Ebd. S. 442.
(32) Röllke, Heinz: Die Frau in den Märchen der Brüder Grimm. In: Wo das Wünschen noch geholfen hat. Bonn (Bouvier) 1985, S. 220-235.
上記の論文に関するレレケの解釈は拙著に詳述『グリムのメルヒェン—その夢と現実』勁草書房、一九九四年、二二、二九頁
(33) 牟田和男、前掲書、注6、四八〜四九頁。
(34) アト・ド・フリース、前掲書、注28、二六七〜二六八頁。
(35) 荒井三津子『男えらび女えらび』太陽企画出版、一九九五年、一六〜二三頁。
(36) Grimm, KHM, Vgl. Anm. 22, Bd. 1, S. 79-86, (hier S. 80, 84).
(37) 拙論「『グリム童話』のなかの悪人像」武庫川女性学研究会編『武庫川女性学研究』第2号所収、一九九七年、二二、二九頁。
(38) 上野千鶴子『発情装置』筑摩書房、一九九八年、九九頁。
(39) 同上
(40) 同上
(41) 渡辺恒夫『脱男性の時代』勁草書房、一九八六年、一二六頁。
(42) 同上
(43) Böhn, Max von: Rokoko. Frankreich im XVIII. Jahrfundert. Berlin (Askanischer Verlag) 1919.

マックス・フォン・ベーン著、飯塚信雄訳『ロココの世界—十八世紀のフランス』三修社、二〇〇〇年、一八九〜二〇三頁。

(44) Grimm, KHM, Vgl. Anm. 22, Bd. 1, S. 100-108, (hier S. 105).

(45) Grimm, Jacob und Wilhelm: Deutsches Wörterbuch. Bd. 18. München (dtv) 1984 (1. Aufl. 1941 Leipzig). S. 2040. 奈倉洋子「グリムの魔女像をめぐって」日本独文学会東海支部編『ドイツ文学研究』三二号、一九九五年、三三頁。

(46) 上山安敏『魔女とキリスト教』前掲書、注13、六四〜六五頁。

(47) 牟田和男、前掲書、注6、二二七〜二二八頁。

(48) Grimm, KHM, Vgl. Anm. 22, Bd. 1, S. 145-148, (hier S. 145, 147).

(49) Ahrendt-Schulte, Ingrid: Zauberinnen in der Stadt Horn (1554-1603). Frankfurt a. M. (Campus) 1997. S. 143.

(50) Ebd. S. 142-144.

(51) Koppenhöfer, Johanna: Die mitleidlose Gesellschaft. Frankfurt a. M. (Peter Lang) 1995. S. 80.

(52) Ahrendt-Schulte, Vgl. Anm. 49, S. 226-229.

(53) Ebd. S. 38-39.

(54) Ebd. S. 227-229.

(55) Grimm, KHM, Vgl. Anm. 22, Bd. 1, S. 161-164, (hier S. 164).

(56) 清末尊大「最初の魔女狩り全書『魔女に下す鉄槌 Malleus Maleficarum』の研究(1)」北海道教育大学紀要人文科学・社会科学編、第49巻、第1号、一九九八年所収、二三〇頁。

(57) Grimm, KHM, Vgl. Anm. 22, Bd. 1, S. 226-227.

(58) Grimm, Jacob: Deutsche Mythologie, Frankfurt a. M. (Keip) 1985 (1. Aufl. 1835). S. 586.

(59) Ebd. S. 586.

(60) ヒルデ・シュメルツァー、前掲書、注17、五八頁。

(61) Grimm, Deutsche Mythologie, Vgl. Anm. 58, S. 593.
(62) Ebd. S. 593, 579.
(63) Bolte, Vgl. Anm. 26, Bd. I, S. 377.
(64) Schulz, Friedrich: Kleine Romane. Leipzig 1790, Bd. 5, S. 269-288, In: Rölleke, Heinz: Grimms Märchen und ihre Quellen. Trier (WVT) 1998, S. 68-75.
(65) Grimm, KHM, Vgl. Anm. 22, Bd. 1, S. 251-256, (hier S. 251).
(66) 拙論、前掲書、注37、二七〜二八頁。
(67) Bolte, Vgl. Anm. 26, Bd. I, S. 430.
(68) Grimm, KHM, Vgl. Anm. 22, Bd. 1, S. 154.
(69) Ebd., S. 261-263.
(70) Bolte, Vgl. Anm. 26, Bd. I, S. 442.
(71) Badinter, Elisabeth: L'Amour En Plus. Paris (Flammarion) 1980.（邦訳本）E・バダンテール著、鈴木晶訳『母性という神話』筑摩書房、一九九一年、四九頁。
(72) 同上、一二八頁。
(73) Grimm, KHM, Vgl. Anm. 22, Bd. 1, S. 288-292.
(74) Armstrong, Karen: The Gospel According To Woman. New York (Anchor/Doubleday) 1986. カレン・アームストロング著、高尾利数訳『キリスト教とセックス戦争』柏書房、一九九六年、一七頁。
(75) 同上、五七頁。
(76) 同上、八八頁。
(77) 同上、九一頁。
(78) Grimm, KHM, Vgl. Anm. 22, Bd. 1, S. 312-334.
(79) アト・ド・フリース、前掲書、注28、五八一頁。
(80) 同上、五八一頁。

(81) Sprenger, Vgl. Anm. 7, 1. Teil, S. 188.
(82) Grimm, KHM, Vgl. Anm. 22, Bd. 1, S. 350-356.
(83) Grimm, Deutsche Mythologie, Vgl. Anm. 58, S. 587.
(84) Ebd. S. 589.
(85) ドイツ語の Inzest（英語の incest）のこと。「従来、インセスト（incest）に関しては、日本では〈近親相姦〉という言葉が使われてきたが、それが本質的に加害者に対する一方向的な性的虐待であって、相互的な合意による〈相姦〉ではないために、今日では〈近親姦〉という言葉が妥当だとされている。」石川義之『性的被害の実態』島根大学法文学部社会学研究室、一九九五年、四四頁
(86) Grimm, KHM, Vgl. Anm. 22, Bd. 1, S. 414-419.
(87) Ahrendt-Schulte, Vgl. Anm. 49, S. 128.
(88) Grimm, KHM, Vgl. Anm. 22, Bd. 2, S. 151-155.
(89) アト・ド・フリース、前掲書、注28、五七七頁。
(90) 同上
(91) Grimm, KHM, Vgl. Anm. 25, 初版 S. 444.
(92) 池田香代子「KHM 65 „Allerleirauh"の成立―どんどんシンデレラになってゆく―」日本独文学会編『ドイツ文学』第85号、一九九一年、一一四～一二五頁。この論文一二一頁で、池田氏は長靴を脱がせる行為と性的交渉の関係を、すでに学問的直感から示唆している。
(93) Grimm, KHM, Vgl. Anm. 22, Bd. 2. S. 172-179.
(94) Ebd., S. 179-182.
(95) アト・ド・フリース、前掲書、注28、五二五～五二六頁。
(96) Grimm, KHM, Vgl. Anm. 22, Bd. 2. S. 193-199.
(97) Ebd., S. 229-233.
(98) Ahrendt-Schulte, Vgl. Anm. 49, S. 226-229.

(99) Grimm, KHM, Vgl. Anm. 22. Bd. 2. S. 313-319.
(100) Ebd., S. 339-350.
(101) Ahrendt-Schulte, Vgl. Anm. 49, S. 126-131.
(102) Ebd., S. 134.
(103) Grimm, KHM, Vgl. Anm. 22. Bd. 2. S. 397-408.
(104) Ahrendt-Schulte, Vgl. Anm. 49. S. 227f.
(105) 度会好一『魔女幻想』中央公論、一九九九年、四頁。
(106) Walker, Barbara G.: The Woman's Encyclopedia of Myths and Secrets. New York (Harper & Row) 1983. バーバラ・ウォーカー著、山下主一郎他共訳『神話・伝承事典』大修館書店、一九八八年、二三八～二三九頁。
(107) 同上、二三九頁。
(108) 同上
(109) アト・ド・フリース、前掲書、注28、一一一～一一二頁。
(110) 同上、一一一頁。
(111) バーバラ・ウォーカー、前掲書、注106、二五九～二六〇頁。
(112) 同上、一二〇～一二二頁。
(113) Heinz-Mohr, Gerd: Lexikon der Symbole—Bilder und Zeichnen der christlichen Kunst. München (Eugen Diederichs) 1971. G。ハインツ＝モーア著、野村太郎／小林頼子監訳『西洋シンボル事典』八坂書房、一九九四年、二一一頁。
(114) Grant, Michael and John Hazel: Gods and Mortals in Classical Mythology. (Michael Grant Publications) 1973. マイケル・グラント／ジョン・ヘイゼル共著、西田実他訳『ギリシア・ローマ神話事典』大修館書店、一九八八年、三二九頁。
(115) 度会好一、前掲書、注105、九九～一〇〇頁。

(116) 同、一〇二頁。
(117) 牟田和男、前掲書、注6、一二七～一二九頁。
(118) 上山安敏『魔女とキリスト教』、前掲書、注13、一二九～一五三頁。
(119) グリムのメルヒェン集の各版のテキストは注25を参照
(120) Grimm, Deutsche Mythologie, Vgl. Anm. 58, S. 593, 579.

第Ⅰ部／第2章

(121) Grimm, KHM, Vgl. Anm. 22, Bd. 1, S. 235-239.
(122) Labouvie, Eva: Zauberei und Hexenwerk. Ländlicher Hexenglaube in der frühen Neuzeit, Frankfurt a. M. (Fischer) 1991, S. 162-165.
(123) Ebd. S. 200. 上山／牟田『魔女狩りと悪魔学』前掲書、注13、三一三頁。
(124) Fichte, Johann Gottlieb: Grundlage des Naturrechts nach Principien der Wissenschaftslehre, in: Fichtes Werke, hrsg. v. Fichte, Immanuel Hermmann, S. 99, 101. ヨーハン・ゴットリープ・フィヒテ著、藤澤賢一郎他訳『フィヒテ全集六』、哲書房、一九九五年、三六一、三六四頁。
(125) Grimm, KHM, Vgl. Anm. 22, Bd. 1, S. 361-363.
(126) Grimm, KHM, Vgl. Anm. 22. Bd. 2, S. 44-51.
(127) Ebd., S. 262-263.
(128) Ebd., S. 361-363.
(129) アト・ド・フリース、前掲書、注28、四一五～四一六頁。
(130) 同上
(131) 同上
(132) Bolte, Vgl. Anm. 26, Bd. I, S. 400-402.

(133) Perrault, Charles: Histoires ou Countes du temps passé, Avec des Moralités, 1697. 新倉朗子訳『ペロー童話集』岩波書店、一九八二年、一八一～一九一頁。
(134) 浜林正夫／井上正美『魔女狩り』教育社、一九八三年、三一～三四頁。度会好一、前掲書、注105、二〇九～二一一頁。
(135) 同上、浜林／井上『魔女狩り』三五～三八頁。
(136) 同上、四七～四八頁。
(137) 同上、五六～六三頁。
(138) 度会好一、前掲書、注105、二一一頁。
(139) 同上、二一一～二一二頁。
(140) Labouvie, Vgl. Anm. 122, S. 173-180.
上山／牟田『魔女狩りと悪魔学』前掲書、注13、三〇九頁。
(141) 同上、上山／牟田『魔女狩りと悪魔学』三一〇頁。
(142) 同上、三一三頁
(143) Labouvie, Vgl. Anm. 122, S. 190.
(144) Ebd., S. 200.
(145) 上山／牟田『魔女狩りと悪魔学』前掲書、注13、三一三頁。

第Ｉ部／第３章

(146) Grimm, KHM, Vgl. Anm. 22, Bd. 1, S. 269-278.
(147) アト・ド・フリース、前掲書、注28、五四三頁。
(148) 同上、五四四頁。
(149) 同上、五四四頁。
(150) 同上、五四四頁。

(151) Grimm, Deutsche Mythologie, Vgl. Anm. 58, S. 589.
(152) 一八一五～一八四八年頃のドイツの小市民的な風俗、芸術的特徴をビーダーマイヤーという。政治、社会には目を向けず、家族という内的、情緒的領域を重視するのが特徴。詳しくは上記の本を参照。Weber-Kellermann, Vgl. Anm. 179. S. 107. 訳本一一四頁。
(153) Grimm, KHM, Vgl. Anm. 22, Bd. 2, S. 246-248.
(154) アト・ド・フリース、前掲書、注28、二四六頁。
(155) 同上、三八三頁。
(156) Grimm, KHM, Vgl. Anm. 22, Bd. 1, S. 87-91.
(157) Grimm, KHM, Vgl. Anm. 25, 初版 S. 85.
(158) Grimm, KHM, Vgl. Anm. 22, Bd. 1, S. 90.
(159) Grimm, KHM, Vgl. Anm. 25, 初版 S. 84.
(160) アームストロング、前掲書、注74、三八〇～三八二頁。
(161) 同上、三七七頁。
(162) 同上、三七七頁。
(163) Grimm, KHM, Vgl. Anm. 22, Bd. 1, S. 364-366.
(164) アト・ド・フリース、前掲書、注28、六一～六四頁。
(165) Grimm, KHM, Vgl. Anm. 22, Bd. 2, S. 221-228.
(166) Ebd., S. 415-418.
(167) Ebd., S. 17-24.
(168) アト・ド・フリース、前掲書、注28、三八六頁。
(169) Grimm, KHM, Vgl. Anm. 22, Bd. 2, S. 286-293.
(170) Grimm, KHM, Vgl. Anm. 22, Bd. 1, S. 292-301.
(171) アト・ド・フリース、前掲書、注28、二六四～二六五頁。

(172) 同上、二六六頁。
(173) Grimm, KHM, Vgl. Anm. 22, Bd. 1, S. 340-342.
(174) Grimm, KHM, Vgl. Anm. 22, Bd. 2, S. 166-172.
(175) Grimm, KHM, Vgl. Anm. 22, Bd. 1, S. 257-260.
(176) Ebd., S. 206-214.
(177) 一七九番「泉のそばのガチョウ番の女」でグリム兄弟は、「でも、あの老婆は、人の噂のような魔女ではなく、じつは、人のためになることをする賢女だったのだ」と表現して、魔女と賢女の違いをわざわざ説明している。
　Grimm, KHM, Vgl. Anm. 22, Bd. 2, S. 349-350.
　本書第I部第1章（1）(19)の項参照。
(178) Die Geschichte vom Einäuglein, Zweiäuglein und Dreiäuglein. (Ein Oberlausitzisches Kindermährchen.) von Theodor Peschek. In: Wöchentliche Nachrichten für Freunde der Geschichte, Kunst und Gelahrtheit des Mittelalters. Hrsg. von Johann Gustav Büsching. Bd. 2, 1816, S. 17-26. In: Rölleke, Heinz: Grimms Märchen und ihre Quellen. Trier (WVT) 1998, S. 132-150.
(179) Weber-Kellermann, Ingeborg: Die deutsche Familie. Frankfut. a. M. 1974, S. 97-118. 日本語版、鳥光美緒子訳『ドイツの家族』勁草書房、一九九一年、一〇三～一一三頁。
(180) Grimm, KHM, Vgl. Anm. 22. Bd. 2, S. 352-358.
(181) Schulz, Friedrich: Kleine Romane. Leipzig 1790, Bd. 5, S. 269-288, In: Rölleke, Heinz: Grimms Märchen und ihre Quellen. Trier (WVT) 1998, S. 14.
(182) Ebd., S. 28.

第II部／第1章

(183) 森島恒雄『魔女狩り』岩波書店、一九七〇年、一〇頁。

(184) 上山安敏『魔女とキリスト教』、前掲書、注13、一九九三年、一三頁。
(185) 森島恒雄、前掲書、注183、一二～一三頁。
(186) 同一三頁。
(187) Ahrendt-Schulte, Ingrid: Weise Frauen - böse Frauen. Freiburg (Herder) 1994, S. 21.
(188) Duden Bd. 7 Etymologie. Hrsg. v. Dudenredaktion. Mannheim (Duden) 1989, S. 283.

第II部／第2章

(189) Ahrendt-Schulte, Vgl. Anm. 187, S. 21f.
(190) 上山安敏『魔女とキリスト教』前掲書、注13、四三頁。上山／牟田『魔女狩りと悪魔学』前掲書、注13、五四頁。
(191) Ahrendt-Schulte, Vgl. Anm. 187, S. 22.
(192) 清末尊大、前掲書、注56、一三五頁。
(193) Ahrendt-Schulte, Vgl. Anm. 187, S. 22.
(194) 清末尊大、前掲書、注56、一三三頁。
(195) 同、一三六頁。
(196) 同、一三七頁。
(197) 同、一二四頁。
(198) 同、一二四頁。フェーブル・マルタン著『書物の出現』筑摩書房、一九八五年、下、八〇～八一頁。
(199) Delumeau, Jean: Angst im Abendland. Die Gesichchte kollektiver Ängste im Europa des 14. bis 18. Jahrhunderts. (Übersetzung) Reinbeck 1985, S. 528f.
上山安敏、前掲書、注13、一九〇頁。
(200) Sprenger, Jakob und Heinrich Institoris, Vgl. Anm. 7, 1. Teil, S. 188.
(201) Ebd., S. 105f.

(202) 清末尊大、前掲書、注56、一三八頁。
(203) アームストロング、前掲書、注74、一三八頁。
(204) Sprenger, Vgl. Anm. 7, 1. Teil, S. 99.
(205) アームストロング、前掲書、注74、九七頁。
(206) 同、五五頁、七七頁。
(207) 同、一四〇頁。
(208) Sprenger, Vgl. Anm. 7, 1. Teil, S. 100.
(209) 清末尊大、前掲書、注56、一二四頁。
(210) 同、一二四頁。
(211) 同、一二五頁。
(212) 同、第2号、一九九九年、二〇頁。

第II部／第3章

(213) Ahrendt-Schulte, Vgl. Anm. 187, S. 25.
(214) Ebd. S. 25.
(215) Ebd. S. 24f.
(216) Ebd. S. 27.
(217) 上山／牟田『魔女狩りと悪魔学』前掲書、注13、二七〜二八頁。
Grimm, Deutsche Mythologie, Vgl. Anm. 58, S. 586.
(218) 同上、二七頁。Behringer, Wolfgang (Hrsg): Hexen und Hexenprozesse. München (dtv) 1988, S. 76.
(219) Ahrendt-Schulte, Vgl. Anm. 187, S. 28.
(220) Ebd. S. 29.
(221) Ebd. S. 30.

(222) 上山／牟田『魔女狩りと悪魔学』前掲書、注13、五四～五六頁。
(223) 同、五七頁。
(224) 同、五七～五八頁。
(225) 同、六〇～六一頁。
(226) Ahrendt-Schulte, Vgl. Anm. 187, S. 14.
(227) Ebd. S. 15.
(228) Ebd. S. 16.
(229) 上山／牟田『魔女狩りと悪魔学』前掲書、注13、一四頁。
(230) Ahrendt-Schulte, Vgl. Anm. 187, S. 16.
(231) Ebd. S. 17.
(232) Ebd. S. 113.
(233) Ahrendt-Schulte, Vgl. Anm. 49.
(234) Ebd. S. 13.
(235) Ebd. S. 126.
(236) Ebd. S. 126-131.
(237) Ebd. S. 134.
(238) Ebd. S. 200-204.
(239) Ebd. S. 143.
(240) Ebd. S. 149-154.
(241) Ebd. S. 136-142.
(242) Ebd. S. 142-144.
(243) Koppenhöfer, Vgl. Anm. 14, S. 80.
(244) Ahrendt-Schulte, Vgl. Anm. 49, S. 226-229.

(245) Ebd. S. 38-39.
(246) Ebd. S. 227-229.
(247) シュメルツァー、前掲書、注17、一一二〜一一六頁。
(248) Ahrendt-Schulte, Vgl. Anm. 49, S. 156-160.
(249) Ebd. S. 217
(250) Ebd. S. 173-177.
(251) Ebd. S. 219.
(252) Ebd. S. 162-167.
(253) Ebd. S. 162-163.
(254) Ebd. S. 165.
(255) Ebd. S. 167-169.
(256) Ebd. S. 26.
(257) Ebd. S. 205.
(258) Ebd. S. 204-207.
(259) Ebd. S. 183-186.
(260) Koppenhöfer, Vgl. Anm. 14, S. 117.
(261) Ahrendt-Schulte, Vgl. Anm. 49, S. 229.
(262) Ebd. S. 232.
(263) Ebd. S. 237.
(264) Ebd. S. 240.
(265) Koppenhöfer Vgl. Anm. 14, S. 10-13.
(266) Ebd. S. 80.
(267) Ebd. S. 114.

(268) Ahrendt-Schulte, Vgl. Anm. 49, S. 242.
(269) Koppenhöfer, Vgl. Anm. 14, S. 121-122.
(270) Ahrendt-Schulte, Vgl. Anm. 49, S. 243.
(271) Sprenger, Vgl. Anm. 7
(272) Ahrendt-Schulte, Vgl. Anm. 49, S. 242.

第II部／第4章

(273) Ahrendt-Schulte, Vgl. Anm. 187, S. 30.
(274) Ebd. S. 31.
(275) Ebd. S. 32f.
(276) Ebd. S. 34f.
(277) 上山／牟田『魔女狩りと悪魔学』前掲書、注13、二九五頁。
(278) Ahrendt-Schulte, Vgl. Anm. 187, S. 37.
(279) Ahrendt-Schulte, Vgl. Anm. 49, S. 38f.
(280) Ahrendt-Schulte, Vgl. Anm. 187, S. 44ff.
(281) Ahrendt-Schulte, Vgl. Anm. 49, S. 200-204.
(282) 本書一五九頁。第II部第3章(2)参照、Ahrendt-Schulte, Vgl. Anm. 49, S. 48f.
(283) Ahrendt-Schulte, Vgl. Anm. 49, S. 48.
(284) Ebd. 48f.
(285) Koppenhöfer, Vgl. Anm. 14, S. 106.
(286) Ahrendt-Schulte, Vgl. Anm. 49, S. 49f.
(287) Ebd. S. 50.
(288) Ebd. S. 50f.

(289) Ebd. S. 51.
(290) Duden Bd. 7 Etymologie. Vgl. Anm. 188, S. 242.
(291) Ahrendt-Schulte, Vgl. Anm. 49, S. 52f.
(292) Ebd. S. 55.
(293) Ebd. S. 55.
(294) Ebd. S. 55.
(295) Labouvie, Vgl. Anm. 122, S. 180.
(296) Ahrendt-Schulte, Vgl. Anm. 49, S. 57.
(297) Ebd. S. 58.
(298) Ebd. S. 57f.
(299) 上山／牟田『魔女狩りと悪魔学』前掲書、注13、三〇一頁。
(300) Ahrendt-Schulte, Vgl. Anm. 49, S. 60f.
(301) 牟田和男、前掲書、注6、一二六頁。
(302) 上山／牟田『魔女狩りと悪魔学』前掲書、注13、二九一頁。
(303) Sprenger, Vgl. Anm. 7, 2. Teil, S. 69.
(304) 上山／牟田『魔女狩りと悪魔学』前掲書、注13、三〇三〜三〇四頁。
(305) 同上、三〇四頁。
(306) Ahrendt-Schulte, Vgl. Anm. 49, S. 173-177.
(307) Ebd. S. 149-155.
(308) Ahrendt-Schulte, Vgl. Anm. 187, S. 62.
(309) Ebd. S. 62f.
(310) Ebd. S. 63.
(311) Ebd. S. 64f.

(312) Ebd. S. 66.
(313) Ebd. S. 66.
(314) Ebd. S. 37f.
(315) Ebd. S. 38ff.
(316) Ebd. S. 40.
(317) Ebd. S. 40f.
(318) Ebd. S. 41f.
(319) Ebd. S. 42f.
(320) Ebd. S. 43.
(321) Ebd. S. 41.
(322) Ebd. S. 44.

第III部

(323) Grimm, KHM, Vgl. Anm. 22. Bd. 1, S. 36.
(324) Ebd. S. 105.
(325) Ebd. S. 214.
(326) Ebd. Bd. 2, S. 180.
(327) Ebd. Bd. 1, S. 413.
(328) Ebd. Bd. 2, S. 312f.
(329) Ebd. Bd. 1, S. 210.
(330) Ebd. S. 84.
(331) Ebd. Bd. 2, S. 230-232.
(332) Ebd. S. 124.

(333) Ebd. S. 156.
(334) Ebd. S. 443f.
(335) Ebd. S. 260.
(336) Ebd. Bd. 1, S. 394, 396.
(337) Ebd. Bd. 2, S. 334.
(338) Ebd. Bd. 1, S. 322.
(339) Ebd. S. 416f.
(340) Ebd. Bd. 2, S. 69f.
(341) Ebd. Bd. 1, S. 145f.
(342) Ebd. S. 278.
(343) Ebd. S. 366.
(344) Ebd. Bd. 2, S. 109.
(345) Ebd. S. 169.
(346) Ebd. Bd. 1, S. 144.
(347) Ebd. S. 90.
(348) Ebd. Bd. 2, S. 105 (KHM106), S. 244 (KHM138).
(349) Ebd. Bd. 1, S. 96.
(350) Ebd. Bd. 2, S. 67f.
(351) Ebd. S. 247.
(352) Ebd. Bd. 1, S. 107.
(353) Ebd. S. 270.
(354) Ebd. Bd. 2, S. 247f.
(355) Ebd. Bd. 1, S. 261f.

(356) Ebd. S. 220f.
(357) Ebd. S. 237.
(358) Ebd. Bd. 2, S. 399.
(359) Ebd. Bd. 1, S. 38ff.
(360) Ebd. S. 255f.
(361) Ebd. S. 179f.
(362) Ebd. S. 218f.
(363) dtv-Lexikon. erarbeitet von Deutschen Taschenbuch Verlag nach dem lexikalischen Unterlagen von F. A. Brockhaus. München (dtv) 1974. Bd. 20, S. 49.
(364) Grimm, KHM, Vgl Anm. 22, Bd. 1, S. 290.
(365) Ebd. Bd. 2, S. 197ff.
(366) Ebd. S. 23.
(367) Ebd. S. 173f.
(368) Ebd. S. 221f.
(369) Ebd. Bd. 2, S. 405-408.
(370) Ebd. Bd. 3, S. 514.
(371) Ebd. Bd. 1, S. 162.
(372) Ebd. S. 367.
(373) Ebd. S. 172.
(374) Ebd. S. 343-345.
(375) Ebd. Bd. 2, S. 256.
(376) Ebd. Bd. 1, S. 172.
(377) Ebd. S. 269.

(378) Ebd. S. 239f.
(379) Ebd. Bd. 2, S. 25.
(380) アト・ド・フリース、前掲書、注28、五七六頁。
(381) Ebd. 一〇六頁。
(382) Grimm, KHM, Vgl. Anm. 22. Bd. 2, S. 277.
(383) Ebd. S. 263f.
(384) Labouvie, Vgl. Anm. 122, S. 173-180.
(385) Ahrendt-Schulte, Vgl. Anm. 49, S. 226-229.

おわりに

(386) Sprenger, Vgl. Anm. 7, 1. Teil, S. 105f.
(387) アームストロング、前掲書。注74、九九頁。
(388) Ahrendt-Schulte, Vgl. Anm. 187, S. 30.
(389) Steig, Reinhold: Achim von Arnim und Jacob und Wilhelm Grimm. 2. Aufl. Bern 1970, S. 119.
詳しくは拙著参照『グリムのメルヒェン―その夢と現実』前掲書、注32、七～一九頁。

あとがき

魔女って一体何なんだろう、この疑問に取り憑かれてからもう何年になることか。グリム童話に出てくる魔女、西洋文学に出てくる魔女、アニメや漫画に出てくる魔女、絵画で描かれている魔女、これらの魔女は実に様々な姿をしている。美しい魔女、醜い魔女、年寄りの魔女、若い魔女など千差万別の魔女像が氾濫している。

魔女は女であると思っていたら、男の魔女もいるという。モリトアの本の挿し絵に描かれた男の魔女は、一四七〇年にコンスタンツで魔女として火刑に処された。女も男も、老いも若きも、大人も子供も魔女として捕らえられ、火焙りにされたのだ。魔女狩りは、西洋近世における歴史的事実で、西洋史の汚点ともいわれている。

現実の魔女裁判では、どのような人々が魔女として殺されたのだろう。その姿は、伝承文学であるグリム童話の魔女像とどう重なるのか。この疑問を解くため、一九九八年の夏ドイツへ行った。魔女狩りの犠牲者の姿を明らかにした著書や論文を探すためである。ドイツ人の友人たちの協力を得て、アーレント・シュルテの博士論文やコッペンヘーファーの著書を見つけることができた。アーレント・シュルテ女史には昨年の夏ドイツに行ったとき、連絡をして実際に会うことができた。博士論文が提出されたのは一九九六年であるから、若い学者だとばかり思っていたら、筆者より年配の子育てを終えた女性だった。彼女は魔女狩りの犠牲者の姿を追うことが、いかに困難な仕事であったか、公に保存された資料が乏しく、もっぱら方言の手書きの記録から、時間をかけて資料を掘り起こさねばならなかったことなどを淡々と話してくれた。名誉や出世のためにとる博士号なら、彼女は他のテーマを選んで、短期間で学位を取得することを目指しただろう。しかし彼女は魔女狩りの犠牲者について調べることを、女性として必要不可欠なことだと確信したのだという。だからこそ彼女は、一〇年以上の歳月を費やして困難な研究に取り組んだのだ。

魔女狩りは女性迫害ではないと主張する学者もいる。確かに男性の犠牲者もいたのだから、女性のみをターゲットにした迫害ではない。しかし、魔女狩りは西洋近世のキリスト教社会にのみ存在する、「主に女性」に向けられた迫害であることは確かである。同じ魔術を使っても、害悪魔術で告訴されるのは常に女性で、男性ではない。男性の魔術は死に値する行為ではないが、女性の魔術は火刑に値する。これは性別により適用される刑罰が変わる、ジェンダーよるダブルスタンダードである。魔女狩りは、ジェンダー学の視点から解明されるべき問題を多く含む、西洋キリスト教社会の歴史的事項である。

キリスト教はセックスを罪悪視する。禁欲を説き、肉欲を断って精神的存在であることを奨励する。男性にとって女性は、「肉欲を駆り立て、罪へと誘惑する」存在なのである。何もしなくても、若い女性が立っているだけで、男性は欲望する。罪なのは立っている女性なのか。それとも欲望する男性なのか。禁欲を押しつけられた男性も被害者であるが、その犠牲になって殺された女性はもっと被害者である。男をセックスに誘い堕落させる女を魔女とする見方は、魔女裁判のマニュアル書と言われる『魔女の鉄槌』で繰り返し主張されている。

知的エリートの男性たちは終末論を信じて、魔女迫害に血道を上げた。終末論とは、悪魔が魔女を使って「悪の軍団」を組織し、神が造ったキリスト教徒の「善の国」を滅ぼそうとしているというものである。キリスト教の世界観は、「悪の国」と「善の国」の対立、神は善、悪魔は悪という善悪二元論を特徴とする。この善悪二元論を掲げて、「悪」を糾弾するため、エリート男性たちは魔女迫害という空前の女性迫害を断行したのだ。

誰が魔女なのかは、うまく隠れていてわからない。魔女審問官はそれらしい兆候が見えたら、報告するようにと住民に説教する。疑心暗鬼が飛び交い、隣人同士が互いに警戒し、誣告し合う。まさに壮絶な隣人関係が展開する。天変地災による不況や疫病が村を襲うと、生活が脅かされ、嫉妬や憎悪といった負の感情が前面に出て、魔女告発が増加する。善悪二元論が支配するところでは、必ずスケープゴートが生まれる。その際、貧乏な老婆やよそ者といった社会的弱者やマイノリティーが、ターゲットにされる。

魔女狩りは白黒を明確に区別する西洋キリスト教社会で、善悪二元論を信じる人々が推進した愚かな行為である。男を理性的存在、女を感情的存在と決めつけ、女の方が性的に淫らだという論理は、啓蒙主義によって覆される。今度は逆に、処女の女性には愛のみがあり、性欲がないと決めつけられてしまう。「有る」のか「無い」のか、「イエス」なのか「ノー」なのか、「善」なのか「悪」なのか、二者択一を迫る西洋キリスト教社会の論理は、「正義」を理由に必ず「悪」を迫害する。しかし、自然界ではその両者は混在している。完全に善なる存在もなければ、完全に悪なる存在もない。人間もまたそうである。

善悪両面を持つ豊饒の神々の心は懐が広く、全てを包み込む。善による悪の制裁を唱える善悪二元論の一神教の論理から解放されるには、滅ぼすことではなく、産み出すことに心を砕く豊饒の神々、多神教である大地母神の懐に抱かれる必要があるのではないか。

グリム童話にはそれら古代の豊饒の神々、自然の神々の息吹が随所に感じられる。グリム童話を読みながら、一人でも多くの人が、一神教ではなく、善悪両面を持つ多神教の神々の世界に触れ、その英知に学んで欲しいものである。

テロリズムと戦う世界情勢を憂いながら、魔女狩りをもたらした善悪二元論の暴走を繰り返さないことを祈りつつ、善悪両面を持つ多神教、豊饒の女神たちの世界に想いを馳せている。

最後に、この本の執筆に当って、助言や校正をしてくださった小山真理子さんと勁草書房の伊藤真由美さんに心より感謝の意を表したい。

二〇〇一年一〇月八日

野口芳子

図版一覧

図１　バルドゥング《荒天を呼ぶ魔女たち》1523年、フランクフルト、シュテーデル美術研究所
図２　ウルリッヒ・モリトア『女の妖術師と予言者について』木版画挿絵（男の魔女）
図３　デューラー《山羊に乗る魔女》1500〜1501年頃、エングレーヴィング
図４　ルードヴィヒ・エミール・グリム《ヘンゼルとグレーテル》『子供と家庭のメルヒェン集　小さな版』ベルリン、1825年
図５〜図22　オットー・ウッベローデ　第７版刊行50周年記念版『子供と家庭のメルヒェン集』ライプツィヒ、1907-1909年 © by Brüder Grimm-Gesellschaft e. V. 2001
図23　《牛乳魔術と天候魔術を使う魔女》ガイラー・フォン・カイザースベルクの説教集より、1516年
図24　《性愛魔術》ウルリッヒ・モリトア著『魔女と呼ばれる悪い女の宗教書』のなかの木版画（無記名、作者不明）ウルム、1490/91年
図25　《雹を沸騰する二人の魔女》ウルリッヒ・モリトア著『魔女と呼ばれる悪い女の宗教書』のなかの木版画、（無記名、作者不明）ウルム、1490/91年

著者略歴

1949年　大阪府生まれ（旧姓：柊木）
1974年　関西学院大学大学院修士課程修了
1977年　ドイツ・マールブルク大学大学院にて Ph. D. 取得。
現　在　武庫川女子大学文学部教授
主　著　『グリムのメルヒェン—その夢と現実』勁草書房、1994年
『卒論を楽しもう—グリム童話で書く人文科学系卒論』武庫川女子大学出版部、2012年
『児童文学翻訳作品総覧４』（共著）ナダ出版センター、2005年
『魔女で学ぶドイツ語』（共著）三修社、2008年
主論文　（博士論文）Rezeption der Kinder- und Hausmärchen der Brüder Grimm in Japan. (Diss. Marburg 1977)
「いばら姫の固定観念を覆す」（『グリム・メルヒェン研究』日本独文学会研究叢書50号、2007年）
「『シンデレラ』の固定観念を覆す—ジェンダー学的観点からのグリム童話解釈」（『武庫川女子大学紀要』58号、2011年）
「グリム童話における７の数字—不吉な７の出現を巡って」（阪神ドイツ文学会『ドイツ文学論攷』53号、2012年）
訳　本　アーレント＝シュルテ著『魔女にされた女性たち』（共訳）勁草書房、2003年

グリム童話と魔女　魔女裁判とジェンダーの視点から

2002年２月20日　第１版第１刷発行
2012年７月１日　第１版第４刷発行

著　者　野《の》口《ぐち》芳《よし》子《こ》
発行者　井　村　寿　人

発行所　株式会社　勁《けい》草《そう》書　房

112-0005 東京都文京区水道2-1-1　振替　00150-2-175253
（編集）電話 03-3815-5277／FAX 03-3814-6968
（営業）電話 03-3814-6861／FAX 03-3814-6854
平文社・青木製本

ISBN978-4-326-85176-8　Printed in Japan

http://www.keisoshobo.co.jp

アーレント＝シュルテ 野口／小山訳　魔女にされた女性たち　近世初期ドイツにおける魔女裁判　四六判　二六二五円

野口芳子　グリムのメルヒェン　その夢と現実　四六判　二三一〇円

坂井妙子　ウエディングドレスはなぜ白いのか　四六判　二九四〇円

徳井淑子　服飾の中世　四六判　三〇四五円

F・ピポニエ／M・パストゥロー他 徳井淑子編訳　中世衣生活誌　日常風景から想像世界まで　四六判　三一五〇円

小町谷朝生　色彩のアルケオロジー　四六判　二九四〇円

岡田温司　ミメーシスを超えて　美術史の無意識を問う　四六判　三八八五円

本田和子編著　ものと子どもの文化史　四六判　二四一五円

神村恒道　美学事始　芸術学の日本近代　四六判　三四六五円

西村清和　遊びの現象学　四六判　三〇四五円